U0598764

小说背景

—

十年前

郝秀琴

著

直销难民

当代世界出版社
THE CONTEMPORARY WORLD PRESS

图书在版编目（CIP）数据

直销难民 / 郝秀琴著. —北京：当代世界出版社，
2018.1
ISBN 978-7-5090-1291-8

Ⅰ.①直… Ⅱ.①郝… Ⅲ.①长篇小说—中国—当代
Ⅳ.①I247.5

中国版本图书馆CIP数据核字（2017）第280038号

书　　名：直销难民
出版发行：当代世界出版社
地　　址：北京市复兴路4号（100860）
网　　址：http://www.worldpress.org.cn
编务电话：（010）83908456
发行电话：（010）83908409
　　　　　（010）83908455
　　　　　（010）83908377
　　　　　（010）83908423（邮购）
　　　　　（010）83908410（传真）
经　　销：全国新华书店
印　　刷：北京盛彩捷印刷有限公司
开　　本：710毫米×1000毫米　1/16
印　　张：20
字　　数：275千字
版　　次：2018年1月第1版
印　　次：2018年1月第1次
书　　号：ISBN 978-7-5090-1291-8
定　　价：58.00元

如发现印装质量问题，请与承印厂联系调换。
版权所有，翻印必究；未经许可，不得转载！

- 目 录 -

第一章

抱团打天下　一诺定乾坤

一

北戈突然打来电话："雏菊，下午江湾大酒店有一个公司开业，你过来参加吧，三天会期，免费吃住。"

"有这样的好事？天下哪有白吃的午餐。"我不大相信他的话。

"不仅白吃饭，还有一个珠江风情游，很热闹，你一定得过来。据说这帮人都是网络直销界的巨头，你认识一下，开开眼界，看看他们是怎样发达暴富的。"

"好，我过去。"我正要挂电话，突然又想起些什么，问，"孤城也过去吗？听艾琳说，他让金蝉拉走了？"

"他这几天是心神不定，到处游窜。"

"他究竟又去了哪家公司？"我觉得孤城有点随波逐流。

"据我所知，他投单的公司至少不下五家。"

"看来，艾瑞新团队是指望不上他了，金蝉真不够意思，从咱们眼皮子底下拉人。"

"我再不容许她到艾瑞新工作室去游说，这个女人成事不足，败事有余，到处游窜，行踪诡秘，是个地地道道的直销流窜犯。我和惠子说一下，不能让她再去工作室了。"

"做直销也就得像她那样脸皮厚，死缠烂打会忽悠人，否则，就甭想在这个行业里混。"

"我们已经踏进这个烂泥坑，实在挣不了钱，就撤退。"

"北戈，事实上没有你说得那么容易，既然掉进了陷阱，我们就挣扎着往上爬吧。"我一脸无奈。自从走进电子商务这个行业，我就感觉自己变得言不由衷了。

放下电话，我开始化妆。在这座大都市，不化妆是不能出门的。环境和地域的改变，让我的生活也在一天天改变。因为我很清楚，自己来广州是为了什么。在这座不相信眼泪的城市里，我学会了如何包装自己。脸上扫一点腮红，微笑起来更有魅力；涂一点口红，显得很有女人味儿；轻轻画一画眉毛，会给自己增加几分自信；淡淡的眼影会让我的眼前常常晃动着一个蓝色的梦。镜子里的女人身穿一件时髦的粉色纱裙，一缕刘海儿遮住高高的额头，性感的嘴唇略带微笑，典雅端庄，斯文大气，这就是一个从大草原漂到广州的女人——雏菊。

江湾大酒店耸立在珠江边，地理位置、豪华设施、一流的服务决定了它的价值，能在这样的星级酒店做生意、开公司或小住几天，都是有身价的商贾富翁。

乘131次车，直达江湾站，这座楼的外观造型和广州许多大楼没什么两样，楼的表层全部覆盖着一层深绿色的钢化玻璃。远看，就像一个漂亮的玻璃盒子，当你靠近的时候，它却魔幻般地在你眼前渐渐变大，想看到它的整个尊容，那就得扬起脖颈，甚至踮起脚尖。大楼的正门设在二楼，东边是一条用水磨石铺成的台阶入口，西边是电梯，二楼是一个非常宽阔的平台，可以停放许多小车，一条很宽的车道横跨南北。我踩着那铺了红色丙纶地毯的台阶走上二楼。在大楼门前，悬挂着一条红色巨幅："抱团打天下，一诺定乾坤！"前厅里，已挤满了人，我给北戈发了短信："你在哪里？"

"在电梯口旁边，你过来吧。"他回道。

大厅里弥漫着香槟味、沙拉水果味，大家拥挤在一起，又加了些许臭汗味。看见站在电梯口旁边的孤城、邹洋、北戈、金蝉后，我挤过去，笑着问："这是一家什么公司？开业这么气派慷慨？在广州直销界还是前所未有的事。"

北戈说："这家公司叫天籁，他们总裁以前是海洋集团公司的副总裁，据说和总裁的关系搞僵了，一气之下，拉了一帮人从那里出来，自己就组建了这家公司。"

"主要做什么产品？"

金蝉接过话茬："不大清楚，先吃了饭再说，晚上总裁要讲话。"

几百人聚在大厅，都是在广州从事网络直销和电子商务的人士，大家相互寒暄，递交名片，各自介绍自己的公司，推销各种保健品，吵闹声、说笑声一浪高过一浪。金蝉拉了拉我的胳膊："雏菊，咱们去那边看看。"我俩穿过前厅向餐厅门口走去，金蝉边走边神神秘秘地说："我给你引荐一个人。"期间她也不住地和许多人打招呼，是的，她在营销界混得风生水起。

"诗欣大姐，我给你介绍一位朋友。"她远远地就和一个女人打招呼。

此时，我们面前站着一个四十多岁的女人，她衣着妖艳，嘴唇涂得血红，长长的指甲也是血红的。我不禁觉得，这个女人肯定没有上过化妆课，妆浓得像上台唱戏的老旦。不过我还是礼节性地和她握了握手："你好，幸会。"之后，她从那个精致的小手提包里取出一张名片递给我："我是做乾坤的，欢迎你来我们乾坤公司考察，也希望我们能够能为合作伙伴。"她说话干练果断，一看就是一个见过大世面的职场女性。

"乾坤？没听说过，刚成立的公司吧？"我端详着名片上的地址，"总公司在光奚？"

"是的，我们这家公司虽然成立不到半年，但公司业务发展得非常迅速，现在，全国已经有三千多家专卖店，七十多万消费者。"

"你们的经营模式是传统销售还是网络营销？"

"不是传统销售也不是网络营销。"

"那是什么？"

"你如果有意想了解一下，会议结束后，去我们专卖店看看。"

"不会是个四不像公司吧？"我的口气不冷不热，对这个女人所说的话不大感兴趣。

金蝉大概怕对方尴尬，笑嘻嘻地接过话茬打圆场："雏菊，诗欣大姐是乾坤公司在广州开辟市场的第一人，她现在每月的收入已达到了五位数。这是人所共知的啊。"她停顿了一下，又开口说道，"乾坤公司的总裁非常厉害，他要做中国经济大潮中的船老大，下次招商会你一定要去参加，我敢说，你兜里有多少钱都会掏出来投资的。"

"你投单了？"我的口气含着少有的冷静，无论是直销还是电子商务，我已经失去了最初的狂热。

"投了。"金蝉嘴角挂着一丝让人捉摸不透的微笑。

"你的保险还在做吗？"

"保险不能做了，惠子把我害了。"

"前几天惠子还找你。听她说，你电话一直关机。"

"惠子真不够意思，跑到我公司闹腾着要退保。"

"她当初买这个保险单，也是想让你过来做艾瑞新嘛。"我不客气地说。

"艾瑞新是很难做成功的，投单费又高，产品那么贵，我怎么去做呀？"

"那你就不该在电脑上点击登陆，也不该让惠子买你的保险。"我尽量放低声音，但表情中仍然隐含着对她的不满。

"不提这事了，反正她已经退保了，我也离开保险公司了。"她停顿了一下说，"过几天我推荐你参加一个招商大会，来回车费、吃住的费用公司都给报销。"金蝉的声音甜甜的，极力在讨好我，这个女人，看来也是网络跳蚤。

"什么公司呀？也模仿天籁的开业模式，来个广招天下英雄好汉？"我用嘲讽的口气问。

"就是诗欣大姐给你介绍的乾坤公司，实力很强。"

"我没有精力去做，我也希望你不要去蛊惑艾瑞新团队的弟兄姊妹们，组建团队不容易，但建起来了，就得对每一个人负责任。大家能把本钱挣回来就收手吧。我再也不想干这种拉人头的业务了。"

"乾坤公司是不用去拉人头的，它是一个投资返利的消费模式，你可以继续在艾瑞新公司当你的团队负责人……"金蝉拍拍我的肩膀，做出一副很友好的姿态。

"哈哈哈……"我不由放声大笑，"金蝉，什么团队负责人？我是被推上那个平台的，现在我都想赶快抽身离开，但走得了吗？就像唐僧进了盘丝洞一样。"

"没那么严重吧？做网络自由，自己给自己当老板，谁都不会强迫谁的。就像我们今晚来参加会议，难道不是自愿来的吗？"

"你又在这里瞎忽悠，谁不知道光奚的人穷疯了，变着法儿招商引资。前几天，有个朋友还来电话约我过去。说有一种神秘生意叫作'纯资本运作'，入门费先交六万九千元，无产品，然后找三个人，每人交六万九千元，依此类推，够六百份单下线就出局，一共能赚八百万。这个天文数字你相信吗？"不知什么时候来到我们身边的北戈瞪了金蝉一眼。那眼神有点冷酷。

"鬼才相信。"

"错了，现在偏偏有人相信，据说，许多人都到光奚，想挣这八百万元，租房子睡地铺，打电话邀约人过去投资。我都想去看看了。"北戈的语气有点调侃。

诗欣莞尔一笑，落落大方地说："乾坤是公开做生意，运作方法完全和纯资本运作不同。半年利润36%，确实不少，但是比这高的不是还很多吗？基金、股票半年赚100%，甚至更高的大有人在。A公司的保健品不是最好的，但是最贵的，这个大家都清楚。我们为什么不能打造一个具有中国特色的直销模式呢？"

"是的，一个具有中国特色的社会主义国家，在方方面面就应该体现出中国的特色，不能让许多跨国直销分子长期肆无忌惮地占领中国的经济市场。"这一席官话，我说得不够硬气。因为，我自己所投资运作的艾瑞新公司也是一家跨国集团公司。随后，我和诗欣客气地点点头，拉着金蝉一起去餐厅门口走去。

"这个女人是干什么工作的？"我问金蝉。

"以前在一家律师事务所工作。"

"怪不得讲起大道理来，别人都没有插话的机会。"

"她懂法律，她要看好的公司，你就放心跟着做吧，不会有政策上的错误，更不会误入歧途。这个女人说话办事非常干练，乾坤的商行在广州已有几百家了。"

二

餐厅里，人已满了，几位服务人员站在门两侧，手里拿着就餐券，耐心地和围在门口的人解释着："大家等一下，等里面的人出来，你们再进去……"人们好像从来没吃过饭似的，都拥挤在门口眼巴巴地瞅着服务人员手里的就餐券。里面的人迟迟不出来，大概要把饭吃到了脖颈才罢休。

免费吃三天饭，这是广州直销界前所未有的创举。人们纷纷议论：

"这个老板是不是很有钱？"

"没钱能在这座星级酒店开公司？听说他以前是天石公司的，公司奖励过他一架私人直升机。"

"哇！比那些A公司的皇冠还厉害。"

"皇冠算个啥？我们在A公司做了这么久，那些钻石、皇冠、翡翠级别的人从来没有请我们吃过一顿饭。"

"所以，你们要重新择明主，有一句话不是说：'选择大于努力'。"

这几个人大概是A公司的，也有几个是B公司的，反正，今天聚在这里的都是一些"直销乞丐""难民""流窜犯""网络混混"……形形色色，五花八门，各路诸侯都有，各地的英雄好汉也纷纷从水陆空三路飞速赶到，包吃包住，"难民们"谁不想借这个机会，享受一下五星级酒店的豪华？

"雏菊，你也来了？"突然有人拍了一下我的肩膀，回头一看，是做饮水机的张万元。

"你的消息也真灵通，就你一个人来了？"

"我们那帮老顽童吃穷队队员，一个不落全都过来了。"

我抬头一看，他身边站着一大群老头儿老太婆。

这帮老人真厉害，几乎每天都在忙着开会。他们坐汽车不花钱，于是，满广州到处跑，消息也特别灵通，哪里有公司开业，哪里召开产品销售会，都会看到这帮人。他们有组织、有安排、有计划地行动，今天这个公司，明天那个公司，一年四季吃会议营销饭。他们做融资生意、网络营销、直销、电子商务生意，一个个思维超前，懂得用钱来挣钱，但也有失手的时候，有许多老人辛辛辛苦苦赚了一辈子的血汗钱，被一些公司骗得血本无归。一夜之间，公司跑了，他们的钱没了，于是，就加入了吃穷队，索性每天不回家，到处去开会吃饭、喝茶、旅游……到哪里都是一大帮，吃饱玩好，拿完就走，让投资没钱，让买产品没门儿。如果碰到奖金制度好，赚钱快的营销公司，他们也会投一份单占个位。许多在广州刚刚开盘的网络营销公司，也常常利用这支吃穷队伍来开辟市场，于是，他们天天有茶喝，顿顿有饭吃，活得潇洒自在，优哉游哉。

张万元问我："夏月怎么没来？"

这个老色鬼，请他喝了一次茶，就对夏月有了意思。

"她这几天忙着要晋升经销商，没空过来。"我笑盈盈地说，"张老板，你消息真灵通，还带了这么多'美女'和'靓哥'。"

"哈哈……我带来的是一群美阿婆和靓阿叔，你抽空给夏月发个短信，我请她喝茶。"

"好，不过，你也得考虑一下。"

"考虑什么？"

"艾瑞新你到底做不做？投不投单？"我在追问他。

"眼下不能投，等过了这风头再说吧，大家都传闻艾瑞新公司被打成传销了，报纸上也报道了，你说还能做吗？投了单不能做不是白扔钱？"张万元话题一转，"过几天，有一个做饮水机的专卖店要开业，你和夏月过去给捧捧场。"

"行，到时，你给我电话就行了。"我情不自禁地摇摇头，自己也快变成直销流窜犯了。

北戈从人群中挤过来，他一边擦汗一边问我："领了就餐券没有？"

我摇摇头，漫不经心地问："要不要打电话通知团队的人都来听听？"

"不行，咱不能拆自己的墙。"北戈的口气很坚定。

觉得他说得有道理，我看了一眼手机上的来电显示，按下了关机键。

"雏菊大姐，你也来了。"万闯向我走过来。很少穿正装的他穿着一身崭新的西装，手里拎着一个蓝色的文件袋。短短的寸头发型，时尚而干练，一改往日那种拖沓的形象。

"万闯，没想到在这里又碰到你。这个世界不知道是小还是大。"

"哈哈，雏菊大姐，这就是缘分啊。你看这家公司够气派吧？"他的眼睛里闪着亮光，用一种颇感意外的诧异目光望着我。

"够气派，在广州直销界还没有这样规模浩大的开业典礼仪式。"

"这家公司的实力很雄厚，运作模式也很人性化，晚上，总裁会详细讲的。"万闯一副春风得意的样子。

"听说天籁公司的总裁以前是天石公司的？"

"是啊，他是做天石发家的。"

"据说他是在日本开辟的市场，如果在中国，可能也不会发展得这么迅速。还记得吗？有一个时期天石在国内不能运作了，总裁就领着一伙人都到了国外。他们在外面转了一圈，摇身一变再回到中国时，就名正言顺地成了国外的直销公司，然后合情合理地在中国开辟市场了，我总觉得艾瑞新不会那么不堪一击，公司老总会有举措的。"

"不过，你看看，今天来这里的有许多艾瑞新的人。人总不能在一棵树上吊死。"万闯给了我和北戈两张餐券："先去吃饭吧，晚上有总裁的精彩演讲。"

"万闯，你是不是准备进这家公司？"

"我不是告诉你了，我在易购公司做理财，再有一个月我就出局了，资金积累马上就是百万。成败在此一举，做投资理财生意不能前怕狼后怕虎，前面是天堂，后面是珠江，没有这种破釜沉舟的胆识就别进这个行业。广州，这是一座给怀着梦想和野心的人舞台的城市，我们都是其中之一。再说，无论是传销、直销还是电子商务，只有在广州这座大都市里才有市场。"

"为什么？"

"和国际市场接轨啊。这些模式进入中国都变味了。能适应这种变异的销售模式就参与，适应不了就循规蹈矩地做'良民'，也不要眼红羡慕那些踩着人头爬到塔顶的成功人物。"

"看来要昧着良心去做才行。"

"哈哈哈……雏菊大姐，在这个行业里'良心'还有市场吗？你问下自己是不是也在昧着良心说话？A公司、B公司的产品有那么好吗？艾瑞新的产品真的能治好各种疑难病症吗？真要那么好，还要医院干吗？但明明知道是谎言，还在设定一个个骗局，为什么呢？都想一夜暴富，连我也在内，想在最短的时间获取最大的成功。如果把良心变成狼心，就一定能成功。"

看来，万闯是横心要在易购打个翻身仗了。

万闯的话让我沉思，这座城市历来不拒绝外来者，就是那些满地爬行的乞丐也都不受任何人的驱逐和白眼。你当你的乞丐，我当我的老板，当他们从四面八方涌进这座都市，就开始做起了成功的美梦。他们有的像天上的那朵云，飘来飘去最后不知道飘到哪里，有的像一根稚嫩的树枝，硬是把自己楔入一棵大树上，这样的嫁接究竟能结出什么样的果实？谁也不知道。也许，这根枝叶根本就无法存活。

三

我们好不容易挤进了餐厅。是自助餐，人们拿着盘子看见菜就夹，看见汤就舀。菜汤洒得满地都是。中餐、西餐、甜点、冷饮、烹、蒸、炒、炖烩……大概有几十种，有的人是饿急了，一次夹了许多，狼吞虎咽地吃着，有的人是眼馋肚饱，吃得已经弯不下腰了，还要夹菜。餐桌上，碗筷、剩菜狼藉一片，地上各种水果皮、餐巾纸……那帮吃穷队的靓阿伯和美阿婆，边吃边往塑料袋里装，不仅肚子撑得鼓鼓的，提包也撑得鼓鼓的。我端着几碟菜，找了个空位坐下，刚吃几口，对面几个人就朝我走过来，他们不管我接受不接受，就把名片递给我："认识一下。"

"谢谢。"我放下筷子，双手去接名片，同时，也掏出自己的一张名片递给他们。

"哦，你是做艾瑞新的？"那人像看一个怪物似的看着我，"听说艾瑞新被打成传销了？"

"嗯。"我答应了一声，抢先堵住了他们的话。

"和我们一起做'银霞'吧，这是国内的公司，有实力产品好，总公司在哈尔滨……"

烦死了，想找个安静的地方吃饭都不行，我只想赶紧远离他们："谢谢你们。"我打断他们的话，假装去夹菜，离开了那张桌子。在另一张台前刚坐下，还没拿筷子，有人在我的肩膀上轻轻拍了一下："雏菊，还记得我吗？"一个英俊潇洒的小伙子站在我面前。

"你是？"我怎么也想不起来这人是谁？人家能叫出我的名字，那一定是见过面的。

"我们都是209期放飞心灵的学员，我听过你在会上的分享，很感动。"

"噢，你是那个被罚了240个俯卧撑的队长。"

"哈哈哈……"他笑起来，"那种游戏太残忍了，害得我浑身筋骨疼了一个星期。"

"你想当队长嘛，做什么都有付出的。你还真行，真把那240个俯卧撑做完了。"

我想起那次魔鬼训练，一般人是受不了那样残酷的折磨。

"都是那个河南小伙子搞的鬼，他喜欢A队的队长，怕那个姑娘受罚，在报数的时候，故意延长时间，结果咱们队输了，输得很冤枉。"

"但你的精神赢得了全体学员的赞叹。"我也很佩服他，"你现在做什么？"

"电话卡。"

"哪一家公司？"

"香港惠缘国际有限公司，开户注册四百六十元。"没等我问，他就滔滔不绝地讲起了这家公司的八大商业亮点和拨打方法。我这顿饭是吃不下去了，耳边到处是谈生意的嘈杂声，什么橄榄油、功能玉、饮水机、电话卡、保健品……双轨制、对碰制、两条腿、三条腿、直到八条腿的营销模式纷纷在这里出笼。小伙子也不管我听不听，还赠送我三句话："相信比怀疑多一次机会；机会不是经常会遇到的；遇到机会就要立即抓住，否则永远只能观望。"

我朝他点点头，想赶快离开餐厅，一抬头，又突然看见惠子走了进来，和她走在一起的是打扮得很时尚的兰朵。兰朵身穿一条花格短裙，搭配一短款雪白、真丝、无领无袖的上衣。而白皙的脸颊，淡淡的口红，以及遮住了略带下垂的眼皮与小皱纹的那副金丝无框眼镜，为她增色不少。兰朵实际年龄是多大，我没打听过，广州女人也是忌讳别人问年龄的。

惠子的头发略带红棕色，一条马尾辫绕在头顶，几个亮晶晶的水钻发卡闪闪发光，一看就是一个充满青春活力的美女。她是广西人，身姿窈窕，胸部和腰部的曲线优美，女人味十足。仰慕她的人多数被她的美貌吸引，包括北戈，能进入艾瑞新很大一部分原因是对惠子产生了好感，甚至是爱慕之心。惠子有一副美妙的嗓音，她邀约的客户，只要听到她的声音，就会产生想见她的欲望。当然最有魅力的还是她那双眼睛，幽幽的眼光总会让你神思遐想……她自身的优秀决定了她做业务的先觉条件，她的团队发展很快。

我不想和她们打招呼，于是，又低下头慢慢吃着盘子里的几块甜点。小伙子坐在我的对面："如果你不想做电话卡，你看看这个公司怎么样？"他从那个黑色的电脑包里又掏出一叠资料，"乾坤公司，这虽然是一家民营企业，但运作模式非常超前。老总也很有魄力，要用三年时间在全国打造三万个专卖店，公司的理念也很好，消费变资本。"他边说边从皮包里掏出一本书，"这是中国经济学权威人士写的《消费者变成资本家》，乾坤公司是把他的理念付诸实践之中的……"

我打断他的话："刚才那个女人已经给我讲过了。"我指了指在人群中走来走去的诗欣，皱了皱眉头，脸上显现出不耐烦的表情。

"她是乾坤公司在广州的第一人，乾坤的第一批人都赚钱了。干什么也得早干，不要等人家都把钱挣了，你才去做。"

"你到底在做哪家公司？"我看着他那个鼓囊囊的皮包，不知里面还装着多少家公司的资料。

"你想了解哪家公司？"他笑嘻嘻地反问我。

我摇摇头，用一种嘲讽的口气说："你真是超人，一次操作这么多家公司。"

"哈哈……我只做了两家公司，我的一个朋友一次性就做八家。"

"他比八国联军还厉害，不过，最终他一家也不会做成。"

"为什么？"

"你想想，谁愿意和他合作？自己心无定向，宛如没头的苍蝇，别人总不能跟着他也乱跑吧。"

"不过，多了解一家公司未尝不可，你抽时间一定到我的专卖店看看，我详细给你讲一下乾坤公司的运作模式。做乾坤是很轻松的，不用你推荐人也能挣到钱。"

"那不错啊，天上掉下馅饼，房檐头儿还流下醋，我们张大嘴吃就行了。"

他没有听明白我这句方言的含义，见我低头吃饭，自觉无趣，丢下一句话："你先忙吧，改日我们再见。"他把桌上的资料收起来放进了皮包，转身离去的时候，我还是没有想起他叫什么："你再给我一张名片吧，我把咱们的学员通讯录弄丢了。"我信口撒了个谎。

他笑嘻嘻地从皮夹里取出名片，用两个大拇指和食指捏着名片的两个角，毕恭毕敬地递给我。名片很讲究，是烫金的，"龙转有。"这名字怪怪的。

从餐厅出来，我手里的名片已有几十张，但这些人都是谁呢？我根本对不上号。我给别人的名片，估计也和这些名片的命运一样。酒足饭饱后的人们，一个个像经过训练的狼狗，在人堆里钻来钻去，捕捉各种信息，寻找合作的搭档，推销自己的产品……有点像拍卖交易场所。这就是当今的生意场，一个卖信息、卖观念、卖计划、卖自己、卖灵魂的磁场。

四

乘电梯直上四楼会议室，推开门，里面已是黑压压一片人。我想找一个熟人，目光在人群中浏览，又看见了惠子，她也看见了我，朝我摆摆手，示意让我过去。

惠子穿了一件玫瑰红真丝超短裙，两条修长的腿裸露着。她手提一个黑色的电脑包，脸上挂着浅浅的微笑："团队来了多少人？"

"就是我和北戈、孤城，其他人没有通知。"

"不要通知了，这几天本来人心涣散，让他们出席这种会议对我们以后开展工作很不利。"惠子是我们团队的主管领导，她发展了北戈，北戈又发展了我和孤城。

"不通知恒柔、夏月，她们知道后会对我有意见的。"

"有什么意见？夏月只顾卖她的凯琳莱产品，对下面的人不闻不问，只想坐在那里等着收钱，天下没有那样的好事情。"惠子对夏月是满腹怨气，她好像一直瞧不起这个曾经卖麻辣串的女人。

我想坐在她旁边那个空位上，惠子却摆摆手说："艾瑞新的人要分开坐，不要忘记，我们来这里的目的，是借机会多认识人，多寻找合作伙伴。"惠子年纪轻轻，心机很深。

我坐在离她们不远的位置上，北戈和孤城坐在前面，金蝉和诗欣坐在一起。她是会场的活跃分子，一晚上交换的名片大概有几百张，她有和别人交换名片、记电话的癖好，不管是什么人，来者不拒。她是北京人，北方女人的泼辣和大大咧咧，时不时在她身上流露出来，无论她和谁往来，都是见面就熟，照她的话，接触的人中，没有老朋友和新朋友之别。

会场的气氛很严肃，大家都在眼巴巴地等待着一个重要人物出现。主持会场的是一位四十多岁的男士，大家都称呼他李总，他庄严宣布："天籁集团公司正式成立！"

一首激奋人心的歌曲响起来了，听着它，我内心丝毫没有那种汹涌澎湃的激情。再看看前后左右的人，一个个脸上都毫无表情。有几个年轻人还在偷偷地笑，现在让人们喜欢的是超级女声，超级男声。会场的庄严肃穆，倒让人感到有点压抑，在一阵热烈的掌声中，一个骨瘦如柴的人走上台。

"好久没有握麦克风了，好久没有在这样的场合讲话了……"他说，"刚才听歌时，有人在笑。"他还说，"选择不选择天籁不重要，不加盟是朋友，加盟是战友，友谊从信任开始。中国的直销向何处去？中国经济发展的领头人究竟在哪里？电子商务是未来，你如果相信就做。为什么一提到直销，人们就想到A公司？但A公司已是历史，而天籁则是开始。会场上，许多人把视线的焦点对准了一个人，但这人表情冷漠，神态自如，他的姿势几乎没变，背脊挺得笔直坐在椅子上，根本没有意识到人们投在他身上的目光。"

"他是谁？"我问金蝉。

"A公司的一个皇冠大师，广州系统有名的赖昌龙。"

据说他和A公司的创始人一起吃过饭、合过影。1998年，A公司在营销市场上被一刀切的时候，他的团队全部垮了。后来，A公司起死回生后，他又重新组建起团队。"金蝉如同一个传媒中心，我说她是一个合格的直销间谍，她说无论做直销还是电子商务，必须有大把的人力资源。话题还是回到赖昌龙身上。"他怎么也来参加这样的会议？"

"谁知道，也许，最近许多A公司的人都跑出来做电子商务，他大概想了解一下，电子商务究竟是个什么东西，能把他千辛万苦建立起来的团队摧毁。"

台上的总裁又在讲："A公司每年要把国人口袋里的钱刮走上百亿，这不是一个小数目。但为什么有人要卖血去做A公司的产品？说到底，那是一种文化和精神，这种文化已渗透到中国人的血液和骨髓里了，我们为什么就不能扛起一面直销的大旗？为什么就不拿着自己的产品走向全世界，赚美国人的钱、德国人的钱、日本人的钱？"

无数期待的目光汇成了激烈的掌声。讲演太精彩了，A公司的皇冠也在鼓掌。

– 第二章 –

蹉叹江湖几度愁

一

散会了，惠子笑盈盈地朝我走过来，她走路的姿势像模特儿一样优美大方，浑身散发着一股坚定的气质："晚上在这里住吧。"

"不啦，我想回去。"我的声音有气无力。

"回去干吗？借此机会在五星级宾馆也享受一回，又不用我们买单。今晚艾瑞新的人要开一个会，商量一下目前怎样来开展业务。这三天会议不能白来。"惠子的声音里总是有一股诱惑人的魅力，听了她的话，我突然想起一个典故，不由暗自发笑。

"你笑什么？"

我说："咱们都是吃着东家的饭，睡着西家的床。"继而，我讲起这个典故："从前，有一个员外家的姑娘，看上了一位秀才，但这个秀才十分贫穷；

而此时，她身边还有另个一合适的结婚对象，是一个财主家的儿子，虽然有钱，但相貌丑陋，她又没看上。父亲问她究竟要嫁给谁。她说，能不能吃东家的饭，睡西家的床？"

"你看今天来的人，一个个都还不是吃着东家的饭，睡着西家的床？"

惠子不以为然地说："天籁的总裁以为这种轰轰烈烈的开业形式会吸引很多人，殊不知，这些来开会的人都久经沙场，冷静得很，观望的人多，投单的人少。另外，这个月艾瑞新公司在澳门有个五天的培训，通知你们团队的人，看谁能去？如果本月能发展两个客户，就免费去澳门。"

我没有说什么，打开手机，只顾低头看短信，有五条是恒柔发过来的，内容相同："你在哪里？为什么不开机？"

我很快回了短信："北戈让我来江湾大酒店参加一个会议。"短信发出去很久，恒柔也没有来电话，也没回我，我知道她是生气了。

还有一条短信是柳星雨发来的，他问我最近忙什么？有没有时间，想和我见见面。我回短信说："这几天在江湾大酒店开会，你如果有时间也过来看看吧。"他回短信说："没时间。"我知道他对电子商务、网络生意一直抱有很大的偏见。只是一心一意在B公司当推销员，做得怎么样，我从来没有问过他。

我们几个人都聚在了客户接待室。一会儿，孤城和北戈也推门进来。大家都是惠子的左区，也是她的弱腿，她说这条腿如果继续患小儿麻痹，她今年就很难上一星级。但上一星级也不是一件容易的事，每星期必须满十六碰，也就是发展十六个人，而且要连续三个星期。她说一定要凭自己的实力去争取。惠子办事干练果断，她的身上潜藏着一种让人捉摸不透的东西，这种东西会搅乱一个人的心，北戈大概就是被这种东西搅扰着，在惠子面前，他连眼神都变得恍恍惚惚。

孤城今天好像有点心不在焉，他和北戈在谈论另一个话题："你说，天籁公司玩的是几条腿？奖励制度很诱人，每月业绩做到前十名，要奖一辆五十万元的小车。为了这辆车子，咱也得试一试。"

"好像是三条腿。"北戈在认真看天籁公司发的那些资料，"很复杂，一下子看不明白，明天CEO要重点讲运作模式和制度，听完后，我们应该就明白了……"

惠子收敛起嘴角的笑容，嘴角一撇，沉下脸打断北戈的话："喂，你们不要忘记我们是来寻找合作伙伴的，不是让你们去研究人家几条腿的制度。"这话很刻薄，甚至是一种居高临下的命令式的口气。

"研究一下又怎样？艾瑞新不能做，在天籁投上一单试试也未尝不可。"孤城漫不经心地抬起头，不满地斜视了她一眼，口气也很强硬。

"一人不谈二意，有些人今天操作电话卡，明天运作乐和钙，后天又跳进教育网，到头来什么也做不成，丢下团队不管，一点责任心都没有。"

孤城也感觉到惠子话里的锋芒，马上抢过话头："话不能这么说，谁不想上一星级？可眼下的局面是'秃子头上的虱子——明摆着'，到今天为止，我们心中都没底，自己说话没底气，怎么去说服客户进单？已经快一个月了，我连一个人也没搞进来，每天一出门就要花钱，交通费、电话费、饭费都快支付不起了，我再不去其他公司做事，就马上沦为难民了。这座城市是不相信眼泪的，明天，我也许就得去公园睡觉。"

"照你这么说，艾瑞新你不打算做了？"惠子目光咄咄逼人，一改以往那种温柔的淑女形象。

"眼下是没法做，等艾瑞新的总裁做出相应的措施再说。"孤城也不隐瞒自己的观点，"我是要尽快找一个能赚钱的公司。"

"艾瑞新不赚钱吗？左右区一碰三百二，推荐一个人三百元，这样的奖金制度还不高吗？"

"我们每个人都做了一条大象腿，有什么用？利润都沉淀到公司了，拿不到手还不是等于零。"

"拿不到的是你，团队里上了一星级的你难道没看到吗？南国秀子不是每月收入几十万吗？"

"你不要再掩盖真相了，有些人花十几万去买个一星级的位，还值得夸耀？"两人互不相让，吵得面红耳赤。

北戈站起来拉了一把孤城："有话慢慢说，做网络生意是自由的，想做就做，不想做也没人强迫你。"

"你们走吧，谁不做都无所谓，我要做到底。"惠子气呼呼地用手指着孤城，"你不做可以，请你不要蛊惑团队的人跟你走。另外，把我给你垫付的几千块钱还回来。"惠子好绝情，一副翻脸不认人的模样。

"不就是几千块钱吗？我明天就是当走鬼也不会欠你钱的。"孤城一甩门走了。

"孤城……"我和北戈随后追出去。

二

三个人都没有说话，慢慢向珠江边走去。夜色温柔美丽，沿江两岸火树银花，花灯璀璨，那红蓝绿紫的霓虹灯把这条江点缀得更加迷人。一艘艘装扮华丽的游轮在碧水潋滟的江中游来游去，我们的眼前却是一片朦胧。三个人将身子倚在那汉白玉栏杆上，望着一艘艘漂过的巨轮，沉思默想。江水永远是那么波澜不惊，泛着层层涟漪，游轮宛如一把击水的利剑，把水面劈开一条道，哗哗地浪涛拍打着船帮。当游轮滑过后，水面仍然恢复了平静，好像什么也没发生过一样。自从来广州后，我还没有看见过珠江翻浪。广州无风，这里的一切都是那么平和、安详。偶然有台风刮来，气象台在天气预报时也经常发出黄色警告，但刮来的风却没有多大的威力，广州人怕冷也怕风。珠江也像一位慈祥的母亲，夜以继日地守护着这座城市，它是广州人的母亲河，也是外地人心中的希望河。望着岸两边绿色葱茏的常青树，我突然想起天籁总裁刚才在台上讲的那句话："没有珠江就没有广州，但没有这数以千万的外地人，广州也不是今天的广州。"珠江啊！你是无私的，你也是包容的，你不仅是广州人的母亲河，也是我们这些漂流者梦想创业的摇篮。

孤城轻轻哼唱着：

"我是一匹来自北方的狼

走在无垠的旷野中

凄厉的北风吹过

漫漫的黄沙掠过

我只有咬着冷冷的牙

报以两声长啸

不为别的

只为那传说中美丽的草原……"

歌声苍凉凄婉，唱得人心里沉甸甸的。孤城是西北人，拥有狂傲不羁的性格，潇洒脱俗的言谈。他深邃的眼眸里，泛着一股冷峻。他喜欢摄影，肩膀上常挎着一个带子长长的黑色皮包，装着十几家公司的资料，还有一个佳能牌数码相机。他风流倜傥，天生一头带卷的乌发，他非常爱惜自己这头美发，每天都要花一定的时间去整理这些发卷，喷洒一些啫喱水，或上一些护发乳。他平时穿一身牛仔休闲装，如果出席一些重要会议或接见客户，那就是笔挺的西装了。我们三个人都来自北方，自然能说到一起，艾瑞新的人都称我们是三匹来自北方的狼。北戈不大爱说话，戴一副眼镜，文质彬彬的，修长的身体看上去有点弱不禁风。他来广州也有七八年了，从事过多种行业。后来走进直销界，最初在A公司，做了几年赔得身无分文了，又开始当走鬼，做服务生，好不容易积攒了几万元，就全部投进艾瑞新公司。北戈是我和孤城走进艾瑞新的介绍人，当时，艾瑞新运用电子商务这种模式来销售产品，在广州还是第一家，几个月的时间，团队发展很快，三匹狼名不虚传。但天有不测风云，谁知道艾瑞新突然会在一家报纸上曝光呢？说产品不合格，3A

质检商标是假冒的。到今天，也听不到公司的一点消息，南国秀子只是让大家做得低调一些，具体怎样低调？谁的心里都没有谱。

站在江边，三个人各有各的心思。北戈率先开口了："雏菊，你说这艾瑞新还能不能做？"

我没有回答。心想，你问我，我又该问谁？

"你看天籁公司多气派，艾瑞新是无法和人家相比的。连个稳定的工作室都没有，今天搬到这里，明天又搬到那里，偷偷摸摸，东躲西藏，找客户也只能去茶楼，咱们这些人兜里有多少钱能天天去喝茶？就算能喝得起，茶楼也不是个办公的地方。再看天籁公司，整座楼的房间都是给营销员邀约沟通客户用的，要说公司实力，广州除天籁再没有第二家。"

"北戈，你是不是想投奔天籁？"我听出他话的意思。

"我是征求你的意见，如果你反对，我会继续留在艾瑞新。"

"孤城，你是怎么想的？"我望着一直沉默不语的孤城说，"艾瑞新是个什么性质的公司，我们走进来了，才看清楚。现在，公司模式被定为传销，也是必然的。我们看清楚了就不能再拉一些看不清楚的人进来。打算离开也很正常，因为我们不能再害人害己。"

"我打算进单，跟天籁这样的CEO，就算挣不了钱，也能学一些经验和知识。你听听人家那讲演，谁不佩服，谁不鼓掌，咱们艾瑞新有这样的人才吗？那些鸟语团队的广州佬，连普通话都讲不好，分享的内容俗不可耐，连夫妻过性生活的事都搬到讲台上，每一次讲课，能学到什么？再说，工商局天天派人来查，这业务怎么做？"

"每次听课，他们明明知道我们听不懂粤语，却非要让传奇大亨用白话讲课，这不是成心和我们过不去吗？"我也附和着。

"既然我们被称为北方来的狼，那就要拿出一点狼的精神。"孤城甩了一下满头卷发，握紧拳头，做出一副冲锋陷阵的样子。

"如果我们一起走，那团队就彻底散架了。"我长长叹了口气，"有的人刚刚投单，连一分钱还没挣。我只是良心过不去，感觉愧对他们。"

"雏菊，你没听万闯说，在这座城市，把良心变成狼心才能成功。"北戈直言不讳地表述了自己的观点，"眼下，艾瑞新在广州已处于瘫痪状态，我们总不能坐以待毙吧。"

孤城还在生惠子的气："她每天背上个电脑到处游说，每星期都有几千元进账，可我们呢？正如天籁总裁说这些难民是：'脸上无光，口袋精光，朋友跑光，穷得叮当。'"

北戈和孤城说的都是实情，我有点作难了。三人一起走，恒柔和夏月会怎么看我？有许多人刚刚进单，他们相信我，我也拿自己的人格担保，要和他们风雨同舟，让他们挣到钱，但公司的命运和发展趋势是难以预测的，如今再不做选择，就会困死在那张网里。此刻，我像一条被缚在蛛网上的小虫，在痛苦地挣扎……

"明天，听听天籁的运作模式和奖金制度再说，我们要走一起走。"

三双手紧紧握在一起："我们是来自北方的三匹狼，不能分开！"面对珠江，三个人同时喊出了这句话。

孤城又情不自禁地唱着：

"我是一匹来自北方的狼

走在无垠的旷野中

凄厉的北风吹过

漫漫的黄沙掠过……"

我的眼睛湿润了……珠江水在眼前静静地流淌，"问君能有几多愁，恰似一江春水向东流"，让我们这些异乡人心醉的珠江啊，今夜却让我们如此心碎。明天该怎么办？我在问苍天。"前面是天堂，后面是珠江。"突然，我想起万闯刚才说的这句话。

- 第三章 -

群雄逐鹿

一

我一晚上没有入睡。早晨，给恒柔发了一则短信，她没有回。我又拨打电话，通了但没人接。看来，她是真的生气了。

我又给夏月打电话，接通了。

"什么会？"

"一个公司的开业典礼，我想挖几个人。"

"那你也不通知我们。"夏月口气中充满了怨气。

"北戈只给了我一张票。"

"不是免费大吃三天饭吗？"

"张万元给你打电话了？"

"他只是问我为什么不来参加会议。"

"你不要多心，想参加今天过来吧。"我把话题一转，"张万元怎么样？有没有进款的意思？"

"这个老色鬼，想打我的主意。"

"你那么漂亮，人见人爱，花见花开，晕倒一片，迷倒一帮，张万元对你有意思，很正常啊。"我想缓和一下她对我的误解，"晚上回去后，我去你家里，见面再谈吧。"我没有告诉她，下午天籁公司还搞了一个珠江风情游。

挂断电话，我化好妆，匆匆去赶公交车。

在电梯口，我与艾琳碰面了。她满脸不高兴："你们来这里大吃三天，也不通知我们一声，真不够意思。"

"我也是刚刚知道。还没来得及通知，你们不是都来了嘛。"我不冷不热地回敬了一句。

"免费吃饭就不记得我们了，AA制吃饭喝茶就想起我们了？怪不得这几天团队的人像冷蛋子打了一样，七零八落，原来都在这里。"她的话刻薄尖酸，长条脸拉得更长了。

我没有解释，再说，也没必要解释。今天，她把自己发展的那几个搭档都带了过来，看来，天籁公司发放的这三天饭，对这些直销难民们还是非常有诱惑力的。

餐厅里，又是吵得不可开交，十个人围坐一桌，大家又是一边吃饭，一边相互留电话，交换名片。一个人过来让我写电话号码，并把他的名片给了我一张："我是做功能玉的，以后咱们多联系。"

"我是做仙妮蕾德的。"另一个也递上了名片。

万闯在人群中窜来窜去，一边给人们发散名片，一边不住地讲他运作的易购投资模式，他说做这个生意不用去发展人，纯粹地投资返利，许多人都挣了钱……

他们各自介绍自己的公司。不知谁先挑头说："A公司的产品还能做吗？"

"我认识很多A公司的朋友。但他们都没有赚多少钱，因为A公司是有钱人做的，你想想，中国有多少人吃得起这么贵的保健品？"

"要是还想在直销界混一碗饭，我认为就选择A公司，因为你总要消费嘛，人家好心好意把产品送到你家里，你能拒绝吗？"

"粘上A公司的产品，就是粘上海洛因，吃了产品，就领你到会场听课，晚上没事干，去听听也不错，一般人都能采纳这个建议。但进了会场就不由你了，逼着你上台分享，哪怕是学狗叫，他们也拼命地鼓励，频频点头赞许、肯定你。这样的赞美很能满足人们的虚荣心。接下去叫你做业绩，说做三个九就可以成为经销商，一个九差不多要一万多。两年多我花费了大量的钱财，吃了大量不需要吃的各类补品，大量的钙镁片、维C和蛋白粉，吃得我拉稀跑肚，现在想来都觉得害怕。"

"A公司的产品有一部分还是很不错的，我一直在用，但是要做的话，机会已经没有了，公司的制度、保健品的种类已经落后于时代了，当今'立新世纪'是最好的选择。"

"最好的是我的电话卡，国内长途一分钟一毛钱，国际长途一分钟三毛六分钱，你发展人可以轻松实现月收入数千元甚至过万元。"

"A公司是坚决不能进的，我做了三年赔了四五万，要做就做'华源'，这家公司现在是中国五百强第二十一位啊，实力相当雄厚……"

"还是来做'美罗国际'吧，公司的制度非常人性化，产品在目前领先世界五到七年。"

"如果你想学习就去A公司，要是想创业就了解一下月朗公司……"这个大老爷们儿的话还没有说完就被一位漂亮女士打断了："你们公司的产品太单一了，不就是一款卫生巾吗？男人去做这样的生意没劲。犹太人的挣钱法则是，做女人的生意，而且是做有钱女人的生意，所以，还是选择凯琳莱吧。"

"康宝莱是中国首批允许经营的十三家直销企业之一，也是以保健品起家的唯一一家直销巨头。"

无数家直销公司在中国这块物华天宝、美丽富饶的土地上，都有自己的一片地盘，相互竞争各占一方，一个个巨头逐鹿中原，纵横于千军万马之间，都想搏杀出一片属于自己的天地，都想争霸天下，都想当中国直销的龙头老大，一个个都亮剑出鞘，浴血奋战沙场，不知鹿死谁手？

　　天籁公司的业务经理正好也在这张桌上吃饭，他大概实在有点看不下去了，站起来愤愤地说："你们是不是太过分了？要干什么？天籁公司好酒好菜请你们来，可不是让你们来谈自己的生意的。"

　　人们自知没趣，都住口不吭声了。但没隔五分钟，不知谁又挑起了话头，大家又兴致勃勃地谈论起了一个新开盘的公司，一个女人在指手画脚地说："这家公司的奖金制度特别人性化，保证投单的人都能赚到钱。投一单才三百元，左边发展一个人，右边发展一个人，左右一碰是五十元……"

　　"双边对碰的制度早就过时了，现在是点点返利……"

　　"要想快速赚钱，还是投资易购……"万闯又滔滔不绝开了口，"投资一千美金，一个月就赚三千人民币，推荐一个人，按这个人投单的百分之一给你佣金。"他两眼放光，西服敞开着，一件白色T恤包裹着他那满腔热血和一副不成功便成仁的志士胸怀。

　　几百家公司，几百种产品，几百项制度，几千个人在这里各显其能，大大小小的网，新开盘的、未开盘的、正在开盘的、开盘很久的公司，都在利用天籁公司的开业之机，扩充壮大自己的网络队伍。那些A公司的、B公司的，在这里是没有市场的。网络直销是中国经济大潮的第四波，大势已去。今天，中国的经济已掀起了第五波的浪涛，电子商务这种潮流势不可挡，如果你还是将自己的思维和观念定格在第四波的状态，那你只能停滞在原地。于是，那些曾经是第四波浪潮中的弄潮儿，都有点蠢蠢欲动，试图想来个鲤鱼跳龙门，从过去那种陈旧的模式中走出来，在电子商务这个新兴的产物面前，寻找出路。

　　许多人吃过早餐就离开了酒店，他们多数是一些直销乞丐和直销"流窜犯"，酒足饭饱后摸摸嘴抬腿就跑。真正留下来听产品制度解析的人没多少。

但天籁公司为了广招天下英雄豪杰，为了实现"抱团打天下，一诺定乾坤！"的豪言壮语，为这些可怜的难民们发放三天饭，又算得了什么！产品制度说明会开完后，公司给每个到会的人发放一张珠江游的船票。

二

下午四点钟，几辆豪华轿车，拉着这帮英雄志士向天字码头开去，隆重的珠江风情游开始了……

轿车沿着珠江边缓缓前行，路边的景致令人陶醉，芭蕉树像一根根灰色的水泥电杆，肥大嫩绿的叶子挂在树的顶端，像一张硕大的伞遮住了灿烂的阳光，美人蕉、紫丁香、红杜鹃从眼前浮过……

突然，坐在车前面的两个女人吵了起来："你这个婊子，脸皮比城墙还厚，你凭什么记我老公的电话？"一个女人指着另一个女人破口大骂。

"岂有此理，你老公要给我电话，你能拦得住吗？"声音好耳熟，我站起来一看，那不是金蝉吗？

"你是'棺材里伸出的脑袋'，死不要脸！"

"啪！"那个女人狠狠扇了金蝉一个耳光。

金蝉也不示弱，她出手麻利，上前一把揪住了对方的头发，俩人厮打起来。北戈和孤城都过去拉架。艾琳撇着嘴，坐在一旁看热闹："活该，我早知道她要挨耳光的。"

"你这个骗子，害得我们家破人亡……"一声歇斯底里的号哭。

"谁骗你了？你老公又不是三岁小孩儿，他愿意投资，想发财，能怨别人吗？"

"没有你的花言巧语，他会投资吗？我要到派出所告你。"女人的脸被金蝉抓破了，头发也被揪下一绺。

"告去吧，有本事让警察现在就来抓我。"金蝉一脸满不在乎。

"不要吵了，有什么事，你们私下解决。"天籁公司一位工作人员过来劝架。

艾琳嘴角挂着一丝冷笑，还在嘟囔着骂道："活该！"她前几天还和金蝉亲如姊妹，怎么一下子就反目成仇？我不知道她们之间究竟发生了什么事。

北戈拉完架，又坐到我身边，低声说："金蝉和这个女人的老公一起做融资生意，结果，那家公司开张没几天就关门逃跑了，她老公赔了几十万。"

"金蝉在艾瑞新混了那么久，也不投单，艾琳说她是根搅屎棍。"

"我看是一只网络跳蚤。"

"你觉得天籁的营销制度怎么样？"我又问。

"有点复杂，三条腿，比较稳当一点，我看好的是这家公司的实力。"北戈的声音有点吞吞吐吐。

"决定要做吗？"

"你要同意，咱们就一起过来。"北戈对电子商务始终抱有很大的希望，他说在广州要想快速成功，只有从事网络营销，"我没有更多的时间去等待。我也实在忍受不了惠子瞧不起我的那种眼神。"

"如果你俩是真心相爱，还在乎各自的地位和身份吗？"

"雏菊，你错了，在这座城市，最现实的是各自的经济实力。即使我们有这份真爱，现在我也没有爱她的资格。"北戈望着静静流淌的珠江水，满眼迷茫。

"如今广州商界一片混乱，直销、电子商务界现在是鱼目混珠，各种营销模式都纷纷出笼，我们难分是非，最好和孤城商量一下，听听他的意思。"

"反正艾瑞新不能做了，咱总不能去打工吧？"北戈长长地叹了口气。

"直销是个烂泥坑啊，一旦陷进去，难以自拔。不要说我们这些梦想在广州创业的人，就是吃穷队那帮老人，做直销、搞融资生意都快做疯了。"

"疯了算个啥？自杀的也不知有多少！"北戈说，"别看那帮吃穷队的老婆子，真是打遍广州无敌手。前几天，有一家公司积压了许多床上用品，公司老板就利用一个网头策划了一套销售模式，网头又利用这帮吃穷队来推销产品，投资一千元给六百元的货，推荐一个人给二百推荐费，双轨对碰给一百元，老太太高兴了。这个生意好，又有货又挣钱，但运作了没几天，这家公司就崩盘了，老太太们花一千元买回一堆不值钱的床单、被单、毛巾。其实，这些都是网络陷阱。"

孤城走过来了："你俩聊什么？这么投入。"

"聊直销、电子商务到底是个什么东西。天籁总裁说的那句话很经典：'本来是个好蛋，如果放在怪物的屁股下，孵出来的东西就变了形。'"我若有所思地说，心情也十分怅惘。

"那还用说，把一个小孩放在狼群里，长大了就变成了狼孩。"孤城的情绪显得很亢奋，长长的头发遮住了他半边眼睛，他潇洒地向后甩着头发，从挎包里取出数码相机："上了游轮，我给你们好好拍几张照。"

"孤城，你打算什么时候投单？"北戈在问他。

"我不打算投了。"孤城的回答很果断。

我和北戈面面相觑，感到莫名其妙。

"你昨天不是说决定要投奔天籁吗？"北戈望着他，有点疑惑不解。

"那是昨天，今天我的计划改变了。"

"你打算做什么？"

"我要当广州第一人，真正玩一回网头，过把瘾。"

"有钱吗？"

"没有。"

"有工作室吗？"

"没有。"

"什么也没有，你去做梦吧。"北戈狠狠地甩出这句无情的话，"你以为网头就那么容易当吗？"

"我有一大帮弟兄。"

"你那帮弟兄都快成直销乞丐了……"

"对，为了让他们从乞丐变成富人，我这个丐帮帮主当定了。"孤城打断北戈的话，斩钉截铁地说，"我是一只狼，我知道，虽然不是上帝的宠儿，但我一定要活下去。相信自己是个奇迹，然后，让这个奇迹去创造更多的价值。"

这条西北狼是要发威了，但这是一条孤独的狼。

三

"百年修得同船渡，千年修得共枕眠。"无论是难民还是乞丐，是朋友还是陌生路人，能共渡一条船，那就是百年修来的缘分。天籁公司在船上已经给这伙英雄志士们预备了丰盛的自助餐，还有真正的珠江啤酒。行在珠江中，喝着珠江酒，真有一种酒不醉人人自醉的感觉。长鸣的汽笛声回荡在珠江的上空，船行驶得很缓慢，两岸如歌，风景如画，天籁总裁手持玻璃高脚杯，又开始进行精彩讲演："脚下的水承载着我们的希望，承载着我们的使命……天籁，就像这只浩浩荡荡的巨轮，已经正式启动了……电子商务——它将引领世界经济的潮头，它必定是二十一世纪的一个奇迹！一个新模式的出现，就好比山涧一泓喷涌不息的泉水，一泻千里，它将融入大江，汹涌澎湃、浪涛滚滚。我们要把命和运完美地结合在一起。今天，天籁和大家一起，带着真情，带着欢乐，带着痛苦，一起去寻找我们美好的家。在我们的江河里，有我们的一艘船，在我们的生命中，要有自己的信念。此岸是黄金海岸，彼岸是我们的家。此岸是我们生命的起点，彼岸是我们生命的希望……抱团打天下，一诺定乾坤！干杯！"

几百只酒杯碰在一起。好久没有这样开怀畅饮了。口里喝着珠江酒，脚下踩着珠江水，珠江啊，你要把我们载到哪里？哪里是我们梦想的家？

天色渐渐暗下来，我站在甲板上，凉风轻轻吹过，船慢慢向前走，两岸的风景掠过我的视线。前面是白天鹅酒店，这座楼守候在珠江边已将近一个世纪，它是一段历史，一个让几代人不能忘记的故事，也是尊贵和富有的象征……耳边，听不到珠江的涛声，但那层层涟漪却让我有一种冲动，仿佛一个慈祥的母亲在眯着眼睛呼唤游子的归来。

身边，一个男人在打电话，我一看，是A公司的那个皇冠。我看了他一眼，他也在看我，我向他笑笑，他也朝我点点头。做直销的人天生就是自来熟，等他收起手机时，我主动过去和他打招呼："你好！我们能交换一张名片吗？"

他很有礼貌地点点头，从皮包里取出一张名片，双手递给我。

"谢谢！"我也伸出双手去接名片，并故作认真地看着："您是A公司的？"

他点点头。看面相，他似乎五十出头，鬓角漏出花白的发根，满头黑发显然是染过的，他抬手理了理被微风吹乱的头发，两眼目不转睛地凝视着江面。

"噢，你们A公司的人怎么也来参加这样的会议？"

"总裁邀请我，我当然要来了。"

"你和总裁很熟？"

"我们是同学。当初我选择了A公司，他选择了天石公司。"

"他对A公司有看法，昨天的演讲很深刻，也很精彩。"

"有看法很正常，A公司这十年走得也不容易。无论人们怎样评价，它毕竟也解决了一部分待业问题，给了许多失业者一个希望。"

"许多人越做越穷，最后都沦为难民。这也是事实吧？"

"在A公司也不是人人都能赚到钱，就像考大学一样，考上的毕竟是少数。其实，在任何一个行业里，成功的人必定微乎其微。"

"现在，电子商务一出台，你不认为对A公司是个冲击吗？"我直截了当地问他。

"冲击很大，我的十几个部门现在只剩下五六个了，那些人都跑出去做电子商务。其实，他们都没有看懂，电子商务更难运作，用人来建管道就好比在沙滩上建楼房。"

"这种冲击，你认为是好事还是坏事？"

"在这个行业里，没有好与坏，也没有对与错，自己觉得这家公司好，做得开心就好。但公司再好，平台再大，不适合你做，那就不能做。"

"A公司是一个优秀人才聚集的地方，是白领阶层的第二职业，你们现在做到钻石、皇冠的领导，是否有一种高处不胜寒的感觉？"

"人不论做什么，千万不要沉醉在以前的辉煌中，不管怎么说，随着大量直销公司的发展，A公司一枝独秀的时代已经过去了，这是不可否认的现实。这种形势也是对A公司人的一次考验，也许这是一次优选。"

"很多A公司的人都叹息自己没有赶上好时机，没有赶上当年的A公司！"

"即使赶上了，也未必能成功！"

"为什么呢？"

"有些人不一定看得懂，看懂了也未必有勇气和魄力去从事；就算做了也未必能坚持下来！"他停顿了一下感慨地说："当年A公司的商机的确成就了一批先知先觉的人。"

"听说有的人卖血还要做？"

"你没听说，许多人都发誓生是A公司的人，死是A公司的鬼，和A公司同生死共命运。这说到底是一种文化，如果A公司没有浓厚的企业文化，是不会把这么多人凝聚在一起的。许多人正如天籁总裁说的，'口袋精光'仍然在拼命做。其原因就是这个公司的文化在吸引着无数的人。所以，决定一个公司的命运，不是它的资金或制度，而是它的观念和文化。"

赖昌龙的话让我沉思……

游轮已过白天鹅潭，开始转弯慢慢往回返，人们陆续离开甲板。远处，天色渐渐暗了下来，船上闪现出七色的彩灯，灯光在江面上摇曳不定，江水也变得像一块闪光的什锦缎。

"赖先生，遇见您，真是幸会。"我说这句话是很真诚的，没有一点恭维的成分，他那种心如激雷轰鸣而面平如镜的气魄，确实让我很佩服。

"不客气，以后有时间去我们会场看看，多走走或许会有意外的收获。"

"哈哈哈……"

我俩都开心地笑了。

- 第四章 -

树大招风

一

广州酒店正厅内，坐满了艾瑞新的人，大部分都是广州鸟语团队的人，两条线不断发展壮大，眼看就把惠子推上了一星级的位置。左区大部分都是广州本地人，右区多是外地人。左区的人暗地里叫右区的人"捞头""捞妹"，右区的人叫他们"广州佬"。吃饭时也不在一张桌上。听课时，左区的人要求讲师传奇大亨用粤语讲，右区的人却多数听不懂，执意要听普通话，常常为了语言的问题，吵得不可开交：一边喊"普通话"，另一边喊"广州话"。幸亏传奇大亨会说多种语言，一会儿粤语一会儿普通话。此刻，左右区的人差不多都来了，大家都坐在一起，脸上的表情不怎么晴朗，情绪也没有以往活跃，谈论的话题都围绕这张报纸。有的人只是默默地低头吃饭，不发表任何意见。

"这个写文章的人，一定是个混进咱们团队的克格勃，要不能写得这么详细？"

"这一定是A公司的人搞的鬼，他们的人都跑来做艾瑞新，人家能不气吗？"

"是他们搞的鬼又能怎么样？网上乌七八糟的东西太多了，谁还在意呢？咱们怕什么？上有南国秀子，再上面有公司总裁，就算不能做了，咱们还吃了产品，也能挣几个小钱。"

"一套产品两千多元，我看成本也就是几百元，要不是为了赚点钱，这么贵的东西谁舍得买来吃？"

大家你一句我一句，一边吃饭一边聊着。

我和北戈、艾琳、孤城坐在一起，大家默默地低头喝茶吃饭。

"怎么能这样呢？我刚刚发展了一个客户，人家正要进单，看了报纸马上不进了，煮熟的鸭子还是飞出锅了。"艾琳口气里充满怨气，"为了让这个人进单，我喝茶钱都不知道花了多少，真是赔了夫人又折兵。"

"广州利用这种模式做生意的公司不下千家，怎么偏偏把艾瑞新抓了典型？"

"艾瑞新做得太火爆张扬了，那天总裁从美国来，召开庆功会时，你看那个南国秀子上蹿下跳，全广州也放不下她了。"

"有钱嘛。"

"在广州千万百万还算有钱？你没听说，不到北京不知道官大，不到广州不知道钱多？她和咱们比是有钱。"

南国秀子来了，大家打住了话头。

她穿着一件鲜红的无袖衬衫与一条白色的休闲裤，长长的大波浪发卷披在脑后。鲜红的长指甲，口红眼影也涂得很浓，她不知是哪里人，但讲一口流利的粤语。

"我们听不懂。"我不耐烦地皱了皱眉头。

北戈也似懂非懂，他飞快地从笔记本上撕下一张纸，写了几个字："请讲普通话。"纸条传到台上。

南国秀子看了纸条，马上改用普通话。另一桌有几个广州人在叽里咕噜，惠子急忙走到南国秀子身边，低低说了一句："有几个人听不懂普通话。两种语言一起讲。"

南国秀子点点头："各位艾瑞新的伙伴，大家晚上好！"

稀里哗啦的掌声此起彼伏……

"大家可能都看到那张报纸了，我已经从网上向总公司反映了情况，公司总裁十分重视广州的市场，局面很快就会扭转。艾瑞新为什么会遭到这样的诽谤？因为它是电子商务在广州运作的第一家，它的运作模式冲击了许多直销公司。这就叫树大招风，强打出头鸟。所以，最近一段时间，我们要低调一些，暂时不要到工作室。聚会去茶楼饭店，手里只要有一台笔记本电脑，我们就会'一统天下'……"她的讲话有点哗众取宠。

"哗哗哗……"掌声响起，顿时，大家举座哗然。

桌上的菜吃光了，广州人吃饭就是这样，剩不下。三百元一桌饭，十个人吃得不饥不饱，现在大家最关心的是艾瑞新能不能继续运作。有几个人问南国秀子。

她一扬头，甩了甩那满头大波浪："不要怕，继续做。"

"业务怎么开展？"惠子发问了。

"我们都隐藏好，大家都有网名，而且都设有二级密码，谁也查不到我们的个人资料。你的团队有多少人，每个星期收入是多少，只有你自己知道。"

我突然扑哧一声笑了，北戈说："笑什么？"

我低声说："我们在网上都隐身藏好了，还怕什么？"

"是啊，南国秀子腰包装了上百万还不怕，我们怕个鸟？"

一直沉默无语的孤城说话了："她当然不怕了，有钱就腰硬。我兜里别说有百万，就是有十万或几万，不，哪怕有几千，我也不着急。现在身上的钱都投了单，到今天还没挣到一分，能不着急吗？艾瑞新没得做，我们的钱还不是打了水漂。"

"南国秀子不是说了，继续做。"

"怎么去说服客户？自己的底气不足，谁还会和你合作？"

"那你打算做什么？有好项目吗？"艾琳问。

"新公司多得很……"

"你不要涣散人心了，等等看，总公司会有举措的。"北戈打断孤城的话，"刚才南国秀子不是说了，我们可以去茶楼聚会，约来人还是大家一起做工作。"

"能约来吗？"孤城的口气不冷不热。

"你还没约，怎么就知道约不来呢？从明天开始，我们团队的人都到陶然居茶楼，那里的茶位便宜，而且是一落到底。你们负责通知自己下面的人。"

孤城没有再说话，他打了一个哈欠，低头发短信。我也困得很，想睡觉。南国秀子开始布置工作，她说完后，每个团队的头子又上台表态，要顶住风浪，熬过这段困难时期。大家都在骂那个混进艾瑞新的内鬼，写文章的这个家伙也一定是A公司人花钱雇的枪手。

"有什么证据认定这件事是A公司人搞的？他们不会那么卑鄙吧。"我不大同意他们这种说法。

"牵涉到个人利益，不仅是卑鄙而且是不择手段，A公司有许多人是带了一个团队的人走进了艾瑞新，这么多人走了，金字塔的底座能不坍塌嘛，站在塔尖的人自然会恐慌不安。"惠子眼睛盯着电脑荧光屏，大概又在和网友聊天。

"不过，要看怎么去认识这个问题，树总是要落叶的，如果一棵树因为落叶而死掉了，这棵树是没有生命力的。A公司树大根深，因为走几个人就在背后搞一些小动作，那就失去了直销龙头老大的风范。"孤城也觉得这样对待A公司有点不公平。

　　其实，我们这帮人都是从A公司跳槽过来的，艾瑞新是电子商务在广州的第一家，运作起来好像比A公司那边轻松一些。但真正深入这个旋流中，才知道，想成功也不是那么容易，只是我们不能一下识破其中的玄机和陷阱。

　　从广州酒店出来，已快十点。我赶末班车回家。路上行人稀稀拉拉，行驶的汽车也亮着大灯小灯毫无阻拦地一路狂奔，嘶叫着、呻吟着……

二

　　街上闪起了五颜六色的霓虹灯，夜幕下的广州美丽且迷人，不像白天那么乱糟糟、闹哄哄的，也没有白天那么闷热。高楼、商城、街市，到处都是华灯绽放，霓虹璀璨。天空像一块不干净的抹布，把星星擦抹的黯淡而模糊，月亮变成一个沾满污垢的瓷盆儿，把雾沉沉的月色泼洒在地上。脑海里突然涌出另一幅画面：那是草原的夜空，星星像闪闪烁烁的钻石，嵌镶在浩渺无际的穹苍。月亮恬静温柔，那是我的家乡，距离我很遥远。是啊，小时候，醒来是家，梦里是远方，现在，梦里是家，醒来是远方。细细算算，离开家已经很久很久了。

　　横行业上，绿灯亮了，行人匆匆而过，我站在那块绿色的站牌下，等212公交汽车。恒柔打来电话："开什么会？"

　　"南国秀子布置工作。"我困得直打哈欠，眼皮像抹了胶水，怎么也睁不开。

　　"艾瑞新还能做吗？"她的声音有点焦虑不安。

　　"能，都转入地下工作，隐藏好就行了。"

　　"哈哈哈……"她笑个不停，"我们都变成隐形人了。明天怎么安排？"

　　"去见A公司的一个小伙子。"

　　"到哪里见？"

　　"九点钟在陶然居会面，我们都转移到那里。"

"好，我准时去。"她还告诉我网上也炒得很厉害，但艾瑞新的网页仍然能打开……

汽车开过来了，我打断她的话一步跳上车。

末班车，空荡荡的没几个乘客。我依然坐在后门口右手边第一个位置上。坐在这里，可以清晰地看见每一站的站牌，更能看见路边的行人和闪烁着霓虹灯的商店，还有各种盛开的鲜花。车子经过堑口车站就行驶在沿江路了，眺望车窗外的珠江，沿江两岸景色迷人，一条蓝色的海岸线顺着江水向远处延伸，蓝光闪闪，宛如飘带；绿树环绕在江边，闪着幽幽绿光的树影间是一栋栋高耸入云的群楼，一座比一座漂亮。据说，江边的楼价一直在暴涨，每平方米上万元，照样有人购买。广州有钱人很多，穷人乞丐也数不胜数，一边是天堂一边是地狱，当"走鬼"的小商小贩与坐豪车的老板商贾，在这座城市里是多么鲜明的对比。我的脸上浮现出一丝自嘲的微笑，脑海里突然涌出杜甫的那句诗："朱门酒肉臭，路有冻死骨。"但在广州是永远不会冻死人的。这里没有冬天，珠江水永远不会结冰，树永远是绿的，花永远开得那么鲜艳，这一季的花凋谢了，那一季的花又开了。人们看得生厌了，花儿仍然在开着，名副其实的花城！

车到总站，我最后一个走下去，下车那一刻好像跳进了一个热气腾腾的蒸笼，汗水从身体的每个毛孔往外流，湿淋淋的头发贴在两鬓。我一边不住地擦汗一边用手指缠绕着长发，把它盘成一个髻，这样清爽了许多。

手机响了："雏菊，你在哪里？"

"刚下公交车。"是孤城的朋友邹洋。

"我请你喝糖水，过来吧。"

我一看表，快十一点："是不是有点太晚了？"

"还没过十二点，来吧，我在下渡村等你。"他不等我答话，就挂了电话。

看来不去是不行了，他找我有什么事呢？

已是午夜，这条小街依然是灯火通明，街面不宽，从南到北都是摆地摊的"走鬼"，他们每人推着一辆手推车，烧烤红薯的、烙煎饼的、炸臭豆腐的，各种味道弥漫在空气中。一排排当口都是餐馆，门前都摆满了桌椅，吃夜宵的人多是Z大的学生，三个一伙五个一堆围坐在桌前，喝一杯茶，要几盘菜，在混浊的空气中吃得津津有味。成群的蚊子在灯光中飞来飞去，叫卖声此起彼伏，真是一条青烟缭绕、热气腾腾的市井小街。我和邹洋在一家"煲煲好"粥店门口见面了，他笑着向我招手，我走过去，两人坐在一张小桌前。

"我知道你会来的。"邹洋肯定地说。

"能不来吗？不等我回话，你就挂了电话，这一招很高明。"

"哈哈哈……"他笑起来，"你是大忙人，白天请不到，只好在晚上了。"

"是深夜。"我纠正了他的话，并抬手让他看表，"已经十二点了。"

"没事，离天亮还早呢。"他点了几盘小菜，凉拌皮蛋、莲藕、花生米，"你想吃点什么？"

"什么也吃不下，刚在广州酒店吃过饭。"

"那是晚饭，现在已经十二点了。"

"那就喝粥吧。"我很累，头昏昏沉沉，上下眼皮直打架。

"这里的粥煲得很好喝，种类也多，有皮蛋粥、鱼片粥、鳝鱼粥、生菜粥，你想喝什么？"

"随便。"我对广州的饮食没什么挑剔，清清淡淡，很适合我的胃口。

邹洋要了砂锅鱼片粥。

老板娘很年轻，听口音是湖南人，腰间围着一条脏兮兮的黑塑料围裙，围裙上还有斑斑点点的血迹，大概是刚刚杀过鱼。手也不干净，指甲很长，指甲缝隙里面满是黑垢，但桌上的鱼片粥就是那双手煲出来的，喝起来很香。

"最近，有家报纸报道了艾瑞新的经营模式属于传销，你怎么看这个问题？"

"是不是传销，也不是我们能定规的，但我一直在思考一个问题，我们是不是应该收手了？"

"能收得了吗？这种营销模式到处在蔓延，除非你不做销售。"

"发展客户，自己底气不足，难以说服别人。"我实在是心灰意冷了。

"雏菊，我很想和你合作一次。不瞒你说，我迟迟没有投单，主要是没看好爱瑞新的奖金制度，我也不想投入太多，艾瑞新一份单两千三百元，三单七千八百元，太贵了。我最近在做一家公司，这家公司在广州刚开盘，不知你听说没有？乐和钙，每单一百九十元，奖金制度是一比二对碰，每一碰是六十元，推荐一单三十元，你不妨试试……"邹洋滔滔不绝地讲着，他讲话的逻辑性很强，从产品讲到制度，一环扣一环，那带有磁性的声音很容易吸引人。

我沉默无语，埋头喝粥。

"现在乐和钙在广州做疯了，花一百九十元买一份单，就算做不起来，自己还能吃一瓶钙片，要是做起来，还能挣一笔钱。"

"你投单了？"

"我投了一份单，试试看，我觉得乐和钙的运作模式不错，挣钱快得很。"

"也是两条腿制度？"

"是的，但这是一比二对碰，不容易出现大象腿。"

"双轨制肯定要出现大象腿，这个你不要否认。"

"就算有大象腿怕什么？一份单不就一百九十元嘛，现在的人，谁还在乎那百十元钱？全当掏钱买产品吃。"邹洋从皮夹里取出一叠乐和钙的材料摊在桌上，"我还是觉得投小单划算，做不起来也不心疼，你考虑一下，把艾瑞新当作长线做，乐和钙当短线来发展，长线挣不来钱还有短线，东方不亮还有西方。"

我不住地打哈欠，一看表，已是深夜一点钟。邹洋看我困的样子，起身要买单。

"让你破费了。"

"没什么，你能赏光，我就非常高兴了。改日我请你到中华广场喝茶，乐和钙的广州第一人蓝姐在那里坐镇，喝茶的人很多，茶点也很丰富，不像你们艾瑞新的人，让人喝茶，茶桌上没有茶点吃，一看就觉得寒酸小气。"

"艾瑞新的人不是寒酸小气，关键是缺少一个能说会道的人。好吧，改日我去会会这个蓝姐。她能在茶楼支起摊，开张做网络生意，一定是个不简单的阿庆嫂。"我不由地想起《沙家浜》里那个眼观六路、耳听八方的阿庆嫂唱的几句台词，"来的都是客，全凭嘴一张，人一走茶就凉……"

"能和雏菊一起吃夜宵，还是很开心的，以后多多指教。"

"指教谈不上，有机会我们也许能一起合作。"

和邹洋分别后，我拖着沉重的双腿向公寓楼走去。

三

这座公寓楼坐落在Z大西区的校墙外，挂的招牌也是"Z大学生公寓楼"。但大楼内住的却不是正牌的Z大大学生，大部分是外地过来的自考学生，还有大学毕业后在广州打工的。因为业务不景气，老板把三楼全部出租给半岛酒家，住的都是清一色的打工妹。我住六楼，房子很小，放四张床，我的上铺是一个叫阿凤的姑娘，大学毕业后，在一家外汇公司当操盘手，每天只要一回来，就坐在那张小桌前，听着许巍的歌，眼睛盯着电脑屏幕上那些弯弯曲曲的红绿线。或是，在博客上写一些随笔之类的小文章。我们也聊天，多半是聊一些男女情感之事，但我从不和她谈电子商务，她也不和我讲炒外汇的事。除非是她的外汇突然又升值了，就很随意地说一声："我今天又挣了200美金。"我要是有客户进单了，也会告诉她："今天又有一单，麻烦你给我打开网看看。"然后她会马上把艾瑞新的网页打开，我也有意时不时让她浏览一下爱瑞新公司的产品营销模式。

另一位舍友爱丽丝在攻读英语，一心想当翻译，每天早晨出门，很晚才回来。究竟在哪一所大学就读，她从来不提，估计也是那些打着Z大幌子的自费学校。她经常在宿舍里煲饭，用了电又不想多花钱，为了几块钱，大家又不想伤和气，阿凤总是和我说："这人真不自觉，自己用电多，就该主动多交几块嘛，大家出来做事都不容易。"我也附和她的话："她多交一点钱是应该的。"但有一次爱丽丝却和我抱怨，说阿凤真不自觉，电脑一开一个通宵，害得她整夜都睡不好觉，而且从来不多交一分电费。看来吃亏的只有我了，但没办法，眼下只能在这里住。

爱丽丝的下铺是刚刚从三楼搬来的，她也是这座楼的老住户，搬进来的东西堆积在门口床下和所有的空隙之地。她是做服装设计的，业余时间推销A公司产品，桌上摆满了A公司的化妆品。我们屋里乱得很，看不出是女宿舍，倒像一间堆积杂货的仓库。各自守着那一米之地，白天四个人都很少在家，深夜都回来各自爬进蚊帐。

推开门，阿凤还没有睡，她朝我笑笑。屋顶上，那个老式风扇嗡嗡响着，黑乎乎的风叶像乌鸦翅膀一样在我们头顶日夜不停地旋转。

"这么晚了才回来？"

"邹洋请我吃夜宵。"

"刚才有一个女的让你给她回个电话。"

我知道是恒柔打来的，她每天睡觉前总是要和我煲电话粥。"几点了还回电话。"我困得连说话的力气都没有了，拿了毛巾和水桶去冲凉间。

站在喷头下，把水龙头拧到最大，透心的凉水顺着头顶背脊哗哗流下来，我闭着眼，静静地听流水的声音。从冲凉间出来，感觉浑身轻松了许多，一天的烦恼还有那些杂七杂八的事似乎都被冲进了下水道。洗漱完后，我准备放下蚊帐睡觉，可偏偏此时手机响了。嘴里咒骂着，但一看名字我马上从床上坐起来，是柏焜的短信，其实不用问，除了他谁还能在这个时候给我发短信呢？

"睡了吗？"

"没有。"以往这个时候我和柏焜总要聊一会儿，但自从我进艾瑞新公司后，就再没有和他联系过。

已是午夜两点，第六感觉告诉我，柏焜在情感上一定是受了什么挫折和打击。我心里突然很难过，两眼死死盯着那几行字，隐约感到，他似乎有什么事要和我说，究竟是什么？

"我想见你。"

"你看看几点了？"

"时间不是理由。"

"发生了什么事？"

"我实在受不了啦。"

是什么事使他如此狂怒和无法忍耐呢？短信接连不断，一直发到黎明。阿凤也关了电脑爬上了床，风扇还在呼呼转着，我的思绪也在旋转，最后定格在柏焜的身上。那天，我和他说自己要做艾瑞新时，柏焜就像看一个陌生人，沉默了许久才说："你知道不知道，这种拉人头的做法，你会越做越累。"

"一种新型的营销模式的出台，总是有人会反对的。"我目不转睛地望着他，"难道只有A公司的营销模式是可取的吗？"

他不满意地瞪了我一眼说："在直销这个行业里，A公司是龙头老大，这点是永远不可否认的。"

"很遗憾，我没有那种百米冲刺的能力。"

"不是能力问题，是你的心态。那种双轨对碰制度，会让你越做越累。我希望你三思而行。"

我没有说话，不大满意他这种说法，心想，难道直销行业除了A公司是合法的，其他新出台的公司都是违法的吗？就算合法，在那里赚不到钱，又有什么意义呢？

"A公司的产品是不能再做了。"

"为什么？"

"不为什么，只是想缩短自己步向成功的时间。"我不想告诉他，再做下去，每天连大餐也吃不起了。

两人就这样分手了，他是我的业务主管，也是领我走进直销行业的启蒙搭档，在广州认识的第一个朋友。分手是痛苦的，有很长一段时间，我不再接他的电话，也不再去A公司的工作室听课。会场那种狂热的气氛曾经让我振奋激动，使我热血沸腾。但当真正把自己投入市场时，才知道原来是在沙滩上盖楼房，阳光中的海市蜃楼夺目耀眼。曾经想借行销这个平台来实现百万富翁的梦，但被冷酷的现实砸得粉碎……

四

那些日子，我每天提着两大袋A公司的日化用品，在广州这座繁华的都市转来转去，走过一个个士多店，一家又一家超市。迎接我的是一双双冷漠的、怪怪的眼睛，显然，他们鄙视A公司这些"扫大街"的业务员。无论你的名片上印着什么头衔，没有人会正眼看，而你刚一转身，那张名片就飞进了垃圾桶。

在一家韩国服饰的店里，我向一个女老板推销产品，给她做洗衣液的示范，她翻看着那本产品说明书，最终只要了两个眼影刷子。我花了四元的车费，还在A公司的店铺排了两小时的队。把刷子送给她时，她给了我十元钱，外加送了我一个淡淡的微笑。炎热的盛夏，我的心却冷得发抖。而会场那种气氛又让我的心热得难受，台上那个主持人在大喊："左脚右手，右手左脚，哐哐……"大家都在跺地板，好像能跺出几块金子，一边跺脚一边狂热地呼喊。大会开完开小会，相互分享，定目标，在墙上门板上贴满了纸条："不达成目标，誓不罢休！"

花五块钱去听一堂课，会让人激动得一夜都睡不着觉。于是，第二天又来听，直到有一天，人们把口袋里的钱都变成了A公司的产品，才知道自己就像是一头掉进陷阱的驴子：有一头驴子不小心掉进一口枯井里，农夫想尽办法也没有把它救出来，驴子痛苦地哀号。最后，农夫决定放弃救它，决定把这口井填了，埋掉驴子。驴子知道自己的处境和结果后，哭得很凄惨，当人们把土倒在它身上时，它反倒安静了。农夫好奇地往井底望去，出现在眼前的景象令他大吃一惊。原来，泥土落在驴子背上时，驴子却将它抖落在一旁，很快，它就踩着泥土从井底爬了上来。故事告诉人们，一旦掉进陷阱，想爬上来，就得学习驴子，但我在Ａ公司充当的角色充其量是一铁铲泥土，不知为哪头驴子去做爬上陷阱的铺垫。

"柏焜，还记得我们在一起扫大街的情景吗？"

"记得，一个下午卖了一瓶洗洁精，差点儿把我们乐死，以前卖一辆汽车也没有这样开心过。我们好像赚了几百万似的。"

我最开心的时候也是那段日子，每天拎着两大袋Ａ公司的产品，在新港西路的布匹市场转来转去，面对一张张冷漠的脸，我们满脸堆笑、不卑不亢，走进一家又一家当口。

"先生，我们是Ａ公司的。"柏焜毕恭毕敬地把名片递过去。名片设计得很讲究，头衔是营养顾问，每个字都是烫金的，还带着一点点香味儿，闻起来有一点茉莉花的味道，但没有一个人接了名片用鼻子嗅的，我不知道他为什么要印这种带香味儿的名片：怕人家给扔进废纸篓里，还是怕自己的名字臭名昭著？我们就是带着这张散发着香味儿的名片，走遍整个布匹市场。

"小姐，我们是Ａ公司的，Ａ公司的化妆品您了解过吗？"

"对不起，我不用Ａ公司的产品。"

"大姐，Ａ公司的洗涤用品您用过吗？我给您做个产品示范……"

"对不起，你看不见我现在正忙吗？"她用两个指头捏着那张烫金的名片，"啪！"的一声甩在那张黑色锃亮的老板桌上，就像甩扑克牌一样。但柏焜不是大王，更不是小王，是个最小的黑桃四，我充其量是个红桃四，两张牌合起来才是一个小工兵，遇上炸弹能起一点作用，但没有人和我们玩，看见我们就直摇头。于是，我们两个小工兵也就无用武之地了。

拒绝，到处是拒绝……

走过花花绿绿的布市，穿过熙熙攘攘的人群，柏焜把手里的黑桃四甩得差不多了，我也打出几张红桃四，但我们还是末优，手里没有大小王再会出牌，也争不了上优。中午，肚子也开始咕咕响了，两人不约而同地说："不卖了，回Z大食堂吃饭。"

Z大食堂是我们经常光顾的地方。这里不拒绝校外人。饭菜不仅便宜，更主要是卫生条件比较好。据说，每道菜都要经过严格的食品检验，吃起来放心。我们买了两大碗水饺，面对面坐着，吃饱了，就去麦当劳喝咖啡，慢慢品着那个苦味儿……

那时候，我们在玩短信游戏。

他来信说："竹篱怎阻野鹤飞？流水也能穿石过。"

我说："胸有鲲鹏高飞志，烟雾蒙蒙难凌云。"

他又告诉我在A公司发展的三阶段：一，昨日西风雕碧树，独上高楼望尽天涯路；二，衣带渐宽终不悔，为伊消得人憔悴；三，众里寻他千百度，蓦然回首，那人却在灯火阑珊处。

我说，对于A公司，始终不能再有一见钟情的激情，当我不能拥有它时，只能痛苦地去选择放弃。让我们坦坦荡荡做朋友吧。天涯路无尽头，愿与君同携手，漫步灯火阑珊处。

我恍恍惚惚进入梦乡……因为，在这个世界里，必定还有好梦成真的时候。不过，这样的梦可能要做很长时间，甚至是一辈子都在梦游中生活，似睡非睡，似醒非醒，就像一只冬眠的刺猬，或者一条冬眠的蛇。动物在某种时候比人聪明，对不利的生活条件和环境，它们可以用冬眠的方法来适应，这一点，人是无论如何也做不到的。我想梦游，但总是要醒来，生物钟很准时，天亮就从梦中走出来，开始在乱糟糟的现实中忙碌起来。

－ 第五章 －

北方来的狼

一

　　睁开眼已是七点，我赶快从床上爬起来，眼睛有点红肿，真想再躺下美美睡一觉。但已经约了人，上午九点在陶然居见面。所以我还是很认真地化妆：脸上轻轻扫一点腮红，遮住了倦意，再涂点口红……穿了一身色泽鲜亮的西服套裙，手里拎着小坤包，对着镜子把长长的头发梳理得一丝不乱，整个人显得神采奕奕。和镜子里那个女人笑笑，说声拜拜后，我自信地向楼下走去。

　　广州的夏，不鲜亮的太阳宛如一口蒸锅，阳光白蒙蒙的，像极了蒸笼里冒出来的热气，闷热闷热地让人喘不过气来。踏上53路公交车，空荡荡的，汽车绕海印大桥转来转去。广州的立交桥是令人头昏目眩的，宛如迷宫，让人不知东西南北。有一次，我误闯海印大桥，一个人走在桥上面，那种感觉是惊心动魄的，无数辆汽车从身边驶过，感觉脚下的路在剧烈地颤动，我的心脏也在加速跳动。我只能胆战心惊地扶着桥上的栏杆慢慢向前走。桥上没有人行道，我庆幸自己的命大。假如那天有一辆汽车稍稍向栏杆旁边偏行一点，我就会被挤成肉饼。从那以后，我看见汽车绕大桥转就心慌。

陶然居是一座中档茶楼，一个茶位一元钱，而且是一落到底，这大概是广州最便宜的茶位了。我们这帮做国际生意的艾瑞新人都聚在这里，从早晨喝到晚上。一台手提电脑往桌上一摆，大家便开始邀约人，走了一帮又来一帮，人多了，大厅里吵得厉害，就开了一个雅间。今天，南国秀子、惠子都来了。喝茶的规矩很明确，仍然是AA制。大家围坐在距离空调很近的一张桌前，孤城今天没有穿西装，一件T恤衫，一条牛仔裤，自然随意、潇洒倜傥。惠子已打开电脑，正和一个陌生的男人讲艾瑞新的制度，北戈坐在这人的右边，一看阵势，就知道是ABC沟通法则，三个人围一个客户，插不上嘴的人就转移到另一张桌上，继续打电话约人。

恒柔今天姗姗来迟，她是我的搭档，见面第一句话就问："艾瑞新怎么做？"

"昨天不是告诉你了，暂时在茶楼邀约人。"

"我们都变成地下工作者了，这块阵地我们还能死守吗？"

"听听总公司的风声，真要定为传销，我们就全部撤出来。"

她和我击掌："好，听你的安排，我们总不能钱没有挣到，再背个传销的黑名儿。我老公也极力反对，昨晚为这事又和我争论不休，真烦人。"恒柔眼睛里闪现出几丝无奈，话题一转问，"今天这个小伙子会不会进单？"

"难说，看咱们配合得怎么样？"

大厅里，十几张桌子前坐着的都是艾瑞新的人，一个个喝着茶吃着茶点，和邀约来的客户不停地讲艾瑞新的产品、理念、运作方法。没有邀约到客户的，仍然不住地翻弄手里那些花花绿绿的名片，挑选适合的人，热情地请他们过来喝茶。

我约的这个小伙子很守信用，准时到了。他和我点点头，便坐了下来。我把茶杯给他递过去，他摆摆手，从挎包里掏出一瓶矿泉水，说："我有这个。"

"那吃一点茶点吧。"

"已经吃过早餐了。"他又是摆摆手，"你约我有事吗？"

"没事，我们随便聊聊，看你的名片是A公司的。"

"是的，我再过几个月，就晋升中级了。"

"全职做吗？"

"下个月就全职。"他喝了一口矿泉水，"我叫北狼，在一家歌舞厅当歌手。"

"歌坛有个老狼。你一定很崇拜他了。"

"我只是欣赏他的演唱风格，谈不上崇拜。"小伙子傲慢地仰着头，眼睛盯着天花板，这是一张充满自信的脸。

"听你口音像山东人。"我不大喜欢他这种居高临下的样子。

他点点头："青岛人，天津音乐学院毕业后就来广州闯，后来朋友介绍我去了A公司。"

"我们以前都是A公司的。"我向北戈和孤城打招呼。

"噢，你是A公司的？那我们是一个战壕里的战友了，认识一下，我叫北戈。"北戈走过来主动和北狼握手。

"大家都叫我波斯猫。"孤城边说边甩了甩满头自带卷花的头发，那动作潇洒极了，"在广州，北方人都是老乡，我是西北人，真正的来自北方的狼。"

"远古的人类对狼充满了崇敬，他们尊重狼的勇敢、智慧和坚韧，认为狼是最高智慧的神，可以与一切力量抗衡。"我有意想引发一下大家的谈话内容。

"在所有哺乳动物中，最有情感者，莫过于狼；最具韧性者，莫过于狼；

最有成就者，还是莫过于狼。狼是群居动物中最有秩序、最有纪律的族群。"北狼也在赞美狼。

"整个地球上，没有哪一种动物的生存环境比狼更恶劣，狼一出生就要面对寒冷、饥饿和被猎杀的命运。它虽然不是上帝的宠儿，但它天生具有强者心态，有一种面对困难时的坚强和临危不乱，还有一种不达目的誓不罢休的坚韧。它们在恶劣的环境中不惧怕，这就是狼的生命尊严。"孤城的高谈阔论，听起来让人觉得他在卖弄，但我清楚，他是想营造一种气势来压倒对方。

"有一本书——《狼图腾》，畅销全国。开篇有一句荐言'我们是龙的传人还是狼的传人'？其实，狼是一种很可怕的动物，草原的牧人最痛恨的是狼。所以，有专门的打狼队，但当狼一天比一天少了的时候，人们突然觉得狼又非常可爱了，所以，现在成了重点保护对象。有一款衣服的品牌叫'与狼共舞'，还有一个品牌叫'狼桑'。总之，狼变成了一种可爱的动物，就像大熊猫一样。"我的话刚落音，大家就"哈哈哈……"笑起来。

"社会在变，环境也在变，一切事物都发生了质的变化。"北戈问北狼，"你现在还在做A产品吗？"

"做，我会一直做下去的。"北狼的口气很坚定，蕴含着一种不达到目的誓不罢休的坚韧。

"每个月都冲业绩，而且每月都归零，很难做成。就像一个跑百米的运动员，一直在冲刺，冲不上去就一分钱也拿不到。我做了一年，累死累活也没有挣到钱。"

"在A公司是马拉松赛跑，没有内力是跑不下来的。"他的嘴角挂着一丝轻蔑的微笑，声音很平和，"具备了这种内力的人，才有资格去跑，否则，都会被淘汰。"显然，他很看不起我们这些从A公司退出来的人。

"不是内力的问题，关键是经济实力。我其实也很看好A公司，但我囤不起货，资金运转不了了，只好停下来。"孤城也听出北狼的话里有所指，直截了当地回驳了一句。

"我是感觉在A公司很累，每天拎着产品去卖，每月的定额完不成，就拿不到利润。"北戈的话渐渐转入主题，"我们来广州的目的是想找一条成功的路，想实现心中隐藏的那个梦想，但A公司给我们的只是一个个虚幻的不真实的幻影，就像阳光下的彩泡，我们就像那些吹彩泡泡的孩子。"

"A公司人常常爱说这句话：'你用心照顾A公司五年，A公司会照顾你五代人'，但我身边A公司的人五年上个中级都难。吃大餐睡地板，没做A产品之前我从来没有这么穷过。我们的目的是要借助一个平台改变自己的生活，如果有更好的、更能赚钱的公司，我们有必要执迷A公司这个平台吗？"孤城一语道破今天谈话的主题。

"我觉得想在广州成功就得走直销这条路，但如果从事直销，首先就应该想到A公司，它是第一家进入中国的跨国集团公司，有五十多年的创业历史，资产达360亿美金，研发生产的产品有五大系列……"他滔滔不绝地讲起了A公司的发展史，看来，北狼对A公司的钟爱是至死不渝的。

孤城不耐烦地挥了挥手，打断他的话："企业发展的历史再长关我什么事？我在这个平台上挣不了钱，还不是等于零。无论这个平台大与小，关键是看适合不适合自己，在这个平台上能不能站立脚跟，说得通俗一点就是能不能挣到钱、吃开饭。"他习惯地用手理了一下自己那头乌黑漂亮的卷发，停顿片刻又说，"我不否认，A公司企业文化非常深厚，其他公司无可比拟，是培养行销人员的黄埔军校，无论谁走进A公司的会场，都会被那种狂热的激情燃烧，都会去花六十元开张卡走进那个行列，但真正做起来，真正了解了它，你就会发现自己原来是掉进了一座美丽的陷阱。"

"有比A公司更好的公司，你不想了解一下吗？"北戈单刀直入地问。

"在广州什么都可以了解。"北狼的脸上浮现出一丝不屑一顾的微笑。

北戈马上拿出艾瑞新的资料："这是一家美国的公司，总裁是中国人……"他讲了一下公司的概况，然后接着讲公司的制度，并和A公司做比较，"不用卖货，不用冲业绩，而且是周薪制，每个星期都能拿到钱。"他讲完制度，我讲观念："当今是网络世界，要想早日实现自己的梦想，首先要更新自己的观念……"我讲完，孤城又接着讲艾瑞新的发展前景。

北狼问，一套产品多少钱？怎么做？孤城用碳素笔给他在纸上画了一个双腿对碰图，一碰二,二碰四,四碰六……无止境地碰下去，钱也就源源不断地流进口袋里，两条腿一旦支稳当，就不用再做了，可以坐等收钱。孤城讲得很激动，但北狼平静淡定，脸上毫无表情，什么话也没有说，把那个矿泉水瓶子装进挎包里，抬手看了一下表说："时间不早了，改日再聊，我还要给一位客户去送一支牙膏。"

"一支牙膏的利润连车钱都不够，你难道不算账？"北戈不满意地瞪了他一眼，显然，北狼这种冷漠的态度让他感到愤然了。

"客户背后的市场有多大，你是算不出来的。"北狼边说边站起来，和我们握手告别。

二

送走北狼，我们三个人坐在桌前，面对那杯乌龙茶，心里很不是滋味，惠子走过来问："刚才那个小伙子怎么样？"

三人面面相觑，沉默片刻，北戈开口了："他没表态。"

"我看他是没钱，喝矿泉水，还故作清高。"孤城的情绪很沮丧，口气中饱含了对北狼的藐视。

"A公司的人都是那个样子，走到哪里手里都拿一瓶矿泉水，吃饭喝茶AA制。"恒柔也围过来。

"不要着急，这才是第一个回合，他不喝茶咱们还省茶钱，关键是看这个人有没有能力，值不值得我们下功夫去跟踪。"

"一个唱歌的，他眼下还执迷A公司。"我附和着。

"那不要紧，把他列为联络对象，有一天他在A公司做得没有钱了，会选择我们的。我们是'棺材铺的老板——总有一天会等到他'。"惠子说话很果断，甚至有些独断专行。她发展团队的原则是，一定要发展做事的，具备做行销人员的素质和潜能。腿不仅跑得快，而且脸皮必须厚，不要怕拒绝，不要怕白眼，死缠烂打也好，软磨硬泡也好，只要能把客户搞定就行。总之一句话，用我们脑子里的观念换客户口袋里的钱。

"他现在没有钱，怎么换？一听说一套产品二千多，投三单七千多，他就不再询问其他的了。我的话是吊住了他的胃口，只是他没有能力来吃这个东西。哼！名字叫得倒响亮——北狼？我看他不如一只狗，狗急了还叫几声，他连一声哼哼都没有。"孤城从心眼里看不起这只北狼。

"你没听说，不叫的狗才咬人，不出声的猫抓的是大老鼠。"北戈不大同意孤城的话。

"好了，不管他，咱们再进行下一个。"我返回头问恒柔，"你带来的那个保险公司的人怎么样？"

"他是让我买保险。"

"你没有和他谈艾瑞新？"

"谈了，他说自己很热爱保险这个行业，不想再从事其他行业。"恒柔掏出一张意外险保单扔在桌上，"他不做艾瑞新，我是不会买他保险的。"

正说着，一位衣着花哨的老太太走了进来，我起身迎过去："芳姨好。"

"雏菊，你约我过来，有啥赚钱的项目啊？"

"芳姨，叫您来喝茶啊。"

"只是喝茶，芳姨还真没时间，好几家请我中午喝茶，都推了。"

看来芳姨是直奔主题了，于是，我们也不绕圈子，惠子开始给她讲艾瑞新公司的奖金制度。

芳姨也不拿捏，一边听一边大口地吃茶点，大概中午没有吃饭，一大盘炒粉一扫而光。她打着饱嗝，不住地喝茶，水桶腰变得更粗了，真不愧是吃穷队的，大家都被芳姨的好胃口怔住了。

　　她喝了茶，吃了饭，用餐巾纸擦擦嘴说："这个奖金制度很好，我也想买三单占个位，但手头没现钱，只有几个坟墓，你们要是能给我卖掉一个坟墓，我就来投单。"

　　"你买那么多坟墓干吗？"我的话音还没落，她就讲起"一个坟墓能赚多少钱，人死了骨灰盒也得有地方放，总不能像电视机一样长期摆在客厅，一个坟墓一万多，还抢不到手呢……"惠子听了她的话，气不打一处来，不客气地摆摆手说："你自己留着慢慢享用吧。"

　　芳姨并不生气，可见，她是四层楼下的麻雀，什么阵势没有见过？仍然不紧不慢地从皮包里掏出几张宣传广告单："这里是广州风景最优美的地方，有山有水，是块风水宝地，你没听说，占块有风水的坟地，造福后代啊。要是坟地没有风水，后辈儿孙也遭殃啊。现在，楼房天天涨价，坟墓也一样天天暴涨。再说，谁也不能保证自己活着不死，更不知道自己什么时候死，迟早都用得着啊。"

　　一桌子人都不吭声了，傻傻地瞪着眼睛望着这个老太太。晦气，怎么约来这么一个神经兮兮的人。她吃饱喝足，收起放在桌上的宣传单，起身和我告别。走到门口，她轻轻拍拍我肩膀说："雏菊，改天到芳姨家，我亲自下厨给你煲生鱼木瓜汤，要不请你吃客家白切鸡和烧鹅。挣钱的项目多着呢，芳姨慢慢给你介绍。"

　　我勉强笑着点点头，送她走出门外。

　　北戈、孤城，还有恒柔，朝着我哈哈大笑："雏菊，怎么约来这么一个老婆子？"

　　"我怎么知道她是卖坟墓的？"我一脸沮丧，一肚子火气。

　　"可见，这年头什么都能赚钱，以后，说不定还要卖死人呢。"

　　"活人的钱不好赚，就赚死人的钱，这很正常。就像搞传销，朋友的钱赚不上就赚老乡的，老乡的钱赚不上，就赚亲戚的，亲戚的钱也不好赚，就赚爹妈的。"

"不要把'骗钱'这两个字挂在嘴上，就阿弥陀佛了。"

大家喝着乌龙茶，五脏六腑似乎也变成了黄褐色，你一句我一句地瞎聊着。

"你们邀约人时，一定要约素质高、有经济实力的人，那些连吃饭问题都解决不了的，就不要去约了，茶不能白喝，时间不能白熬。"惠子看着桌上空了的盘子，又在向大家强调。

"如果连饭也吃不开，就想做电子商务，那就有点异想天开了。"

"是啊，没钱人是不能做这种生意的。"恒柔附和着我的话。

"许多直销模式是咱们国家从美国引进来的，这个东西一进中国为什么就变成了四不像，非驴非马？"我问孤城。

"说到底就是中国人还没能力采用这种方式来消费，比如我们艾瑞新的产品，在美国一套才三百美金。对于美国人来说，三百美金算个啥呀，人人都能吃得起，人家是以消费产品来打开市场。但产品到了中国，价位是两千四百元，你说除了少数的有钱人能吃得起，普通老百姓就算想吃，也没那份闲钱。于是，这个营销模式开始变味儿了，许多人想通过这个渠道来实现发财梦，当然，我也是其中一个。勒紧裤带花几千元买产品，说白了是想赚钱，但多数人不知道这个模式其中的陷阱。就像一个人走路，掉进了陷阱，才知道自己是在陷阱里。想捞回本钱，就得继续演绎这套骗术让后来者上钩，后面的人上得多，前面的人也能挣一些违背良心的钱。本来是以产品为主的销售模式结果变成了以拉人头为主，这大概就是人们所说的老鼠会的形成。"孤城不愧是金融系毕业的大学生，讲起理论夸夸其谈。

"任何营销模式都是好的，是咱们自己做烂了，一种先进的营销模式要在一个落后贫穷的国家推广实施，就像把鸡蛋放在怪物的屁股下一样。"

"所以，孵出来的也都是怪物。"北戈接着孤城的话茬。

"就像乞丐穿西服一样，把领带当裤腰带用，贻笑大方。"

他的话让我沉思。这个时代是富人的天下，记得有一次听一个行销大王讲课，他说这个时代任何东西都是为富人准备的，穷人没有资格享受，穷人每个月连糊口钱都挣不来，还能吃保健品？还能买保险？穷人，在这个世界上已没有人再为你服务了。这个世界是无数的穷人为富人服务。穷人能做股票生意吗？穷人能开店当老板吗？穷人能进得起五星级酒店，进得起豪华娱乐厅和咖啡厅去消费吗？不能！穷人只能为富人服务，你要想成为富人，必须进入富人的圈内，想打鱼就必须到有鱼的地方。我不知道讲台上这位先生兜里有多少钱，是不是已进入富人的行列，但那满口对穷人的蔑视以及对富人的奉承，让人听了很不舒服。

三

下午，约来的人多了，惠子开了一个雅间，属于她左右区的人都聚在一起，新面孔也很多。南国秀子也来了，她今天穿了一件什锦缎旗袍，脖子上佩戴了一串翡翠项链，闪闪发亮，浑身珠光宝气。她身边跟着一位男士，高高的个子，手提黑皮包，一套黑色的西装包裹着消瘦的身材。他话不多，脸上的表情一本正经。这大概是南国秀子的老公，专门给太太拎包的。惠子站起来给大家介绍："这是艾瑞新在广州的第一人——南国秀子，她现在已是身价百万，她能做到的事，我们也照样能做到。大家有什么问题可以提出来，有什么不明白的尽管问。今天我们能坐在一起喝茶，就是朋友了，希望大家不要见外。"她说完，南国秀子就开始讲公司奖金制度，讲产品是多么神奇，其中一个案例是，有一个乙肝病患者吃了艾瑞新，病情由阳性转为阴性，还拿出许多病例化验单让大家看。接下来，她又讲制度了，现身说教，讲起自己的发迹史，讲电子商务的未来前景，她的话还是很有煽动性的。

手机响了，没显示名字，我还是接了。

电话接通，电话那头是一个来自湖南农村的小伙子，外号小玉米，个子不高，衣着也土里土气。他在一家服装厂当缝纫工，在A公司听了几节课，经不住会场那种狂热的鼓动，花了六十元开了一张卡，辞掉了那份工作，开始当A公司推销员，积蓄下的几千块钱都变成了A公司的牙膏、洗衣液、洗洁精……每天拎着这些东西去工厂里卖，无论他把牙膏的用途讲得多么神奇，但一说价位，许多打工妹马上摇起了头："太贵了，三十四元一支，比我们买的牙膏贵十倍。"

"贵什么？这是贵买贱用，每次只挤黄豆大一点就够了，这一支能用八个月。"

但对方仍然摇头："我们花三块钱买一支'黑妹'也能用半年。"他被呛得没话说了。其实他心里也明白，三十四元能吃六顿"大餐"。小伙子整整跑了一个月，只卖出两只牙膏。眼看吃不开饭了，有露宿天桥公园的危险了。于是，没办法，又回到服装厂打工。他这次给我打电话，看样子还是不死心，想在A公司来个鲤鱼翻身，但手里没有钱，能翻得了吗？

"还在A公司吗？"我又问他。

"不做了，我当走鬼了。"从声音中听得出他情绪非常消沉。

"卖什么东西？"

"盗版光碟。"

"生意怎么样？"

"比当缝纫工强，我现在学会推销产品了。"

"那你应该感谢A公司的培训班。"

"有什么好信息不要忘了我。在广州，光靠打工永远也不会富起来。"看来，A公司真得给他洗脑了。

"好的，有时间我们一起喝茶。"我结束了和小玉米的聊天。

桌上的茶仍然是一壶又一壶沏上来，恒柔问："谁的电话？"

"一个做A产品的，现在当走鬼了。"

"你怎么不约他来？"

　　"约来也没用，他没有钱，还不是白喝茶。"我发现自己不知从什么时候起，也变得实惠小气了。

　　一会儿，北戈又约来了人。那边，孤城约来一个女孩子，他们谈得很热烈。整整一天，我们就这样泡着、喝着茶，聊着天，一台电脑，一伙人，一个目标，一条心，共同做一个发财梦。可是一整天快过去了，没有一个进单的，惠子脸上的笑容越来越少。有什么办法呢，客户不投单，我们总不能把手伸进人家的兜里吧。这年头，最难的一件事就是把你的观念装进别人的脑袋里，把他的钱装进你的兜子里。容易吗？我茫然地摇摇头……

- 第六章 -

喝茶的别样主题

一

没想到程世其也走进了陶然居，他狠狠地盯了我两眼，然后，坐下来开始喝茶。他的到来，让我浑身不自在。他没有说多余的话，只是反反复复唠叨，投单的钱是自己省吃俭用存下来的私房钱，刚刚投进去就赔了，那不是明摆着坑人吗？真要赔得血本无归，他就投奔吃穷队，没想到，程老头还非常有主见。看来，广州的吃穷队也是名声大噪，直销界都知道这是一支打遍广州无敌手的行乞队伍。

我无法解释，只是不住地给他倒茶水。程老头是我发展进来的，为了让他进单，我费了很大力气。原因是艾琳决定投单，但她提出一个条件，必须给她的左边撑起一条腿，才办理进单手续。惠子和北戈给我下了硬命令，为了让艾琳走进来要不惜一切，只要她进来，我们的团队就活了，她的能力是不可估量的，被称作一匹所向披靡的黑马。

　　我和程世其是在一个健康讲座会上认识的。那天，会议还没有开完，我就提前离去，在电梯里碰面后，他主动和我搭话，问我是不是买了这家公司的保健品，我摇摇头。他说自己也没有买，现在保健品太多了，不知吃哪一种好，我说要吃就吃那种既能保健又有钱赚的产品。他说，能买到这样的保健品当然好了。我的脸上呈现出一丝不以为然的微笑，走出电梯，我递给他一张名片，他也给我留了电话。看得出，他被我的话说动了心。果不出所料，没隔两天，他就打电话给我，问我有没有时间，出去喝个茶，我答应了。

　　在人声嘈杂的茶楼，一个雍容端庄、举止斯文的女人和一个满头银发、老态龙钟的老人面对面喝茶，不免引来一些好奇的目光。再加上他的耳朵有点背，说话声音高，人们时不时把质疑的眼光投向我们这里。我浑身不自在，也有点心猿意马，慢慢饮着茶，掩盖我不自然的尴尬表情。聊天中得知，他是一位工程师，退休后，无所事事，常常一个人坐着公交车到处跑，每天来个广州一日游，反正坐车不花钱。要不就在茶楼坐着，有空调吹，有茶喝，比在家里舒服。他喋喋不休地讲他的老伴儿是多么吝啬，去卫生间都不让开灯。电话只让接不让往外打……他不住地唠叨，我只好耐着性子听，原本没有让他做艾瑞新的打算，搞这样的人进来也不能做业务，有什么意义呢？但为了艾琳，我就不去挑选了。我觉得自己有点卑鄙，甚至是居心叵测。但还是请他喝茶了，在陶然居。我已安排好一切，那是一个美丽的套环。惠子、北戈、恒柔，轮流给他讲产品、讲制度、讲团队的合作精神，乌龙茶一直从早晨喝到傍晚，茶点端了一盘又一盘，他终于答应要买产品。当下，惠子就在电脑上给他登陆，放在艾琳的左边。北戈打电话告诉艾琳，已经给她支起了左腿，艾琳说在电脑上看见程世其的名字变成蓝色的，就去银行存款。我和程世其说明天去银行办款，哪知他慢悠悠地说："不急。"他不急我却沉不住气了。

　　"明天我想去植物园逛逛。"

"您一个人去吗？"

"你要有时间，我们一块去好吗？"

完了，看来，他开始向我甩套环了，我逃不掉。没办法，答应吧，总不能前功尽弃。

那天，天气闷热。植物园的人很少，不是节假日，谁还会来这个鬼地方，除了树就是树，清一色的绿。我叫不出这些树的名字，内心浮躁不安，哪还有心情看景致。程世其却很开心，他戴一顶草帽，手里拿一瓶水，一副悠然自得的样子。今天是碰上老吝啬了，所以我只能自己买了一瓶水。我俩在植物园转来转去，我不知道他唠唠叨叨说些啥，只是点头应付，心里在埋怨恒柔和惠子，也埋怨艾琳，自己既然那么有能耐，痛痛快快进单不就行了，何必拉一个垫背的呢？就算给你支起一条腿，又有什么用呢？越想心里越难过，越觉得有点对不起程老头，他是完全相信我，假如有一天他知道自己是一颗被利用的棋子，又会怎么看我呢？我又怎样去面对他？愧疚感在吞噬我的心。

好不容易熬到日落西山，从植物园出来，他仍然游兴未尽，又让我陪他坐公交车在广州转转，我不好回拒。他坐车不花钱，我却惨了，从南到北，兜了一大圈，车票花了十几块。夜幕降临了，街上都闪起了五颜六色的霓虹灯，他大概跑得饿了也渴了，我的肚子也叽里咕噜直叫，于是，我们才分手。第二天，我又陪他到银行排队办理进款手续。这一单总算锁定。从银行出来，我的心里很不舒服，觉得自己在扮演一个很不光彩的角色，在欺骗一个非常相信我的人。我和惠子讲起这种感受，她反倒不以为然地说："你看看，广州谁都是做这种生意，在这里，同情和眼泪是没有市场的。"我不禁想起万闯的话："把良心变成狼心才能成功。"看来，不单单有狼心还得有狗肺才行……

二

北戈和孤城刚走，兰朵也来了。她今天穿得很妖艳，紫红色长裙，纯白色衬衫，手里拎着一个精致的鹿皮小坤包。自从她离婚后，每天出人歌厅、茶楼、酒店，许多男人也围着她团团转，活得潇洒自如。后来，她迷上了融资生意，结果，不到一年，她老公给的几十万块钱被骗得所剩无几。如今，只留下一套房子。说起这些往事，兰朵总是满眼泪汪汪的，伤心绝望时，她还产生过离开广州的意念，想通过婚姻这条途经来达成自己的目的。风韵犹在的兰朵为了出国，狠下心开始学英语，一年多后，婚介所接连不断地给她介绍了许多外国人，美国的、英国的、德国的、加拿大的、澳大利亚的……她和这些异国人鸿雁传情。兰朵很会写信，照片又漂亮，先是一个美国人看上了她，后来又是一个英国人。兰朵天天忙着写信，婚介所巴不得她天天写，反正翻译一封信才10块钱。

一年后，终于，美国人坐飞机飞过太平洋，来到中国。出现在兰朵面前时，兰朵万万没想到，这个黄头发蓝眼睛的人原来是个瘸子。漂亮的兰朵怎么能和一个走路都不稳的人结为伉俪？于是，俩人在国际大厦吃了一顿西餐，就挥手拜拜了。一年多，她扔进婚介所一万多元，还是情无所寄，不免心灰意冷，自动"降低"了婚姻水平线，返回头开始选择黑眼睛、黄皮肤的中国人。夏月是想拉兰朵成为她的合作伙伴，于是，让我去见见这个女人，见面理由就是给她介绍一个老公。这事真让我犯难了，但夏月却说："随便领她见一个男人就行了，目的是让她去听听艾瑞新的课。"我只好答应了。很无奈，也感觉自己很卑鄙。

那天，在夏月家里第一次与兰朵见面，她得知我要给她介绍老公非常高兴，当下就答应了。我说："你先去看看这个男人，如果看上了我再给你牵线，看不上就算了。"她也认为我说得有道理。于是，第二天，兰朵和我们去艾瑞新的工作室听课。那时，团队里正好有一个老华侨——鳏夫，我指着那个人对兰朵说："就是他。"那真是乱点鸳鸯。老华侨根本不知道我们搞的这些把戏，我也有点心虚，觉得自己的做法不正大光明，但这台戏既然唱开了，就无法收场。

那时候，艾瑞新在广州做得很火爆，工作室里人气很旺。兰朵无心听课，闭目睡觉。散会后，我专门把老华侨请过来，让他给兰朵讲艾瑞新的运作制度，兰朵有点心不在焉。惠子对玄学一知半解，走过来给兰朵测名字推算她的流年运气，倒还说准了兰朵的一些心事，两人一下亲热起来。于是，惠子趁机给她大讲艾瑞新，从公司讲到产品，又讲到运作模式。

第二天，兰朵不假思索就投了三单，这个女人必定是玩过大钱的人，六七千对于她来说是毛毛雨。进单后，她有客户，必须马上让团队的人陪她去沟通，否则，她就不高兴，而且她脾气特坏，没几天，就和夏月闹翻了。之后，她在广州鸟语团队又开了三个位。但因为喝茶吃饭这些鸡毛蒜皮的事，和她的搭档大动干戈。最后，她决定来个弃明投暗，又跑回我们这边做。

惠子又打开电脑认真地给那人讲着公司的奖金制度。我坐在另一张台前，眼睛盯着手机里储存的许多号码，不知该和谁联系。我把本子上的人过滤了一遍又一遍，琢磨着邀约的人。最后，我给柳星雨发了短信，他说晚上过来，这是我今天接待的最后一个客户。

很累，想趴在桌上睡一觉。大厅里的人已经稀稀拉拉，下午茶已经接近尾声，肚子里很不舒服，浓浓的乌龙茶越喝越苦，让我难以消化。整整一天，口干舌燥，第一次感觉到，说话原来也很累。尤其是说一些言不由衷的话。我不厌其烦地重复着："在这个世界上成功者永远没有借口，有借口的人永远不会成功；许多人靠脖子以下赚钱，而有些人是靠脖子以上赚钱；穷人每天只做一件事，每天要省钱，买菜要省钱，买衣服要打折扣，把省下的钱存在银行里，结果越存越少。"说这话时，我常常下意识地摸摸自己的钱袋，瘪瘪的，没有多少钱，那么每天要做的一件事就是当说客，凭三寸不烂之舌想方设法把别人钱袋里的钱掏出来，变为己有。这个变的过程就是一个艰难的销售过程，这是我的认知逻辑，至于别人怎么认为，我就不得而知。

三

五点钟，柳星雨来了，他依然穿那件灰白色的衬衫，其实这是一件白衬衫，只是穿得太久了，变成了现在这种灰不溜秋的颜色。一双皮鞋也是灰蒙蒙的，感觉很长时间没有擦过鞋油。他是北方人，高高的个子，谈不上伟岸和挺拔，更没什么修养和气质，和街上那些卖菜的、做小生意的人一样。他手里拿着一个钢化玻璃杯，杯子上印着B公司几个大红字，A公司人喜欢拎一个印有"A"字的塑料袋，B公司人爱拿一个杯子，这大概也算一种推销自己的广告形式。他坐在我对面，我给他倒了一杯茶。

"找我有事吗？"他的问话单刀直入，让人听起来很别扭。

"没事。"我有点言不由衷，实在是累得不想再说话了。

"那我们就喝茶了。"他端起了杯子，不客气地咕嘟咕嘟喝起来。

我和他是在一次成功学讲座会上认识的，相互留了名片。每一次讲座会，我都会收到许多名片，有时不知邀约什么人的时候，我就把所有的名片都拿出来，闭着眼，随便抽，抽出谁，谁就是我要约的人。那天晚上，我实在不知道该约谁，于是，又开始玩这种游戏，把所有的名片拿在手里，心里默默祈祷："今天只抽一张，这个人无论是男是女，是老是少，我都要让他或她成为我的合作伙伴。"我双目紧闭，把所有的名片像洗扑克牌一样连洗三次，最后，抽出一张。睁眼一看，是一个叫柳星雨的，心里很不爽快，怎么抽出这么个名字，谐音流星雨。这个人是谁呢？名片太多了，我记不起来曾经在哪里见过，更不知道这人是什么模样。没办法，既然抽了他，那只有去邀约了。我先发了个短信看他回不回："柳星雨先生，明天下午有时间吗？我们能否见个面？既然交换了名片，就不要让这张名片失去了意义。"庆幸的是，回了短信，内容简明扼要："在哪里见？"

"江南大道北天宫酒店门前。"

第一次见面时，他手里也是拿着这个喝水杯，腋下夹着一个小黑皮包，穿着那件"灰白色"衬衫。这一类人一看就是属于卖苦力的打工一族。我很失望，但约来了，不，是赌来的，我就只好把他带到工作室。没太多的寒暄，我就和他讲起艾瑞新这个产品。他第一句话就问："你们有营销牌照吗？合法吗？"

"你们B公司不是也没有牌照嘛。国家今年才颁布了一个直销条例，A公司不是一直在中国做了十几年嘛。"

"我们做的是靠产品打销路，而你们是靠拉人头。"

他的这句话一下子激起了惠子的火气："什么拉人头？你们不拉人头怎么做？八条腿的螃蟹制度不拉人能做吗？"

他似乎不容许任何人说B公司的坏话，马上站起来说："敢说你们的产品是最好的吗？"

"目前是最好的，营销模式也是超前的，我敢说在广州它是电子商务的龙头老大。"惠子的口气咄咄逼人。

大家好像在围着一个怪物似的，把柳星雨围在中间，他却不慌不忙，有点和这群人对着干的劲儿："你们艾瑞新公司这么好，在中国有什么公益事业？这些跨国公司，打着卖保健品的旗号，搞我们中国人的钱，什么电子商务！纯粹是变相的传销公司。说白了，谁做艾瑞新谁就是卖国贼。"

这句话如同捅了马蜂窝。

"那么，A公司的人是卖国贼的祖师爷了。"

"差不多。你看看A公司那些人，一个个游魂饿鬼似的，害得多少人人不像人，鬼不像鬼，连亲妈老子的头上都要摸把油。"柳星雨拿起那个喝水杯子，喝了一口水，看来他今天是要来个舌战群儒了。

"黑乌鸦还嫌猪黑，你们公司和A公司是一丘之貉。"惠子用一种嘲讽的口气说。

他没有正面回答这个问题，而是把话题一转，用手指指茶杯上印着的"B"字说："B公司经销的是中国的产品，工厂在中国，销售在中国，为中国人谋福利，这一点没错吧？"他说得慷慨激昂，大讲特讲B公司所做的公益事业。讲三个老总是怎样艰苦创业，讲公司在国内做的各种公益事业。但讲来讲去，也没把B公司的运作模式与A公司的区别讲出来。

那天，我在旁边一言未发，"卖国贼""传销分子"……这些敏感词宛如一根根钢刺，深深扎进我心里，让我感到疼痛难忍。

四

从茶楼出来，我请柳星雨去吃夜宵。

"去哪里吃？"我问他。

"去麦当劳吧。"

"麦当劳都是垃圾食品，我们去必胜客吃比萨吧。"

他问我什么是比萨，我笑而不答，这个年代了，连比萨都不知道，真是个土老帽。

走进必胜客，我们选了一个双人雅座。柔软的棕褐色皮沙发，白色的台布，暗幽幽的灯光，很有情调。我要了两串土耳其碳烤羊肉串，两杯可乐，一个意大利罗勒牛肉比萨。

柳星雨拿刀子和叉子的姿势很别扭，他大概从来没有来过这种地方，手脚拘束得不知道往哪里放，额头冒出细密的汗珠。

我们默默地喝着可乐，有着薄脆饼底的比萨味道香喷喷的，上面撒着一层上等新西兰芝士及各种新鲜的馅料，还有天然秘制的比萨酱。

"味道怎么样？"我问他。

他摇摇头，突然冒出一句话："还不如吃一碗兰州拉面呢。"

"十足的土老帽，看来天生是个吃面条的料子。"这是我对他的评价。

"想吃面，还不容易，广州到处是面馆。你是兰州人？"

"河南人，来广州快二十年了。"

"你是老广州了，会讲白话吗？"

他点点头。

"看来你很聪明，听说白话很难学，你是怎么学会的？"

"我没有去学，反正就会说了，老婆是广州的，每天就得讲广州话了。"

"你还真有本事，能娶上广州姑娘。那你年纪很轻就闯广州了？"

"刚刚二十岁。"

"你一个人来的吗？"

他又点点头："是啊，记得那一年，我们村有一个人从城里带回一台电视机，每天晚上，村里的老老小小，疯了似的往他家里跑。我也每天去看电视，那年正读高中，我的学习成绩一直是名列前茅，家里人对我寄了了很大的希望，都认为我考个大学是没有问题的。但因为迷恋那台电视机，我成绩一落千丈，高考落榜了。父母亲气得大骂，骂村里那人带回来这个骨灰盒勾走了我的魂，害得我没考上大学。但我就是从电视里知道了外面原来有一个非常精彩的世界，于是，那颗不安分的心开始蠢蠢欲动，想去大地方看看。那年秋天，我父亲卖了一头牛，把钱放在了炕席下，我就悄悄拿了三百元，离开了村子，坐车来了广州……"

"你来广州后，最初做什么？"

"什么都做，有时有饭吃，有时连饭也吃不上。别提啦，受的苦几箩筐也装不下。"他是一个勇于表现真实自我的人。

我没有和他谈艾瑞新，他也没有和我谈B公司，两人只是静静地喝着可乐，吃着比萨，不觉几个小时已过。从必胜客出来，已是满街灯火，闪着大灯小灯的汽车从我们身边驶过，我俩慢慢走上天桥，向汽车站牌前走去。

天桥上，走鬼们在卖光碟、发卡、首饰……派单的也一个接一个，一会儿，我就攥了一大把花花绿绿的广告单。

　　"你要这些单干吗？"柳星雨问。

　　"我派过单，知道那种派不出单的滋味儿，再说，我也许能从这些单里发现一些什么东西、一个故事或一段生活。"

　　"你这人看问题和别人不一样。"

　　"噢，你还没问我是干什么的。"

　　"你不是在做艾瑞新吗？"

　　"是的，我是在做艾瑞新。"我不想再和他多说。

　　"不过，我怎么看你也不像一个传销分子。"

　　"哈哈哈……"我不由得大笑起来，"你一直把艾瑞新和非法营销划为等号？"

　　"不是我划的，是报纸上说的。"

　　"你推销的B产品不是也没有牌照吗？"我突然反问。

　　"不，做B产品是合法的。"

　　"你是不是想拉我和你一起做B产品？"

　　"你至少要了解一下这个公司。"

　　"我不做，了解它干吗？"

　　"你会做的。"他眼里闪着一道固执的光。

　　日暮时分，我们走进落霞中，在公交车站牌前，两人分手。我们没有说什么告别的话，好像两个从未见过面的陌生人，各自上了自己要坐的汽车。

第七章

黑色星期五

　　星期五，这一天真是黑色的吗？许多令人不愉快的消息接二连三传来。清晨，广州的天空依然是一片灰白。云层像一张绷紧的篷布，罩住了喜欢张扬的太阳。偶尔，太阳也会射出万丈光芒把篷布刺破，零零碎碎的阳光从破洞里漏下来，变成了一条条银丝线，网住了楼房、树木、街市，以及那来来往往的人群、车辆。走在这样的天空下，双腿好像穿了一条浸过水的棉裤，沉沉的、湿湿的，很难受。七月的广州，热得让人有点喘不过气来。我撑一把粉红色遮阳伞，漫无目的地走在马路上。人常说："广州人没有故乡。"也有人说："离家多年，异乡也会变成故乡。"也许是外地人多的缘故，看着身边走过的每一个人，我觉得自己只是一个匆匆的过客。也许，我在他们眼里，也是一个过客。那一座座高耸入云的楼房，绿色的、蓝色的钢化玻璃在阳光中更显得光怪陆离。我默默地走着，走向何处？如何走？我的路在哪里？

　　"雏菊！"人群中，突然有人喊我，回头定睛一看是万闯，他向我不住摆手，匆匆走过来，"好久没看见你了，最近忙什么呢？"

"真稀罕，怎么在这里碰到你？"我的目光定在他的头发上，两边短，中间长，又是一个很流行的发型。他身形瘦削，高高的鼻梁，深陷的眼窝，面部轮廓有点外国人的味道，以及他那修长的双腿，挺拔的体魄，外加一身英国足球队队服，那气质酷像贝克汉姆。

"缘分嘛。"他嘿嘿笑着。

"是啊，在广州的街上碰一个熟人很难。"我也感到很奇怪。

"不要站在烈日下，我们找个地方聊聊。"两人同时抬起头，把目光盯在前面那个黄色的"M"字母上。

空调吹出来的冷气，从我的身上漫过，很凉爽，有一种惬意的感觉在心头涌动。门口那个蜡人像——麦当劳的创始人，笑眯眯地望着我们，我也不客气地坐在椅子上。这地方是流浪汉和搞营销人歇脚的好地方。幽暗的灯光映照着红色的墙壁，再配上黄色的桌子，情调谈不上有多高雅，但不像茶楼闹哄哄的，让人心里烦躁。累了，进来坐坐，去洗手间痛痛快快洗把脸；渴了，花五元钱，买一杯咖啡或奶茶，慢慢品着那淡淡的苦味儿，坐到天亮也没人赶你走。万闯问我喝点什么，我说什么也不想喝，胃里不舒服。他也顺水推舟坐了下来，从挎包里掏出一瓶矿泉水，咕咕喝了几口，那样子和A公司的人一样，我不禁脱口问："你做过A产品吗？"

"做过，我是A大毕业的，毕业后在B公司就业，股市破落，电子商务从头越，什么都试尝过。"他停顿了片刻又说，"现在又做易购基金投资。"他拿起瓶子，又咕咕喝了一口水，"你还在做艾瑞新？"

我点点头又摇摇头："要撤出来了。"

"是啊，赶快撤出来吧，现在，全广州的人都知道艾瑞新是非法传销，你怎么做？"他在反问我。

我也感觉自己在猝不及防的时候掉进了一张硕大的网中，像一只可怜的昆虫，身子被那细细的丝缚住了，无力自拔甚至身不由己。

"网络生意，并不是你想象的那么简单，发展两个人不用再忙乎了？坐到家里等着收钱？这都是一些骗人的圈套，这种以人头为管道的生意，别说两个人，就是两千、两万人，一夜之间崩溃的比比皆是。用人来建管道是最危险的，他们整天跳来跳去，有个风吹草动，就一哄而散，这样的管道能建起来吗？不住地建立，不住地拆毁，到头来还不把你累死？"

万闯的话让我沉思……

"在广州要想生存，必须有多条路，否则，你会惊慌失措。没听说过'狡兔三窟'？何况我们人呢。我做的长线是易购基金，短线是环宇电话卡，两条腿走路心中才踏实。"他直到把瓶里的矿泉水喝干才住口。我挪动着身子，抬头看了看墙上那个挂钟，说："改日再谈吧，一会儿去天河还有点事。"其实，我从早晨到现在还没吃一点东西，饿得胃咕噜咕噜直叫唤。他说改日请我喝茶，并顺手给了我一张名片，记了我的电话，"这个电话卡很好用，花二百五十元，长途电话随便打，发展一个人六十元，左右区对碰一百元。"

今天是碰上难缠了，我无奈地笑笑："我担心花钱买个二百五。"

"哈哈哈……"万闯放声大笑起来，"看来，我们这些做电话卡生意的都是二百五了？"

"其实，我们都是二百五，明知道用人建起来的管道不牢固，还要千辛万苦地去建造，最后是劳民伤财。"我的目光又聚在他的脸上，"易购基金是一种高风险的融资模式，你也要该收手时就收手。"

"谢谢你，话说回来，我们来闯广州的人，骨子里都有几分冒险精神，否则，就别在这座城市里打拼。"万闯一脸自信。

从麦当劳出来，已是午后。我和万闯分手后，向一家大排档走去，那里的饭很便宜，花五块钱就能买一份两素一荤的菜，米饭随便吃，汤也任你喝。独自坐在桌前，实在没有胃口，便不住地喝汤。这汤也太清淡了，白开水里漂着几片紫菜，几丝鸡蛋。也许是渴了，我一口气喝了两大碗，感觉肚里很舒服。

手机铃声一直在响，我不想接，心里烦躁不安。这张该死的报纸，如同一枚炸弹，把艾瑞新这支庞大的网络队伍炸得四分五裂。铃声响个不停，看显示，是北戈打来的："有事吗？"

"晚上七点准时在广州酒店聚会，南国秀子传达总公司的重要指示。通知你团队的伙伴都来参加，饭费AA制，每人三十元。"

"南国秀子真是个铁公鸡，几百万装进了腰包，也舍不得请团队人吃顿饭。"我的声音里充满了怨气，一股无名火直冲脑门。

北戈是我走进艾瑞新公司的推荐人。也许是老乡的缘故，我们相互很信任，有时也开玩笑，过去人常说："老乡见老乡，两眼泪汪汪。"但在广州演义的版本是："老乡见老乡，害你没商量。"北戈说："还有一个版本更厉害，'老乡见老乡，背后给你几枪。'"我也和北戈开玩笑："有话好商量，千万不要在我背后放冷枪。"说完后，我俩会哈哈大笑。必定是老乡，无话不谈。

晚上要开会，我给团队人打了电话，发了短信，但打出几十个电话，接通的只有十几个，发出的几十条短信，回的也寥寥无几。大家好像商量过一样，口径一样——没时间。恒柔更不会来，她说会议内容由我传达就行了，夏月忙着去参加她的凯琳莱沙龙会。看来晚上的会议只有我自己去参加了。

- 第八章 -

绽开的昙花

一

　　穿过幽静的校园，我向凤凰新村走去，刚走到菜市场，手机响了："雏菊，回来没有？"是夏月的声音。

　　"到家门口，还没有上楼梯。"

　　"我家的昙花开了，你赶快过来看呀，漂亮极了，我还煲了猪排骨冬瓜汤，来喝吧。"她的声音喜滋滋的，但吸引我的是那猪排冬瓜汤，肚里突然叽里咕噜叫起来。

　　我把手机放进包里，向夏月家走去。我们住得很近，两座楼紧挨着，我宿舍的阳台正好对着她家的窗户。从六楼可以居高临下，清楚地看到她家里的一切。记得第一次去她家时，给我开门的是一个走路颤巍巍的老头儿，我以为是她的老爸，但夏月却不卑不亢地和我说那是她老公。我惊讶得半天合不拢嘴，怎么也不能理解这段婚姻。

　　我俩是在公交车上认识的。她五十多岁，白白净净的，眼睛又大又亮，睫毛长长的，喜欢穿旗袍，那身段不瘦不肥，个子不高不矮，一个天生的美人儿。怎么会委身于一个快要进烟筒的老人呢？今年春天，她老公心肌梗死复发，终于钻烟筒走了，这是早就料定的事。但她的无知将自己推向一个尴尬的境地，原来她和老头儿一直没有办理结婚手续，没有那个合法的营业执照，就没有财产继承权。老头儿的儿女们为了感谢她照顾老爸五年，决定让她暂时居住在原先的房子里，什么时候走都可以，但房子仍然不属于她。周围的人们都说她捞了老头儿二十多万元，我不大相信。有一次说起这事，她气愤地说："我就算当了五年保姆。"她说，老头儿前前后后共给了她八万元，但这笔钱她一直都舍不得花，全部投资做了凯琳莱。

　　她家里摆着一个很大的产品柜，里面放的都是凯琳莱产品。她很会化妆，我有时去参加一些大型的讲座或营销会议，总是让她给化个妆。我们相处得很融洽，谈话也很随便，有时我和她开玩笑："你老公还能和你过性生活吗？"她也很坦诚地说："前三年还行，后两年就不行了，那玩意儿软得像团面……"她的话逗得我哈哈大笑："你这么漂亮，他就是看着眼馋也吃不了啦。"我始终不明白，那么一个走起路来都摇摇晃晃的老人，夏月怎么会看上他呢？难道就是为了吃那口嗟来之食吗？老头儿死去半年多了，但夏月还一直在家里供奉着他的遗像，我直言不讳地问："还思念他吗？"

　　"这几年，他对我还是很不错的，我的日子过得也消停，不像卖麻辣串那时候那么辛苦。他突然走了，留下我一人，总是感觉这日子冷冷清清，房子里也空空荡荡的。"夏月对自己的生活水准要求并不高，只是想图个清闲安逸，她是一个很实惠的、过日子离不开男人的女人。

　　这座楼房大约有几十年的历史了，已看不出它原本的底色。到处是脱落的水泥灰渣、生锈的窗户，电线管道横七竖八地挂在外面，老旧的墙壁上吸附了油烟味、大葱、大蒜味儿和各种说不清的味道。楼道里潮湿阴暗，老式的布局，灰白色的、坑洼不平的水泥楼梯……我慢慢爬上三楼。门铃刚刚响，夏月就开门迎出来，她穿了一身浅粉色的睡衣，头上裹着一块白色的毛巾，大概是刚刚冲过凉，笑嘻嘻地说："雏菊，我家的昙花开了。"

我换上拖鞋，向阳台走去："哇！真漂亮！"有生以来我还是第一次目睹昙花，白色的花瓣，黄色的花蕊，单薄的几片花瓣，给我的感觉是冷峻、娇嫩，似乎用手一碰，花瓣就会掉下来似的。这是一朵只能看，不能触摸的花儿，它的珍贵之处大概就是开花时间太过短暂。夏月说："昙花多是在夜里开放，天一亮就谢了。这盆昙花养了好几年了，第一次看见它开花。"

"昙花开放有什么预兆吗？"

"你不知道吗？昙花开，要有喜事临门。"夏月小心翼翼地把花盆端到客厅。

"你和张万元的关系发展到了什么程度？"我又问起她这个话题。

"一般关系，没啥进展。他这个人太吝啬，连一顿茶都不舍得请我喝，和我那死鬼老公比起来差远了。"

"男人做鳏夫多年，就吝啬了，先把他拉进艾瑞新公司再说。"

"过几天就投单了，他是煮熟的鸭子跑不了。"

"那就看你的了。"我知道夏月会套住张万元的，这个人是我在兰朵家里认识的，他对兰朵有好感。但兰朵是个曾经挥金如土的女人，有一次兰朵和他一起吃饭，他把盘子里的酱油汤都要喝干净，他的吝啬让兰朵很瞧不起，以至到了非常反感的程度。后来，两人不欢而散。兰朵离开了惠子的团队，宁愿花七千八百元，在广州鸟语团队重新开了三个位。为这事，惠子和鸟语团队争得面红耳赤，团队的人如果都这样跳来跳去，还不都乱套了？于是，惠子发了狠，让我们想尽办法把兰朵的客户都拉过来。我手里正好有张万元的电话号码，于是打电话约他过来喝茶，没想到，他很痛快，在茶桌上，我有意安排夏月来陪，他俩很快黏糊在一起。

"张万元进单的事，先不要让兰朵知道。"夏月吩咐我。

"为什么？放到兰朵下面，你俩都受益。正好也让她觉得我们都是在真心帮助她发展客户。"

夏月不吭声，她给我盛了一碗汤："兰朵真不够意思，说走就走。"她对兰朵的离去很不满意。

"我们主动给她打个电话、发个短信，想办法再把她拉回我们团队，她是你发展的，不能让那些广州佬把她拉走。"

"她真没良心，病了我陪她去医院，给她做饭，怎么能说我对她不关心呢？"

"听说她在那边也不好过，和她的搭档吵了好几次架了，她迟早会回来的。"

"回不回来都无所谓，我不在乎。"夏月也是那种犟脾气人，"还有一件事差点忘了，我想借一下你的身份证。"

"干什么？"

"到工商行开一个户，这个月我想上经销商，还差两个美容顾问。"

"发展几个人才够经销商的资格？"

"六个。"

"当了经销商有什么待遇？"

"能享受养老金、保险金，每月能挣到五千多元。"

"真有那好事？每月完成的业绩是多少？"

"不用冲业绩，这五千元是固定收入。"

我有点疑惑，做营销一般都是没有业绩就没有钱，但我对凯琳莱不大了解，也不好意思多问："可以，我明天给你开一个户就行了。"

"这个星期日，我们凯琳莱的沙龙会，你去参加吧，会给你一个纪念品。"

"行，只要你能上了经销商，我全力支持。"

"明天上午有事吗？"

"暂时还没有安排。"

"你和我去一趟江南西,那里有个瑜伽培训班,我在她们的休息室租了一张台位,给那些女人们做皮肤美容护理去。"

"好,我和你一起去,也许,还能碰几个合作伙伴。"

二

回到宿舍,又是十二点,刚冲过凉,恒柔就打来电话,不用问,这个电话粥不知又要煲到什么时候。她说:"问过易经大师了,'雏菊'这个名字不错,你原来的名字是主大凶,而且总破财,现在这个名字旺财。"

"你再给看一下'柳星雨'这个名字,我和他能相处吗?"

"他是做什么的?以前没听你说过这个人。"

"刚认识的,我是从上千张名片里抽出这么个人的。"

"见面了?"

"嗯!"我很随意地告诉恒柔和柳星雨见面的情况。

"他是做什么的?"

"B公司的。"

"看名字这是个棘手之人,根基没有,势力没有,但他会助你得桃花。"

"他能助我得桃花是什么意思?"

"你会得桃花,这个名字不聚财,他应该在二十七到三十岁时曾经走过红运,但也没赚多少钱。"恒柔突然问我,"他积不积福?"

"不熟悉,我刚和他见面,不过,看那样子是没钱。"

"是的,他不聚财,总之是没钱。你怎么对这个人感兴趣了?这是个什么样的人?多大年纪?"

"大概有三十六七岁,不是感兴趣,因为他是我从上千张名片中抽出来的,我总是感觉怪怪的,怎么偏偏抽到他呢?"

"感觉怎么样?"

"没感觉，土里土气，文化也不高，也许，磨打磨打会变的。"

"你想让他做艾瑞新？"

"我抽名片的时候，定位合作伙伴，不过，眼下看来，可能性不大。"

"为什么？"

"他很固执，一看就是属于那种一根筋的人，但我还是对他有一点点好感。"

"哈哈……能让雏菊大姐有好感的人可不多，改日我去会会他，看他是什么样子。"

"我不是说了，很土气。"

"说不准还是个出土文物，不过要是块风化了的石头，就不值得磨打了。"

"说不准，反正这个人是我赌来的。"从内心来说，我对柳星雨没产生多大的热情，"不过，他还有诚实的一面，来广州快二十年了，还没有吃过比萨，说吃比萨还不如喝一碗兰州拉面。"

"哈哈哈……"我的话逗得恒柔大笑起来，"他太诚实了，但诚实得过分就是愚蠢。改日，我们一起请他到绿茵阁喝咖啡。"

"请他到东北饺子馆就行了，去绿茵阁他会拘束得不知怎么拿叉子和刀子，眼下他还上不了那个大雅之堂。"电话粥煲了差不多有一个小时，我困得上下眼皮直打架。挂电话前，我告诉恒柔，明天要陪夏月去瑜伽馆，她在那里租了一个台位。

打完电话，我上床睡觉。上铺的阿风回来了，她告诉我今天给一个大老板操盘，一下子赚了一万美金，老板高兴了，请她去广州酒店吃饭。她兴奋地说："炒外汇是最刺激的生意，如果有一些有钱的老板，想过把瘾，就给介绍过来。"阿风把她的操盘记录拿给我看，炒输的时候也有，但总体还是赢。她是个文静的女孩，大学毕业后就一直迷恋于炒外汇这个行业，一心想当一个出色的操盘手，几乎天天都是通宵不睡觉，坐在那张小桌前，凝视着电脑屏幕上那些升升降降的红绿线，描绘着自己的人生彩图。

　　这个行业似乎和她的个性很不相称。她温文尔雅，做文秘或公务员更适合一些。但谁的个性和爱好又能和现实中从事的工作吻合呢？比如惠子应该去当翻译，孤城应该当一名电视台节目主持，万闯应该组建一支足球啦啦队，北狼应该去唱歌……但生活中每个人都具有双重个性，多重身份，有时候自己连自己也不认识了。就像我自己，也是一个多重身份的人，见什么人说什么话。比如去开文学座谈会和一些文人见面或去一些文化单位办事，我拿给对方的名片头衔是"中国作家协会会员"，那张名片很讲究，我是苦思冥想了好几天才设计出来的。"中国作家协会"几个字是篆体，我的名字是蓝色的华文楷体，纯白的底色上面又隐隐可见三个篆体字"人、文、人"可以读人文，也可以读文人，所有的含义都在这三个字里，一般人不会理解。所以，这张名片我也不给一般人。还有一张名片就是在A公司跑业务时用的，我说了自己只是个红桃四，小得再不能小了。后来，到了艾瑞新公司，名片的头衔是业务主任。再后来，去的公司多了，三天两日换名片，头衔有十几个，什么"主管""顾问""办公室主任"……其实只有作家是我的真实身份，也是我一心想追求的一份事业。

- 第九章 -

盘丝洞里的女人

一

夏月穿了一件淡蓝色旗袍，薄薄的纱质面料上织着一朵又一朵本色提花。她是属于那种三围适中的女人，旗袍把她身段的曲线衬托到极致，给人一种风情摇曳、简约雅致的感觉。她皮肤很白，做化妆品生意，自己的那张脸就是最好的广告。她把所有的凯琳莱产品都装进一个粉红色的皮箱里，像出远门似的。我穿了一件V子领收腰大摆型连衣裙，清韵淡雅、袅袅婷婷。我俩不时回眸向路人浅笑，许多派单的姑娘、小伙子把各种花花绿绿的广告单递给我们。夏月也趁机把自己的名片递给他们，别看她没有文化，但很有心机，知道如何来推销自己。

这个瑜伽馆不大，来上课的人不算多，夏月交了老板娘一天的租金，小小的一张桌子，租费就是一百元，也够黑的。她说不贵，今天要是能卖一点产品也值得。她把凯琳莱的那些广告单和产品都摆在桌上，还让我在一张白纸上写了几个字："免费做皮肤护理。"练瑜伽的女人们都围过来："免费做吗？"

"免费，过来试试吧。"夏月热情地招呼她们，指着每款化妆品，讲起凯琳莱的创始人是如何发家的。她边说边给一个女人往脸上挤了一点洗面奶，然后，又抹一点面膜膏和磨砂膏。总之，不停地把瓶子里的东西往那半张脸上抹，然后，把小镜子递给那个女人："你照照看，这半张脸的皮肤马上变白了，松弛的肉也收紧了，多水灵，你至少年轻十岁。"人都是喜欢听赞美的，那个女人高兴了，要求夏月给她再做另外半张脸，但夏月说："你买一些产品回去自己做吧，我刚才已经教给你做护理的程序了。"那女人一听让买产品，就摇摇头说家里的化妆品多得很，等用完了再买吧。

整整一天，做了十几张脸，那些洗面奶、面膜膏、紧肤水差不多快用完了。结果，连一支口红都没有卖出去。人们陆续走完了，我们只好收拾东西打道回府。肚子叽里咕噜叫着，我这时才想起来，从早晨到晚上，还没有吃饭。花了一百元，只换来许多写在纸片上的电话号码。夏月沮丧地皱着眉，脸色也不像早晨出来时容光焕发了，她收拾着东西不住地唉声叹气。

迎着西照的太阳，我们越过一条开满扶桑花的人行业，慢慢向地铁口走去。她和我说："家里存的货还很多，必须想办法尽快卖出去。"我也没问她还压了多少。她说，"上了经销商就好了，不用这么辛苦。"她舔了舔干裂的嘴唇，拿出一支润唇膏，在嘴唇上涂了涂，"能享受到养老保险，每月有几千元保证金，我也满足了。"

"明天就给你开个户，你不是还差一个人吗？"

"谢谢你了。"

"不要那么客气，我们是好姊妹。不过，开了卡，你是不是还得自己花钱去进货？"我直截了当地问她。

"是的，必须购买三千块钱的货才有资格当美容顾问。"她勉强地笑笑，

"我也不想发大财，只想老了能过几天稳定的日子，手里有点钱，活着心里也不慌张，这年头谁也靠不上。"

"这些货都是你自己掏钱吗？"

"是啊，发展不了人，只能这样了，我还得让恒柔给顶一个名字。"她的神情十分忧郁，一副愁眉不展的样子。

"凯琳莱也是直销的运作模式，你一共发展了几个美容顾问了？"

"都是花钱买的占了位，你看家里那些化妆品，我真不知道该怎么办。"她唉声叹气，满脸愁云，"艾瑞新也不好做，进一个人很难，那个张万元圆滑得像泥鳅，我们请他喝了多少次茶了，到今还迟迟不去银行办款。"

"他在网上登陆了，这就说明已经成功了一半，你继续跟踪。"

"发展两个人就坐在家里收线，有这种好事吗？"

"上线如果不这么说，能忽悠人相信他吗？我们都是一头掉进陷阱的驴子。"我顺手打开一份《羊城晚报》，浏览着报缝里的每一则广告，想寻找一份合适工作。

太阳渐渐西沉，我和夏月从地铁口出来，迎着落霞，慢慢走在回家的路上。路过新凤凰村，在一家小餐馆吃饭，五块钱一盘炒菜，随便点什么都可以，我们要了辣子肉丁、红烧茄子，还点了一个爆炒四季豆。我渴得要命，一口气喝了四五杯水，嘴唇干裂得起了皮。吃过饭，夏月说七点钟有沙龙会，问我能不能去参加，我犹豫片刻，还是答应她了，去看看也好，反正今晚也没什么事了。打电话告诉恒柔，让她也和我们一起去参加沙龙会。她说晚上要去参加一个易经培训班。近来，她突然迷上了这门学问。我和恒柔追求的信仰不同，性格也大不相同，但这些并不妨碍我们做朋友。

二

这里是女人的天下，粉色是这间工作室的主色调。窗帘、吊灯、天花板上纵横交错的拉花，都是粉红色。据说，升级到首席位，总公司奖励的小车也是粉红色的。粉色是她们追求的一种色彩，一种情调，一种浪漫和梦想……

　　穿着玫瑰色套裙的女人们，在台上跳着《青春少年样样红》的舞蹈，胸前的玫瑰飘带宛如彩蝶不安分地在高耸的乳峰间蹁跹。我只记住了两句歌词："荣华富贵飞呀飞，世上人追呀追，愿用家财万贯买个太阳不下山……"这里没有丑女人，她们漂亮、妖媚、自信、魅力无比，这里是真正的女人国，是《西游记》里的盘丝洞……

　　突然，有人在我肩膀上拍了一下："还记得我吗？"

　　"噢，是美琪，没想到我们在这里又碰面了。"我也惊喜地握住她的手。

　　"谁带你过来的？"

　　"夏月带我来的，你和她不认识吗？"

　　"不熟悉，你们是怎么认识的？"

　　"我们是邻居。"夏月抢过话头，"老朋友了。"

　　"噢，原来是这么回事。"美琪脸上的微笑有点不太自然，她沉思片刻突然说，"雏菊姐，还记得吗？我还给你做过一个美容测试。"

　　"记得，我还是要谢谢你，教会我如何化妆。"

　　美琪用一种怪怪的目光看看我，随后又瞟了夏月一眼，突然问我："你打算做凯琳莱？"

　　我摇摇头："今天晚上没事了，陪夏月过来听听课。"

　　"噢……"她不说什么了，但眼神还是在我身上扫来扫去。

　　讲台上，一位督导在讲："女人要想让自己年轻二十岁不是梦，凯琳莱是打造魅力女人的最好平台，只要走上这个平台，你就会拥有美丽，拥有财富，拥有自信和魅力……"我困得只想睡觉，好不容易熬到散会，哪知，小组还要分享。我沉默无语，夏月却示意我，既然来了，就分享几句吧。说什么呢？心里什么感觉也没有，但这种分享是轮着发言，轮到你不想说也得说。

稀里哗啦的掌声响起时，我说："今晚收获很大，受益匪浅，对凯琳莱有了一个初步的认识……"不痛不痒，自己也不知说了些什么，又是稀里哗啦的掌声。分享完毕，督导过来又给大家做了一个总结，她主动递给我一张名片，一个晚上，我收了差不多二十多张。名片的版样相同，颜色相同，右上角印着三个漂亮女人的头像，粉红色的底色，好几个粉红色的英文字母……

走下楼梯，夏月的情绪显得异常激动，她问我听了课有什么感觉，我说："和这些漂亮女人在一起很快乐，走进这样的环境，好像觉得自己一下子也变得漂亮年轻了。"

"雏菊姐……"美琪从后面追过来，"明天我请你喝茶。"

"改日吧，这几天我参加一个培训学习班。"

"那等你培训结束了。"她边说边瞅了一眼夏月，那眼神有点不怀好意，"不要忘记，我给你做过一次美容测试。"这句话显然是说给夏月听的。她把高跟鞋在楼梯踏得噔噔响。

夏月望着她问："什么美容测试？你怎么认识她的？"

"去年，她给我做过一次皮肤护理。"

"这个女人，阴阳怪气的。"夏月脸上毫无表情。

"我和她只见过一次面。不要理她，反正我也不做凯琳莱。"

"你赶快到工商行开个户，我一两天要进货。"

"好，明天给你办。"

汽车过来了，又是末班车。车厢里空荡荡的，我和夏月就是在这趟车上认识的。我笑着问她："还记得我们第一次见面的情景吗？你就是坐在这个位置上。"

"我一看你的衣着打扮，就是一个爱美的女人。那天，我鼓足勇气给你名片，没想到我们还真有缘分。"

其实，在广州，人与人认识很简单，不需要朋友引见，也不需要有多深的交往，交换一张名片就算认识了。打电话、发短信、网上聊天，看这个人能不能成为业务上的合作伙伴，能合作就继续往来，不能合作就拜拜。这个城市把什么都商业化了，纯粹的朋友关系似乎很少，大家都忙着挣钱，哪还有时间专门去交朋友。

汽车开得很快，整条马路似乎变得更宽阔笔直，隔着玻璃向外张望，街市的灯闪闪烁烁，这浩瀚静美的花城之夜，把无数沉浮的浪子之心，收拢在温柔的珠江畔。十字路口的红灯闪亮时，司机来了个急刹车，车厢猛地摇晃了一下，我的头差点儿撞在前面的椅背上，夏月高声骂起来："这叫开车吗？是往外倒人的肠肚。"我看不惯她这种说话的口气，像一个山野泼妇，但夏月却不以为然。那件漂亮的旗袍也难以包裹她内心的粗俗。车停了，有两个黑人走进来，好像是两口子，叽里咕噜不知在说什么，男人那双黑白分明的眼睛在夏月身上扫来扫去，我也在目不转睛地望着他们。在广州随处都可以看见来自不同国家的黄、黑、白种人。我推了推旁边的夏月说："你看那个黑人一直在看你。"

她撇了撇嘴说："恶心。"

"女人要是不被男人看，其实是一件很悲哀的事。"

夏月没搭理我的话，而是从小包里取出她的名片，向那个黑女人走过去："哈喽！"她只会说这么一句英语，那女人向她点点头，收下名片。男人也指着手机，意思是问她电话号码，她指了指名片上那个号，那男人向她笑笑。真没想到，夏月还真有一套推销自己的办法，见人就递名片，竟然连黑人都不放过，凯琳莱要是做不起来，也该无怨无悔了。车子开得飞快，车上只留有我们四个人，车厢里灯暗了下来。黑人不住地和我们龇牙咧嘴地笑，牙床很红，牙齿雪白，眼仁儿雪白；那女人头发拧着一个个小卷，指甲发红，嘴唇发紫……我突然想起前几天孤城给我讲的"灵异公交"传说，越想越害怕，越害怕越不敢看这两个诡异的黑人，心不由得战栗。车子停了，站台无人，黑人要下车，他经过夏月身边，把那张名片在她眼前晃动了几下，咧着肥厚的黑嘴唇和夏月笑笑，然后拉着那个女人跳下公交车。

三

恒柔打来电话："雏菊大姐，明天下午三点我邀约了一个人，你猜猜是谁？"

"谁呀？神神秘秘的，我见过吗？"

"见过，这个人我已经跟踪了三个月。"恒柔得意扬扬地和我说，"你还记得我领到A公司工作室的那个小伙子吗？"

"是不是上海交大那个研究生？"

"是呀，明天他在南方人才市场招聘，咱们过去见他。"

"这小子，好像很高傲，目中无人。"

"再高傲，没钱腰杆也硬不起来，那天在A公司听课，你看他那穿戴和神态，一副怀才不遇的样子。这年代，不是研究生就是博士生，在这座城市里遍地都是。"

那天，我们都去听A公司的皇冠大师讲课，这位大师先给我们每个人发了一张打印好的试卷，题目是：五年后，你要过什么样的生活？你可以在那些小题的括号里任意打对勾：你想得到多少年薪？想要一辆什么车子？想住多大平方米的房子？想到哪里旅游？反正吹牛不上税，吹牛遇上吹牛人了，谁也不戳穿谁的老底，大家一起吹，吹破天我们一起上月球旅游怕什么？有的说要做到皇冠，有的说要去巴黎旅游，有的说要住上百万元的房子，大家抢着上台去分享表态，我也不例外。人常说："近墨者黑，近朱者赤。"整天和这么一群处于癫狂状态的人相处，你不癫狂也不正常。我说，五年后至少要达到财富自由。大家吹得浑身冒汗，唯有这个研究生很冷静，皇冠大师点名让他说说自己的五年规划，他说不敢放狼烟，只想实实在在做点事。言外之意，就是说我们这些人都在放狼烟了。大家都愤愤地望着他，但他的脸上始终毫无表情，有点像日本影星高仓健，用一种异样的目光冷冷地观看一群癫狂的怪物。

"和他讲艾瑞新吗？"隔着话筒，我征求恒柔的意见。

"先不要讲，见机行事。"

"那我们就不谈业务，先探探这个研究生究竟有多高的水平。"我那种爱挑战的心理又占了上风，"你明天上午，去工商行开一个户，夏月这个月要上经销商级别，还差两个人，让咱们给顶一下。"

"好，明天下午，在大龙虾酒店门口见。"

我正要放电话，她突然又问："你那个怎么样？"

"谁呀？"

"那个没吃过比萨的小伙子。"

"昨天刚见过面，不要忘记三、五、七法则，三天后打电话问候一下，五天再打电话约会，七天后才能见面。"

恒柔笑了："这小子说我们是卖国贼，咱们要好好报复他一下，给他点颜色看看。"

"杀鸡还用宰牛刀？他没多大城府，现在应全力以赴对付这个上海交大的研究生。"

电话粥终于煲完了，我放下发烫的听筒，赶快向冲凉间走去。浑身像一台散了架的机器，心脏这个发动机仍然正常转动。如果有一天，它要不转动了，这台机器也就彻底报废了，人的生命就这么简单。当机器报废以后，你会怎么想？五脏六腑，大脑和神经系统运转了几十年，究竟生产了什么有价值的东西，值得自己去追忆？如果什么也没有，那我们在这个世界上活着到底是为了什么？难道人活着就是因为不得不活着吗？

第十章

杯底那个世界

一

工商行的人真多，我前面排着二十多个人，看来，一上午的时间就消耗在这里了，为了给夏月办这张卡，只好耐心等待。坐在椅子上，我又拿出电话本和名片夹，反反复复推敲每一个人的名字。这些人都是我从大量的名片中筛选出来的，也是重点邀约对象。无论是见过面还是没有见过面，关系要保持。于是，我从手机发件箱选出一则短信，如同公益广告似的，同时发给几十个人："生命本是一场漂泊的旅程，遇见谁都是美丽的意外，我珍惜生命中的每一位朋友，因为那是上苍赐给我最美好的缘分。"短信发出去以后，我就开始给自己团队的人打电话，左右区加起来也有百十多人。我是他们的上线，他们自然是我的下线了，但平常大家都忌讳用"上下线"这个词，这个词好像是传销的专用名词。"合作伙伴"或"合作拍档"是我们的通称。

好几天没有和艾琳通电话了，她是我左区的一匹黑马，是孤城的合作伙伴，艾瑞新把我们这伙人，就像糖葫芦一样串在一起，而且越串越长。假设全世界的人如果都加入这糖葫芦的行列中，那世界会是一种什么状况？糖葫芦的长度至少可以绕地球转三圈。

艾琳这个人什么都好，就是过于吝啬，你不给她打电话，她从来不会主动打给你。她很少和我们一起喝茶吃饭，就是喝了吃了，也不给你出那份AA的钱，她是只靠一张嘴两条腿来开辟市场。电话通了，她的第一句话就问我："孤城走了，你知道吗？"

"没有吧，前天我们还在陶然居见的面、喝的茶。"我的声音很平静。

"我选择做艾瑞新，其实有一半因素是因为他，他年轻有为，又有魄力，哪知，我进来了，他却走了。他把我们丢下，一个个像没娘的孩子一样，整天没人管没人问，早知道这样，打死我也不会做艾瑞新。"她满肚子的牢骚，我只好耐着性子听，反正她不花电话费。

"你那里有什么问题解决不了，我和惠子过去帮你，孤城要走，我们谁也挽留不住。广州每天都有许多家公司成立，出台的奖金制度也五花八门，他出去是必然的，但我们不能因为他的离去而停止工作。另外，对于金蝉这个人，要继续跟踪……"

艾琳打断我的话："不要再提她，这是个直销骗子。"

"她究竟做哪家公司？"我对金蝉谈不上反感，但也没有好感，在业务上我们没有正面交涉过。

"不清楚，我看她只是个当二奶的货色。是她把孤城拉走的，釜底抽薪，成心和我过不去。这个女人是根儿搅屎棍，把艾瑞新的团队搅垮了，她才甘心。"

刚刚挂掉电话，喇叭里正好叫我的号，办了手续，我去Z大食堂吃饭。人真多，花三块钱买了二两米饭，两个炒素菜，草草吃完，就向夏月家走去。我把办好的存折交给她，然后，因为下午要去见客户，我又让她给我化个妆。

夏月给我抹了底油，上了美白霜、定妆粉，又扫了腮红，描了眉，涂了眼影，口红不淡也不浓，自然柔和。每一次见客户，我很注意自己的衣着和打扮，一根头发的零乱，一条纱巾的色泽，甚至一个坐姿，或一个握手的动作，都会让对方产生许多联想。我突然又想起柳星雨，那双好久没擦的皮鞋，那件灰不溜秋的衬衫，这样的人也在搞销售。他大概不懂，其实做销售这行，首先是销售自己，人都登不了台面，何谈销售产品？我不大喜欢和一些衣着疲沓的人往来，这种人大部分没有奋斗的进取精神，甚至得过且过。

夏月下午也要去进货，她很感谢我和恒柔，帮她达成了六个美容顾问的指标。她说："这两个空名额，又得进六千多元的货，这是最后一次投资凯琳莱了，成败在此一举，上了这个经销商，就有办法了。"她仍然对凯琳莱充满了信心。

我正要离开，她突然又把我拉住："你给我看看这条短信说的什么？"

"是英文？我一个字母也不认识，你复制发给我，我让孤城给翻译一下。"

"昨晚半夜收到的，还打来一个电话，叽里呱啦不知道说什么？"

"是不是咱们在公交车上遇到的那个黑人？"

夏月把那则短信复制给我，我又复制给孤城。

二

我乘266次车到五羊新城，只有这趟车的票价是一块钱，没办法，每天仅汽车费就要花掉十几块。兜里的钱越来越少，几个月就耗尽上万元，但挣来的钱远远不及花出去的多。也许，再熬一段日子就会好一点。惠子说，苦干半年就初见成效，一年大见成效。但谁知道，几个月辛辛苦苦发展起来的团队，一夜之间就让记者的一篇文章给摧毁了，人们像躲瘟疫似的，躲着艾瑞新的人。这种模式也不知是谁发明的，自己却身不由己钻进了这个圈套里，想成功，想快速致富，想在广州开创一片天地……但所做的事情，就像自己给自己绾了一个绳套，越拉越紧。现在只能坐这一块钱的公交车，吃那五块钱的盒饭，住那蚊子、跳蚤飞来飞去的公寓楼。

手机响了，恒柔发来短信："到了吗？"

"到了。"

"你来家里吧。"

"不去了，直接去南方人才市场吧。"

"不行，你得换换衣服，我已经给你准备好了。咱们在心理上首先不能输给他。"

恒柔的话让我好感动，在这座陌生的城市里，她是我的挚友，也是我走进艾瑞新公司发展的第一个合作伙伴。她温柔漂亮，看上去有点弱不禁风，但内心的倔强和外表的柔弱恰恰成反比。她是西安财金大学毕业的学生，以前在一家外资企业上班，后来，一位加拿大人爱上了她，她不顾家人的反对，也不管别人如何来评价她的选择，果断地和那个外国人结婚了。婚后，再没有去上班，一直在家里当准太太，她有一个幸福温馨的家，还有一个爱她的老公，一个她疼爱的小宝宝。

按了门铃，她给我开了门。我把脚上的鞋子脱下来，赤脚站在冰凉的地板砖上，她端详我片刻，笑盈盈地说："变样儿了？"

"夏月给我化了个妆，今天要见的人不一样，我不能造次行事。"

她从衣柜里取出一件质地高档的淡粉色提花衬衫与一条白色的真丝长裙："这是我婆婆从加拿大给寄过来的，我穿，大了一点，你试试看。"

我没有客气，在卫生间换了衣服，这套衣服好像是专门为我量身定做的，每一个部位都是那么合体，从颜色到款式都符合我的气质。镜子里那个女人是我吗？那是一个高雅端庄、气度不凡的知识女性。

"好，这衣服就衬你。"恒柔也忘情地凝视着我，"一个女人让另一个女人喜欢是件很不容易做到的事。但你却恰恰是这种女人。"

"恒柔，谢谢你！"我站在镜子前不舍得离开。

"不用谢，走吧，我们打的士过去。"每一次打的士，不用问，都是恒柔买单，我很不好意思，她说等艾瑞新做成功了，我们都上了一星级，自己买部小车开。我俩又在憧憬成功后的美景：去白天鹅饭店喝茶，去澳门赌城玩一把，去香格里拉看看……

三

和张扬在南方人才市场门前会面了。半年时间没见面，不是他主动和我们招手，我都不敢相信，这是那个不敢放狼烟的研究生。笔挺的西装，黑亮的皮鞋，浅蓝色的领带，肩挎黑色皮包……从整体看，一副大老板的气派，还略带学者风度，和几个月前的张扬简直判若两人，不得不令人刮目相看。他也在久久注视着我，我的变化大概也让他吃惊。

"好久没见面了！"我很斯文地朝他点点头，轻轻地和他握握手。

两人没有过多地寒暄。

"咱们找个地方坐坐，总不能站在马路上聊天吧。"恒柔在一旁提议。

"去花园酒店吧，我请你们喝茶。"张扬站在马路边，很有风度地挥了挥手，一辆的士开过来。

上车后，我和恒柔坐在后面，张扬坐在前面的位置，目不斜视地望着前方，那神气傲慢十足。恒柔悄悄拉了拉我的衣襟，拿出笔记本，撕下一张纸，飞速写了几个字，把纸条递给我。

"他有钱了，今天不要谈艾瑞新。"

我点点头。把纸条揉成一团，心里很不舒服，直觉告诉我，他不是我要发展的客户。但这次喝茶的主题是什么呢？车子停在花园酒店门前，我们乘电梯上去。来这里喝茶的人档次都比较高，也讲究一些。雅间的情调很特殊，造型像一只小船，紫红色的小方桌，紫红色的木椅，小巧玲珑的茶杯，芬芳飘溢的茶香……大厅里，有一个清澈的鱼池，还有各种叫不出名的盆景树，坐在这里品茶，有一种在大海里游荡的感觉。

"听说你刚度蜜月回来。"

"是的，和太太去香港、澳门看看，又去了三亚、湛江海滩玩玩。"没等我再问什么，他的话匣子就打开了，"本来还想去北方转转，但我妈一直打电话催我们回来，新开张的几家店铺没人管理，我妈一个人又忙不过来。你知道吗？整个美博城几十家当口都是我妈的，她光靠吃租金一年就挣几百万。"

"你妈是做什么生意的？"好奇心促使我不由脱口问他。

"她的生意做得很大，一开始做灯具，后来又发展到电器，现在搞房地产。房地产这个项目她让我负责，我在大学里学的是工程学，搞起来还不外行。最近，我们在珠江边开发了一座四十层的大楼，地皮已买了下来，过几天就动工，这是一座酒店式公寓楼，一平方米将近一万元……"正说得火热，他的手机响了，"不好意思，我太太的电话。"他做了个手势，让我们先喝茶，恒柔给我倒了一杯普洱茶，味道和陶然居的普洱一样，但这里的茶位钱却比'陶然居'贵十倍。茶点很丰盛，恒柔点了蒸排骨、香菇生肉包、蟹黄干蒸皇、腐皮牛肉丸、水晶虾饺……这些都是广州的美味小吃，厨艺是一流的，味道也是正宗的。我俩慢慢吃着，张扬和太太正通着话："茗玲，我一会儿就回去了，你怎么啦？不舒服？是不是累了？先回家休息一下……怎么？不想和哥哥嫂嫂在一起吃饭？那晚上咱们在外面吃吧，你等我……"他打完电话，又接着说，"我太太身体不大好，她是我妈最小的女儿，我妈可宠她了。"

直到现在我才听明白，他一口一个妈，原来指的是老岳母——他太太的妈。我看看恒柔，恒柔也看看我，两人面面相觑，恒柔突然问他："你的老家好像是山西的？"

"山西大同市，那是一座煤城，那里的空气都是黑色透明的，我是呼吸着煤尘长大的。幸亏身体素质好，没有得矽肺。"

"对大同我非常熟悉，距离我们家乡只有二百多公里，我们家冬天烧的煤，都是从你们大同运过来的。但你的乡音不太浓，听不出大同味儿，你父母亲还在那里吗？"

"在，都老了，他们一辈子的命运是和大块的煤炭连在一起的，到了没有煤的地方，会感到无着落。"

"你不常回去吗？"

"哪有时间？我妈这边的生意没人料理，再说，太太也没人照顾。"

我心里暗暗说：你妈这个儿子是给别人养下了，她在家里还不知道怎样牵肠挂肚地盼儿子回去呢？但殊不知儿子早就又有了一个妈。我突然想起前几天在网上看到的那段话，说养了个儿子和上网玩游戏一样，开户后，就开始不住地往里砸钱，不住地升级，好不容易成功了，让一个叫媳妇的盗号了。

"我打算把我的哥哥嫂嫂接来，让他们在这里开个面馆，我还是想吃山西的面条。"

"海味吃了那么多，你还没忘记山西面条的味道？"

"山西的面条、老陈醋，走到哪里都忘不了。"

"可你却把自己的妈给忘了。"我心里说。

我们喝的是普洱，我突然想起一首诗：

端起杯，与你共饮
浅浅的茶，
浓香滋味，
心已半碎。
杯底那个世界，
多少浓情蜜意慢慢沉淀

端着杯子，我又在问自己，今天喝茶的主题是什么呢？突然感觉到，喝的茶不是茶，水不是水，心里很不舒服。恒柔也看出我的不快，她半开玩笑半认真地对张扬说："你太太还等你回去做饭呢，咱们改日再聊吧。"

他摇摇头，故作无可奈何的模样："我太太就是这个样子，她体质较弱，心脏不太好，不能到外面吃饭，尤其是那些高档饭店，她都不想去，只喜欢我给她做饭菜吃。"

"广州菜你能做得了吗？"恒柔突然问出这么一句话。

"学习吧，看着菜谱还是能做许多广州菜的。"他的脸上突然呈现出一丝自嘲的笑容。

"对太太好，是最聪明的丈夫。"恒柔附和着他的话。

"是这座城市重新塑造了我，让我变聪明了。其实，每一位走进这座城市的人，已经完全不是以前的那个自己了。因为，这座城市天天在不知不觉偷窃你的单纯和善良。"张扬边说边掏钱买单，他从皮夹子里掏出一大沓人民币，抽了一张递给服务员。我很鄙视他这个掏钱的动作，这个人看来是没见过多少钱，要不，就是从小穷怕了。

这顿茶喝得没味道，真正的"茶不是茶，水不是水"。在花园酒店门前我们分手后，他叫了计程车先走一步。目送他离去后，我问恒柔："钱这东西，是个啥玩意儿？"她没说话，只是摇摇头，突然问我："你的儿子假如有一天变成这个样子，你会怎么想？"

"我权当没有生养过他。"说这话时，我心里突然升起一股悲凉之情，想起小时候我奶奶常常念叨的几句话："西河湾的水长又长，娶了媳妇忘了娘；倒流水，水倒流，娶了媳妇不回头……儿想娘一阵子，娘想儿一辈子……"

"我感觉，他不会风光多久，靠老婆吃饭。"恒柔的脸上也挂着一丝鄙夷的微笑。

"也难说，不过，鞋子合不合适，只有脚知道。只要鞋子不破，脚趾头露不出来就行了。"

"鞋子要是不合适，脚趾头要是疼呢？"

"有的人宁愿忍受疼痛，有的人就干脆换鞋子，还有的人就是在家穿旧鞋，出来换新鞋。每个人对待婚姻的看法不一样，当然，选择的方法也不一样。散文家毕淑敏写过一篇《婚姻鞋》，很有意思。"我不想和恒柔深谈这个问题。她慢慢走在我身边，突然，没头没脑说了一句："我的脚一直很疼，但我始终不知道是鞋子小，还是自己的脚大？"她伤感地叹了口气。

我没有回答她的话，只是默默地向公交车站牌下走去……

第十一章

金章银章穷得叮当

星期日的晚上，夏月又让我和她一起去参加沙龙会。我俩在路边的小吃店买了几个包子，边走边吃，赶到会场，大厅里已坐满了人。那个督导一眼就认出了我，热情地走过来和我拥抱："亲爱的，往前面坐。欢迎你走进凯琳莱公司。"我不自然地皱了皱眉，实在受不了这种做作虚伪的礼仪。

我客气地向她点头微笑。夏月一再叮嘱我，到了会场千万不要露出马脚，更不能说是为她顶名来的，公司要是知道真相，会马上取消她做凯琳莱的资格。

沙龙会的议程仍然是先唱歌跳舞，然后督导讲话，我困得直打盹儿，一句话也没听进去。

"下面宣布新晋升的美容顾问上台领胸章和纪念品。"督导在念名单。

"快上台去。"夏月推了我一把。我糊里糊涂地走上台。新加入的美容顾问大概有十几个，我也夹在她们中间。督导把一枚凯琳莱的图标戴在我胸前，并和我接吻拥抱。我低头望着这枚圆圆的胸章，突然想起一句话："金章银章穷得叮当。"是这样吗？做凯琳莱的女人都很牛气，究竟能不能挣到钱，就是夏月也从来没有和我说过一句实话，上线和下线说不挣钱，除非这个上线是傻瓜。我不做凯琳莱，也不打听它的运作模式和奖金制度。和夏月买一些化妆品自用，也完全是因为她是我的下线，艾瑞新的搭档。

　　台下一片掌声，督导说："欢迎新美容顾问讲话。"麦克风在女士们的手里传来传去，最后传到我手里，完了，我该讲什么？我突然看见人群中有一双眼睛在盯着我，美琪？怎么又和她碰面了？我内心一阵惶恐，更有一种做贼心虚的胆怯，直觉告诉我好像有什么事要发生。这一切都是夏月设的圈套，她先说让我去银行开个户，谁知道又是领纪念品又是讲话，美琪心里会怎么想？她那双眼睛直勾勾地盯着我，我又不能解释，更不能说自己是顶名冒牌的。手里抓着麦克风，就像抓了一个随时都会爆炸的手榴弹。我从来没有遇到这样尴尬的局面，在多少人面前讲话都不怯场的我，此时，语言怎么也不能流畅自如地表达，语气也干巴巴的。不知道胡诌些什么。台下，夏月激动地眼睛里闪着亮晶晶的泪花，美琪那张脸像在冰箱里冷冻过一样，诡异的目光在我脸上扫来扫去。她一定是恨我恨得咬牙切齿。但这能怪我吗？要恨就恨这个夏月，都是她把我推进这个尴尬的境地。

　　好不容易熬到散会，我不敢面对美琪，想赶快逃离，但还是被她追了过来："雏菊大姐，祝贺你成为美容顾问。"口气不冷不热，让人难以琢磨。

　　我有口难言，淡淡应付了几句："我只是买了一些产品自己用，美琪，你也知道，我一直在艾瑞新公司……"

　　"不用解释了，祝你成功！"她拍了拍我的肩膀，"后会有期。"说罢，头也不回地走了。

　　这是什么意思？我心里感到十分纳闷。

　　路上，我和夏月说："美琪跟踪我很长时间，让我和她一起做凯琳莱，但我一直没有答应。她今天知道我做了你的美容顾问，心里会怎么想？不会出什么事吧？"

"能出什么事？你今天来可给我撑了面子，许多人都嫉妒地问我是怎么和你认识的，那个美琪上次沙龙会就问过我。"

"关键是她给我做过一次美容测试，她会不会拿那张测试单做什么文章？我又不能和她解释。"

"解释什么？千万不能说你是给我顶名的，公司一旦知道我就完了。"

"不会的，我是怕美琪使什么坏点子。"

"她能使什么坏点子？这件事，你知我知，天知地知，我上了经销商会好好谢你的。"

"不用谢。我们是好姊妹，能好好相处我就非常开心了。这两天，见恒柔没有？"

"没有，她的手机也打不通。"

"我明天去她家里看看，这人情绪很不稳定，有一点不开心的事就关机睡觉，这怎么行呢？"

"她婆婆好像从加拿大来了，让他们全家办移民回去。"

"那不很好？咱们想出国还没有这个条件。"

"恒柔不走。"

"为什么？"

"不知道。"夏月怎么能知道呢。恒柔脾气古怪，她的思维往往是逆向的，和常人不一样。

- 第十二章 -

爱也会杀死人

一

　　我和恒柔是在A公司的OPC学习班认识的，两人一起听课一起吃大餐，一起做那些无聊的游戏。在一浪高过一浪的疯狂呐喊中，我们惊讶得嘴都变成了O型，始终进入不了那种兴奋的状态，于是，两个局外人自然走到了一起。投缘地谈话，让我们很快就成为一见如故的朋友。

　　美丽的盛夏之夜，在Z山大学的永芳堂前，我俩安静地坐在那高高的水泥台阶上，谈着各自的家庭、孩子。恒柔把内心许多不能向别人言说的烦恼向我倾诉，我也向她讲一些令人心酸的往事。天上的星星眨眼望着我们，树上归巢的鸟儿在听我们说话，眼前那片绿茵茵的草坪已空无一人。两人抬头眺望夜空，很幸福，不由地向坐在至高处的上帝献上一颗感恩的心，感谢他给予的这笔财富，让我们成为知音。和恒柔在一起，我感觉这座城市不再冷漠，不再令我恐惧，有朋友相伴，我也不再沮丧孤独。

　　为了找到合适的合作伙伴，我和恒柔常常去南方人才市场寻找目标。我们在人群中转来转去，向一个个陌生的求职者递上我们的名片，面对频频地回头，两人开心地大笑。

　　午后，当太阳躲进厚厚的云层，我俩也就躲进吹着冷气的肯德基。通常会要一杯冰红茶，或两个奶油蛋卷，慢慢品着，把那些交换来的名片摆在桌上，一个一个过目，选出要沟通和见面的人。这就是我们的游戏，自由而刺激。

　　那天黄昏，我俩踩着落霞，边聊天边向五羊新城走去，路边的树影在跳跃，贴着花花绿绿广告的公交车从身边驶过……在一家正宗的桂林米粉店，喝一碗过桥米线，再沏一壶铁观音茶，清香飘溢中，我们尽情聊着。我说："爱可欣要是做上了一星级，一定请你到白天鹅宾馆喝茶。我还要去广州最高级的美容院做一回皮肤护理。"恒柔说，明天就带我去美容院，做一次玫瑰精油的皮肤美容，让我享受一回做女人的幸福。

　　跑市场是很辛苦的。有一次我们去天河城见一个客户，突然下起了大雨，顷刻间，马路上积水成河，我的鞋子、衣服都被雨水浸湿了。恒柔执意要打车，我说："马上就走到公交车站了，何必浪费钱呢？"她很固执，一挥手叫了车。坐在车里，我内心有点闷闷不乐，但换位一想，恒柔毕竟是个弱女子，没吃过多少苦，自从和我跑市场，脚上每天都要踩几个泡，她从不吭声，怕我说她娇嫩。后来我才知道，那天，她脚上的泡发炎了，怕水感染了才执意要打车的。

　　恒柔的性格有点孤傲不群，不善于和团队的其他人来往，也很少参加一些集体活动。为了尽快把爱可欣的生意做起来，我不遗余力，但这生意并不像我们最初想象得那么简单容易，虽然每天四处奔波，但成效甚少。当我坐在嘈杂的茶楼邀约那些陌生的客户来聊天时，心里的滋味比那壶乌龙茶还要苦。恒柔看出我的困境，每次都暗暗向我伸出援助之手，主动为我支付AA的喝茶钱，支付那些开辟市场时花销的费用。令我更难忘的是那次感冒发烧，她带我去一家中医诊所刮痧，满背紫瘀的我紧紧握着那双纤细的手，久久说不出话，不用多言，我们是永远的好姊妹。

二

没有给恒柔打电话，我就直接来到她楼下。年轻的保安热情地给我打开电梯门，我也微笑着和他点点头。从电梯出来，我按了恒柔家的门铃。出乎意料，开门的是她老公达尔，他吃惊地望着我，脸上露出友好的微笑。

"你好，冒昧打扰了，可以进去吗？"我很有礼貌地问。

"可以，可以。"他彬彬有礼地做了一个让我进屋的手势。

客厅的光线有点晦暗，一套沙发占去了一半空间，水磨石地板砖上又铺着一块厚厚的地毯，墙上挂着一幅世界地图，书柜里的书很多，摆放得很整齐。我坐在沙发上，浏览那些书籍，史学类的书多一些，还有一些美学方面的，都是英文版。达尔先生给我沏了一杯绿茶，这位从事史学研究的加拿大人，具体在广州什么机构工作，不得而知。交谈过几次，得知他博学多才，对中国的历史和地貌非常熟悉，喜欢中国的古文化。我说："全中国人民都知道加拿大有个白求恩，所以，中国人对加拿大人非常友好。"他笑笑说："也许是受了白求恩的影响，留学时，选择的第一个国家就是中国，没想到这一来就是三十年，如今，父母亲都已年迈，终归还是要回加拿大的，你们中国人不是讲究落叶归根嘛。"

恒柔听到我们的谈话，从卧室里懒洋洋地走出来，她穿了一件绿色的连衣裙，脸色略显苍白，一副睡眼惺忪的样子。

"对不起，昨晚我没有睡好觉。"在淡淡的晨光里，她伸了个懒腰，抬手拢了拢乱蓬蓬的头发，那张没有化妆的脸看起来有点惨不忍睹。她坐在我身边，漫不经心地问："这几天你忙什么？"

"在江湾大酒店参加一个公司的开业典礼。"

"听说这家公司的CEO是一只东北虎，很厉害。"

"我给你打电话，让你去看看，你怎么不接？"

"这几天身体不舒服，再说，我很厌烦那种吵吵闹闹的场面。只想一个人安安静静地待着。"

"你婆婆从加拿大来了？"

"是的，她住在白天鹅宾馆，家里条件不好，让老太太住在这里受委屈。"她的话里显然带有一种怨气。

达尔从他房间走出来，已是西装革履，手提公文包，皮鞋黑亮，黄褐色的头发也梳理得很整齐，一副绅士派头。他客气地和我点头微笑说："你们慢慢聊。"然后，推门出去。

屋里又是一片安静，恒柔站起身将落地窗帘拉开，太阳从外面跳进来，闪闪烁烁的光线驱走了晦暗，屋里明亮了许多。我望着她那萎靡不振的样子说："你脸色很难看，发生了什么事？"

"他讲了一句话，让我很伤心。"恒柔的眼圈红了，"他说加拿大人是不会做这种传销生意的，让朋友们知道丢脸，看来我得退出艾瑞新公司了。"

"世事变幻莫测，你投单的时候，达尔还在网上不是多次考察了艾瑞新公司，也考察了艾瑞新在日本、加拿大、美国的营销规模吗？"

"谁能料到后来会发生这么大变化，他虽然帮我投了资，但心里一直耿耿于怀，尤其是最近网上也传闻艾瑞新的营销模式是违法的。他觉得我做这种老鼠会生意有损他的面子。他宁愿让自己的太太在家里待着。"

"他是不是不愿意让你出去四处乱跑？"

"也许是，但他根本不去想，和他结婚以后，我就被他圈养在这间房子里，精神都快要崩溃了。"恒柔突然从沙发上跳起来，两眼望着窗外，面孔顿时如蒙了纱一般。

"达尔对你还是很好的，不要因为一句话就和他怄气。"

"他对我太好了，这几年，我都不认识自己了。有时，面对镜子，我常常问：'你是谁？你是那个满怀梦想的恒柔吗？'在大学读书的时候，我也是踌躇满志，想创建一份属于自己的事业。没想到，遇到达尔后，他改变了我的人生计划，让我完全丧失了自我生存的能力和自信。如今，我变成这个样子，完全是他，他毁了我，我恨他。"恒柔边说边抽抽噎噎地擦着双眼哭起来。

"恒柔，达尔是一个很有事业心和责任心的男人，现在的社会，找这样的男人不容易。我很羡慕你有这么一个幸福的家，有一个聪明可爱的小宝宝，一个对你百般疼爱的丈夫。"

"我十四岁的时候，就失去了父亲。他从小就宠爱我，为这事姐姐还嫉妒地和父亲大吵大闹，哥哥也说父亲偏心眼儿。我像一个小公主，在父亲的呵护下长大。父亲病逝后，我就觉得自己孤零零的。我常常在梦里看见他，但醒来却仍然是一个人。母亲不大喜欢我，也许是父亲太爱我了，她也嫉妒，总是无缘无故和我发脾气。考了大学后，父亲的影子仍然陪伴着我，许多同学生向我求爱，我都拒绝了。只想找一个如父亲一样能疼爱我的男人。大学毕业后，我在一家外资企业做文秘，在一个偶然的机会，认识了达尔，后来，他向我求爱了，我就答应了。"

"家里人都反对我的选择，到今天母亲都不让达尔登门，儿子出生后，母亲本应该来伺候我月子的，但她没有来。她说讨厌这个年龄和我父亲差不多的男人，也不想看见这个黄眼睛的外国人。同事们都说我为了达尔的钱，其实，谁也不知道，达尔当时的处境十分艰难。他搞国际新闻，经常在一些海外报刊和杂志发表文章，因为一篇文章的内容牵涉到一些敏感话题，他差点被打成国际间谍，他一度想自杀，就在这种情况下遇到了我。他放弃了死的念头，决定要重新振作起来。我俩结合了，后来，有了儿子。这么多年，达尔对我百依百顺，像父亲那样宠着我，爱着我。我犯了一个极大的错误，我被达尔宠坏了，已经没有了自我，没有了进取心，每天只在这个房子里转来转去，外面发生了什么事也不知道，成了一个典型的家庭妇女。大学是白念了。我不想再过这样的生活了，我想走出去，想再进职场。"

"是啊，一个人当他完全从自己生活的圈子里跳出来以后，才能更清晰地看清自己曾经生活的状态。但是，假如习惯了自己的生活圈子，要想跳出来，是需要勇气的。"

"我很佩服你，做艾瑞新并不是因为这个公司有多么好，想挣多少钱，关键是和你合作很开心。你给了我激情、勇气和目标，让我明白自己该怎样生活。"

"谢谢，但我是生活所迫。假如有一个非常疼爱我的老公，有一个温馨的家，我也许并不想从那个小窝里走出来，也不可能独自一个人闯广州。"

"我必须跳出这个生活圈子，其实，达尔也赞同我走出来，他只是不大赞同我搞电子商务。前天晚上，看《经济半小时》，国家对这些打着电子商务的幌子搞违法经营的公司开始严加打击，一个晚上捣毁几十家无牌照公司，抓了许多网头。他有点害怕了，觉得做这些电子商务终究要出事。你想想，艾瑞新的工作室为什么总是搬来搬去？我们也好像在偷偷摸摸干一件不光彩的事……"

我打断她的话："艾瑞新的事咱们暂时不谈，先说说你自己，打算和达尔回加拿大吗？"

"不回去。"她的口气很果断。

"达尔执意要走呢？"

"不管他，他想走就走吧，我是不会走的。我不像其他人，想方设法要出国。就像兰朵一心想找一个外国老公，想到国外去生活。我不想出去，达尔要是愿意和我生活就留下来，不愿意，就和他妈妈回去。"

"孩子呢？"

"让达尔带走吧，他不能没有儿子。"恒柔眼里噙满了泪水，不住地抽泣。

"那你呢？你是孩子的妈妈呀，他还小不能没有妈妈。你千万要冷静，不能感情用事。"

"我考虑很久了，我要跳出这个生活圈子，我不是他们的保姆。"恒柔双手捂着脸，呜呜咽咽大哭起来。

"达尔是爱你的。"

"爱也会杀死人的。"

"你这样做，达尔会恨我的，假如你不认识我，也不会有这样的选择。"

"不，人和人认识是缘分，分开也是缘分，也许我和达尔的缘分已尽。"恒柔起身向洗手间走去，她打开水龙头在冲洗脸。十分钟以后，当她从洗手间出来时，从头到脚已焕然一新，这是一个多么令人倾慕的女人，妩媚而不矫揉造作，漂亮而不轻浮。她脸上的妆不浓也不淡，一条乳白色丝裙，长长的白色丝带在腰间打了一个蝴蝶结，浅绿色的衬衫很短，无袖无领，一条水钻项链戴在她那白皙柔嫩的脖颈上，显得格外靓丽。她这身打扮高雅端庄，还有一点点异国风味儿。

"你和那个出土文物又见面了吗？"

"谁呀？"

"前几天，你让我测名字的那个人。"她目不转睛地望着我，"既然是赌来的，咱们就见见他，我总觉得你和他会发生一点什么事。"

"能有什么事？他很固执，我们不会成为业务搭档的。"

"我不是说了，他助你得桃花，这是从名字上看出来的。"

"呵呵呵……"我不由地摇着头笑起来，"不可能。"

"这事顺天意吧。"恒柔对《易经》上的许多说法是深信不疑的。

- 第十三章 -

行走偏锋　亮剑直销

一

天河赛马场，有一家正宗伊斯兰清真羊肉餐馆。十一点，我和恒柔就来到这里，我俩一边喝茶，一边等柳星雨。眼看快十二点了，还不见他的影子。

"这小子是不是找不到这里？"恒柔等得有点不耐烦了。

"他要是连这里都找不到，那不是白在广州待二十年了。"

"也难说，有许多老广州人，一辈子都没有登过白云山。"

"再等十分钟，他不来咱就走人，到五羊新城吃正宗的桂林过桥米线。"我的话刚落音，柳星雨进来了。

"对不起，我来迟了。"他满头大汗走过来，一件崭新的白衬衫后背上印出一片汗渍。

"你是走来的？"我看着他这汗淋淋的样子，笑着问。

　　他一边用纸巾擦汗，一边点头："从公交车站到这里最多半站路，如果打的士，还得绕四环，不如我走过来快呢。"他坐在我们对面。

　　"这是我的妹妹恒柔。"我主动给他介绍。

　　"我叫柳星雨，柳树的柳，星星的星……"

　　"嘻嘻嘻……"恒柔微笑着打断他的话，"你的名字我早就熟悉了，柳树本来需要雨水，但你给它的却是火。"

　　柳星雨不由自主地皱了皱眉头，我看出他不大同意恒柔对他名字的解释。

　　恒柔并不在乎他的态度，继续说："星雨只有在夜空才能看到，它是流星体经过地球大气层时，没有完全烧毁而落在地面上的陨石，对柳树只能是伤害。"

　　"你会测名字吗？"

　　"我略知皮毛，把星字改成天字，会好一些。你想想，木遇火是一种什么样的情景？"恒柔目不转睛地盯着柳星雨。

　　柳星雨在她的逼视下，有点沉不住气了，终于低下了头，双手不自在地搓着桌角。

　　"吃什么？"我把菜谱递到柳星雨面前。

　　"随便，你们点吧。"他客气地把菜谱递到恒柔面前。

　　"咱们公平一些，一人点一道菜。"恒柔点了一盘烤羊肉，一盘炒虎皮辣椒，又把菜谱给我。

　　我点了一道烧南北和蒜泥生菜，柳星雨点了一盘烩面，这小子天生一个吃面的脑袋。上次请他吃比萨，他说不如吃一碗兰州拉面，这次请他吃烤羊肉，他又要吃烩面，不可思议。恒柔看了我一眼，抿着嘴笑起来，只有我知道她在笑什么。

　　我拿起啤酒瓶斟满三大杯："为了我们的相识干杯！"

　　"你走进B公司有几年了？"恒柔又在问他。

　　"两年。"

"发展了几条腿？"

"两条。"

"你们是八条腿的制度吧？两年才发展两条腿，照你这速度还得做六年。"

"在一个行业里，要想成功，怎么也得滚打七八年。"

"看来，你是要在B公司准备来个八年抗战了，好好学习学习毛主席的《论持久战》。"

"我不但学习毛主席的《论持久战》，而且还用他的理论指导我做销售。我名字里取这个星字，也是取之于毛主席《星星之火，可以燎原》那篇文章。其实，初期做直销就是星星之火，只要有信心，这火就可以燎原。毛主席的话是真理，比如：'谁是我们的朋友，谁是我们的敌人，这是革命的首要问题'，告诉我不要幻想，只有找到你的消费者或者合作者才能成功。'扫帚不到，灰尘照样不会自己跑掉'，告诉我做直销要敢于亮剑，终端制胜，大声叫卖，把产品和机会卖出去，把单收回来。'一切反动派都是纸老虎'，告诉我再强大的竞争对手都有软肋，再成熟的市场都有缝隙，只有在战略上藐视竞争对手，才能在战术上战胜对手……"

恒柔朝流星雨摆摆手："好了，好了，不用再高谈阔论了。来，举杯喝茶，愿你在B公司将直销进行到底。"

"从走进B公司的那一天起，我就没打算再选择离开。"

"话不能说那么绝对。"

"B公司现在已经在中国的直销界排名第三，马上会超过A公司，它的产品好，制度永不归零，我们做起来很轻松。不像A公司，每月都得冲业绩。"柳星雨讲起B公司的产品，也是忘乎所以，两眼激动得光芒万丈。

"听说那天在艾瑞新工作室你和惠子差点吵起来？"

"她们说话太绝对，好像天下只有艾瑞新是最好的产品。"

"你说做艾瑞新的人都是卖国贼？"恒柔今天是怎么啦，一股劲儿地质问柳星雨，成心让人家下不了台。

"是的，我现在仍然坚持这个观点。"柳星雨也不示弱，开始向恒柔反攻了。

"那你今天就不该和我们这些卖国贼坐在一起吃饭。"

"是你们请我过来的呀！"

"哈哈哈……你说对了，是我们请你过来的，我们能坐在一起吃饭，就是朋友了。"恒柔端起杯子又和他单独碰了一下。

"其实，我很看好雏菊这个人。"

"你看好她什么呀？想叫她和你一起做B公司的产品？"恒柔并不在乎柳星雨话里的含义，"扑哧"一声笑了，她是有意在捉弄对方。

"不，我觉得她和别的女人不一样，和她在一起，自己对许多事物就会有全新的认识，从她身上我能学到许多东西。而且她能让我们之间的谈话产生愉快的感觉。和她在一起聊天，突然感觉自己也变得能说会道了。"柳星雨的脸涨得红红的，他没有隐瞒自己的内心想法，很真诚。听了他的表白，我有点不知所措，甚至忘记了和他的年龄差别，用一种调侃的语气问他："柳星雨，我想和你成为搭档，你愿意吗？"

"愿意，但我绝对不做艾瑞新。"他的回答很果断。

"我也不会走进B公司。"我停顿片刻，"但你的名字是我从上千张名片中抽出来的，我们一定会合作的。"我的口气里含有一种不容他思考和反驳的强硬。

他笑了，那笑容很灿烂。我突然发现，他的头发是刚刚吹理过的，显然，在见我之前，专门去理发店做了发型。我从包里取出一本散文集递给他："做个纪念吧，你不是也喜欢写几行小诗，至少我们是一个文友。"

"谢谢，我会拜读的。雏菊老师，我这样称呼你可以吗？"

"叫我雏菊就行了，老师不敢当，当大姐还是够格的。"

但柳星雨始终不叫我大姐，连雏菊也不叫，常常叫我老师。

二

在维多利亚广场前，和柳星雨分了手。我和恒柔向五羊新城走去。十字路口，我们望着柳星雨渐渐远去的背影，恒柔突然抓住我的手神秘兮兮地说："雏菊大姐，你的桃花运来了，我测的名字绝对是准确的。"

"瞎说，他很年轻，我把他当作弟弟看待。"

"当情人有什么不可呢？你为什么总是要苦待自己，人一生能有几回爱？而这几回爱又有哪一回是真正的爱？这个柳星雨我不会看走眼，他在情感上受过伤害，他也有诚实的一面，你要喜欢他，就不要放弃。我的判断，他不可能做艾瑞新，你也不可能去他的B公司，他只是上帝赐给你爱的安琪儿。"

"太年轻了。"我摇摇头，有点言不由衷。

"年轻是缺点吗？雏菊大姐，你和夏月是两类不同性格的女人，她追求的爱情和你也截然不同。她实惠，你缥缈，你喜欢雾里看花，所以，追求的也是镜中花、水中月，虽然痛苦，但美丽浪漫。夏月是需要那种实实在在和她过日子的男人。"

"你呢？"我在反问她。

"我当时和达尔结婚时，以为得到的是爱情，但后来渐渐发现，我得到的只是一种父爱，我给予他的也是同情。当自己知道什么叫爱情的时候，已经晚了。"恒柔的语调有点伤感，"两人爱得死去活来，哪怕一生只有一次也值得。"她长长地叹了口气，声音中满是遗憾和无奈。

天色暗了，低低的、灰黄色的浊云在头顶涌来涌去。我俩在天桥下分手，我慢慢向公交车站牌前走去。一位年轻的姑娘在站牌旁边弹奏古筝，这是一种怎样的琴声啊！如泣如诉，美丽而孤独，细细聆听，会让你整个身心都沉醉在这茫茫的夜色中。古筝上挂着一张纸牌，纸牌上写着："母亲生命垂危，为母看病，求助路人帮助。本人毕业于星海音乐学院，如果有愿意请我当家教者，可留电话联系。"姑娘低着头只顾弹琴，看不清她的面孔，从衣着上看又不像一个职业骗子，这年头吃什么饭的都有，也许是个骗子，也许真是从事艺术的，谁能知道她说的话是真是假？因为现在有许多事假的太像真的了，而真的又太像是假的。这真是个以假乱真的时代，就是孙悟空的火眼金睛也难以识别。

这个姑娘弹的是广东音乐，我听不出是一首什么曲子。当然她的听众也就是我们这些等车的人，不时会把钢镚扔给她。广州这样的路边歌手多得数不清，不要说星海音乐学院，就算是中央音乐学院的学生，走进这座城市，也没架子可摆。这是一个人才聚集的地方，所以，人才来了也不是人才了。但这座城市什么人都能包容，乞丐、歌手、流浪者在这里的街头是自由的，他们无论是乞讨还是唱歌，没有人来干涉，在这里也不会冻死、饿死。大凡来到广州的人，都想一夜暴富，都想混出个名堂，都想成为丁磊、马云、陈天桥。于是，许多人都涌进了直销界，涌进了电子商务这个新的潮流中，但真正成功的能有多少？二八定律永远是改变不了的事实。

柳星雨说："在B公司做不成功决不罢休。"不罢休又能怎么样？做直销不是光凭热情，还需要理性。一个人如果理性失控的话，就像一部刹车失灵的汽车，会撞得粉碎。我脑海里突然涌出万闯的名字，他总是爱说那句话："前面是天堂，后面是珠江。"换言之，就是进不了天堂就跳珠江了。万闯是哪里人？不清楚，哪所大学毕业的？也从来没有问过。我只知道他喜欢足球，是个十足的球迷。他说，有了钱发达了，就创办一个球迷俱乐部，组织一支具有中国特色的足球啦啦队，然后走遍世界各地。但我总是担心他变成一辆刹车失灵的汽车。

"到家了吗？"柳星雨发来了短信。

"到了，你呢？"

"我也到了，今天很开心，认识你真好。"

我反复看这条短信，觉得总有一点什么东西值得我去咀嚼，但又琢磨不透。我不否认，今天和柳星雨在一起很开心，情绪甚至有点亢奋，好久没有这种感觉了。

－ 第十四章 －

剩者为王的天堂

一

我和北戈决定跳槽去天籁公司，心里很难过，该怎么面对艾瑞新团队的那些伙伴呢？北戈却不以为然地说："艾瑞新已经没得做了，让他们都去天籁公司不就行了？"

"你想得太简单了，咱们把人家一个个苦口婆心地劝说进来，有的人还没有挣到钱，就又让人家到别的公司投单，情理上也说不通。"我不大同意他这种说法。

"人往高处走，水往低处流，天籁公司的势力是明摆着的。再说，广州是个剩者为王的天堂，我们没有时间去顾及那么多。"

"关键是他们在艾瑞新里还没有挣到钱，有的人刚刚投单就把人家扔下不合适。"

　　"可我们也没有挣到钱呀，能去怨谁呢？你是我发展的，你要怨我，我又怨谁？"

　　"我没有怨你的意思，当初咱们都是想利用这个平台挣钱，没想到，事态发展成这个样子。"

　　"下午，天籁公司的总裁要召集大家开会，争取让团队的人都过来听听。"

　　"这事千万不能让兰朵知道，她是铁了心要做艾瑞新的。"

　　"她一下投了九套产品的钱，当然要拼命去做了，不然，那几万元都打了水漂。"

　　"不要考虑那么多了，雏菊，你很看重人情，也许是刚来广州的缘故。待久了，你会发现，人情和良心在这座城市里一钱不值。"

　　我又想起那天在陶然居程老头喋喋不休地唠叨，投进去的几千元是他瞒着老伴儿偷偷积攒的钱，自己身体不好，只想吃一点营养品，再赚一点钱，看来是时乖命塞，受了骗也不敢吭声。我不由得又翻出他发给我的那则短信："遇见你我才相信缘分，相识你才认识永恒。"不难看出，他对我非常信任，走进艾瑞新也完全是为了和我来往，这是不容置疑的，我觉得很对不起他。

　　"放弃有时候并不是一件坏事，就像两只手拿着东西，当别人再给你东西时，如果不放下手里的东西，就不能拿到新东西。"北戈的声音很平静，没有一点自责的感觉，好像所做的一切都是应该去做的，也好像要告诉我一句潜台词：这一切都不是我们的错，错误的是这座魔幻般的城市。在一座座鳞次栉比的高楼下，整日爬行的一群又一群人，谁还去顾及谁的存在？谁还去同情谁的遭遇？谁还去为谁擦干眼泪？自己摔倒自己爬起来，假如爬不起来，那只能证明你自身脊梁的软弱，不配在钢筋水泥林立、高架桥纵横交错的建筑群里站立。

　　北戈说的话让我陷入沉思，自己是不是太重感情了？该怎么向夏月和恒柔解释？能说自己是兵临城下，等米下锅吗？房租马上要交，每天一出门汽车费、电话费都等着开销，已经几个星期没人进单了，总不能守株待兔。但这些话又能和谁说呢？我在天籁公司投了一份单，一千三百元又扔了出去，能不能尽快发展人还是个未知数。坐在客户接待室，面对这张黑色的老板桌，面对这样的环境我却怅然若失。这里的一切是豪华的，业务室配备齐全，只要你约来人，专门有讲解公司制度的老师，我们的任务是把人约来就行了，但邀约人也不是一件容易的事，尤其是邀约陌生客户，简练的话术中，必须有一种能让对方感兴趣的东西，也就是能吊住对方的胃口。翻看电话本，想邀约几个陌生客户过来，但对方的回答令人失望，"天籁公司，前几天我们还去那吃饭，等等看吧，这种公司声势越浩大死得越快。"刚放下电话，手机又响起来了："哪位？"我在问。

"我是凯琳莱总公司，你是雏菊吧？"

"是的。"

"有人反映你把凯琳莱的产品打折卖掉了？"

"没有啊。"我的心咯噔一下，一阵紧缩。

"我问你，你最近都进了什么货？"对方的口气咄咄逼人。

"我……我……记不起来了。"我怎么能知道夏月进了什么货呢？我被问急了，只能支支吾吾瞎搪塞。

"你都把货卖到哪里了？"对方的问话一句紧似一句。

"我没有销售多少，大部分产品都是自己用。"

"你是自己去提的货吗？你在哪里提的货？货是怎样的包装？谁给你付的货？"一连串的问题都向我甩过来。我有点猝不及防，于是，急中生智说："对不起，我的手机没电了。"挂了电话。不由分说，马上又和夏月通话："不好了，凯琳莱总公司来电话了，一口气问了许多问题，我什么都不知道，估计她们还要来电话，怎么办？你是不是把产品打折扣卖了？"

"电话里说不清，你赶快过来，咱们见面再说。"夏月的声音焦急不安，也不知道发生了什么事，我从天籁公司出来，急急忙忙乘车往家里赶。

二

夏月的脸色显得很憔悴，浮肿的眼皮耷拉着，一副萎靡不振的模样。

"是不是昨晚没睡好觉？"我端详着她。

"失眠了，又接到那个电话。整整一夜没合眼，他妈的，那个王八蛋督导骗了我。"她两眼望着窗外，目光惆怅而迷惘，没有穿拖鞋，赤着脚在地板上走来走去。那双脚很难看，五个脚趾头之间的缝隙很宽，她大概从小就没鞋子穿吧。那件漂亮的粉红色睡衣裹着那苗条的身子，妩媚的风姿仍然留在这个五十多岁女人的身上。可惜她少了一点内在的魅力。

"出什么事了？"我迫不及待地问。

她抬头看了我一眼，叹着气，一屁股坐在沙发上，用手指不住梳理着乱蓬蓬的头发。那张没有化妆的脸很难看，肌肤完全失去光泽，眼眶周围的皱纹也明显地暴露出来，眉毛脱落得稀稀拉拉，两道深深的唇沟从鼻翼拉到唇角，看上去一下子苍老了许多。这是一张徒然度日、年华老去的女人的脸。

"你是不是把凯琳莱产品打折扣卖了？"我直截了当地问。

"是的，我不卖怎么办？这几万元的产品堆在家里，眼看要过期了，按原价卖给谁？"她皱紧眉头。显然，一种巨大的痛苦在折磨着她。

"那你不是赔着钱去卖吗？"我不能理解她这种做法。

"赔钱也没办法，我女儿上大学，急需要学费，可我现在却连一万块钱都拿不出来，所有的钱都变成了产品。"她的声调里有一种令人痛心的悲伤。她告诉我，伺候老头子五六年，前前后后给了她七八万块钱，她把这些钱都拿出来投资做凯琳莱了。

"你不是已经冲上了经销商级别？"

"上了经销商顶个屁用，完不成业绩照样拿不到钱。什么养老金、保险金，统统都是骗局，她们都是用这种手段骗你进去，钱花完了，明白也晚了。"

"做直销都是凭业绩挣钱，你和我说上了经销商就每月能挣五千，我就有点不大相信。"

"业绩做上去，才能挣到这个钱，我掉到陷阱里去了。"夏月说，早知这样，她才不去花钱购进这么多的货。

我早就知道类似A公司这样的销售模式，实际是个美丽的陷阱，掉进去很难爬上来，除非你有三头六臂的本事，能拉许多人进去，踩着他们的肩膀，才能爬到井口。

"公司查这事，我该怎么说？"我着急地问她。

"他奶奶的，一定是那个美琪搞的鬼。"夏月从产品柜里取出提货单递给我："你把上面的货都记住了，一口咬定没打折，就说卖给一个不认识的女人，她没有留电话。"

"我对你们的产品一点也不了解，谁知道对方还问啥？"

"叫她们问吧，大不了我不做凯琳莱这个鬼玩意儿了。"夏月的声音又高又响，满肚子火气。

我把发货单上的产品仔细看了一遍，心里惶惶不安，总觉得要发生什么事："张万元没说什么时候加入艾瑞新？"

"哼，这个老家伙想占我的便宜，没门儿。"

"你要愿意，嫁给他也不错，这人很精明，保养得白白净净，看上去不像六十多岁的老人。不过，这事先不要让兰朵知道，我毕竟是在她家里认识的张万元，她要知道了心里会不舒服。"

"他们两人早就没有关系了，我们往来没必要隐瞒她。"

"但张万元要是进单，一定要放在兰朵那条线，这样你俩都受益，兰朵也不会有意见，反倒会觉得我们做得够意思，她不仁我们不能不义呀。"

夏月没有吭声，沉思了许久又说："这个张万元，太吝啬了，连一顿茶都不请我喝，我从来没见过这么小气的男人。"

"这种人的钱在肋骨上拴着，你得用扳子往下拧，先不要着急，进了单还不由咱们摆布？"

"心里很不舒服，昨晚又梦见了死鬼老头子，他阴魂不散，还要来纠缠我。"夏月紧皱着眉头，额头上的皱纹显得更深了。

我始终不能理解夏月这段婚姻，于是，不由脱口问："你喜欢他吗？爱过他吗？"

"我从来也没有喜欢过哪个男人，更不知道什么叫爱！男人上了床都是畜生，变着法儿玩你，我一想起他们那种性交的丑态就恶心。"夏月嘴里咬了一根牙签儿，把一截咬下来，狠狠地吐在地上，"晚上和一个男人睡觉，就和当走鬼一样，只是所卖的东西不同罢了。"

"上帝给了你这么漂亮的模样，年轻时，一定有许多小伙子追求你。"

"没有，我是开在野山幽谷的花，没人采摘。是父母亲自作主张，让我嫁给一个男人。没想到，这家伙白天晚上就想干那事，差点儿把我折腾死，我实在忍受不了这种性虐待。离婚后，就带着孩子一个人过日子，后来从老家出来去深圳打工，有人给介绍这个老头子，我就找他了。没想到过了几年他也钻烟筒走了。我只恨自己头脑太简单，没有和他办结婚手续，他撒手一走，我啥也没捞到。唉——全当干了几年保姆，打了几年工。张万元要是想找我，不结婚我是不会和他上床的。"夏月今天是怎么啦，似乎要把满肚子的话全部倒出来似的。她眼圈红红的，声音里饱含了说不尽的哀怨和烦恼。她说，下辈子投胎转世千万别当女人，当女人也不当漂亮女人。人常说红颜命薄，男人猴相、女人猪相才是最有福气的。我不知该怎样安慰她，心里也很不好受。中午，夏月非要留我吃饭，她煲了生鱼木瓜汤，我摇了摇头说："你好好休息吧，我晚上再过来。"她也没强留我，只是苦涩地笑了笑，送我走出楼道。

不出所料，下午，上海又打来电话。对方还是追问我："你如实告诉我们，货卖到了哪里了？"

"我卖给人家货，难道还要问人家详细地址吗？又不是查户口！"我的口气很硬，死不承认自己打过折扣。

对方显然知道我在说谎，但又没办法，在电话里是永远也扯不清的。最后，只好说了一句妥协的话，来了结此事："以后，把你的货收留好，再出现这样的问题，就取消你做凯琳莱的资格。"电话挂断了。看来这场风波暂时平息了。

三

天上飘来了雨，我撑开伞，听雨点击打伞面的声音。雨下得很大，天气一下变得十分凉爽，雨点落在地上，溅起无数白色的水花，水花汇成一片，变成一个又一个浅浅的小水洼。不一会儿，太阳就出来了，这些小水洼就冒着热气，慢慢被蒸发在空气中。这就是广州的天气，潮湿而温和。

我独自在这条古老的小巷里转悠。巷子很深，穿过榕树投在地上那抹苍老孤独的阴影，双脚踩着灰白色水泥路面，一步一步接近巷口。"翠碧苑"小区呈现在眼前，艾瑞新的工作室就设在这里。

艾瑞新工作室搬迁后，我还没有去过。惠子打来电话，说晚上七点钟南国秀子来讲课，让我通知团队的人都来参加，我问北戈该不该回去，北戈说没接到通知。我感到有点莫名其妙，又给惠子打了电话，问她为什么不通知北戈，对方的声调马上提高了："怎么能叫他来呢？他把艾瑞新的人都拉到天籁公司去了，自己建起来的管道自己又捣毁，我真不明白他在搞什么名堂。"

完了，全团队的人都知道我们走进了天籁公司，我真不知该怎么面对他们。惠子在电话里又强调："你必须回来，我有话要和你讲。"讲什么呢？我心里一阵烦躁不安，于是又和北戈通了话，北戈却坦然地说："他们知道了也好，纸包不住火，但做网络是自由的，自己给自己当老板，不想做就走，谁也干涉不了。"

是啊，惠子和我一样，为什么总把自己摆在领导的地位？我自己投资自己当老板，不想干，我就关门不干，你无权来干预，这样一想，心里就坦然自如多了。

工作室很小，三室一厅。卧室里放着一张双人床，从表面看，好像是有人在这里住。这是专门给那些工商局职能部门的人看的，也就是纯粹为了应付检查。客厅里空荡荡的，那些塑料凳子都摞起来放进了洗手间，开会的时候，才拿出来。几台电脑放在另一间房里，办公设施非常简陋，墙上也没有挂艾瑞新公司的简介和产品说明，看来，工商局查得很严。但这帮人是真正的游击队，打一枪换一个地方，工作室也是开会讲课时暂用一下，平时都是手拎一部电脑，从这个茶楼窜到那个酒店，在麦当劳、肯德基、绿茵阁、必胜客都可以打开电脑工作。从购货到人员的发展以及每星期的收入都在网上完成，个人资料都设有一级密码和二级密码，除非水平极高的黑客将密码破译或是将网络破坏才能查看。但这个公司的副总裁就是一位网络高手，所以，这套网络营销方案设计得天衣无缝，很少出差错。网上的店铺多了，谁都可以设立一个工作室，有这么一个办公地方，无非是为了更方便沟通客户，扩大自己的网络队伍。

这个工作室是惠子一手操办的，每月跟每个会员收二十元，但白天来这里的人大部分是自己没有电脑，不能让客户登陆，或者是想让客户从网上来了解一下这个公司。其实，工作室这台电脑是惠子从二手市场买回来的，是一台早已淘汰的老掉牙的奔腾486，内存很小，里面就只装了艾瑞新公司的全部资料。许多老太太常常被电脑这个东西唬住了，再加上惠子不厌其烦地和那些来了解艾瑞新的人讲："我们做的是全球生意，这个公司好大呀！全球几十个国家都有分公司，大得连办公场所都不用，只要轻轻地在电脑上一点击，从进款到购货就全部完成。而且每个星期所获利润准时打到你的银行账户……"没电脑怎么能叫网络生意？没电脑更不能称之为电子商务。于是，电脑是做电子商务生意人的首要工具，有这个现代化工具，忽悠起人来更得心应手。

我和北戈很少把人邀约到工作室，因为不想交这二十元会员费。惠子对我们有意见也不好说出来。有一天，北戈突然打来电话，兴致勃勃地说："雏菊老师，我找到一个邀约客户的好地方，在天河城四楼的飞扬影城，那里环境安静幽雅，而且不要茶位钱，你过来看看吧。"

那个地方确实很好，暗幽幽的灯光映照着红色的墙壁，绿色的桌子，白色的台布……确实是一个情调高雅的地方，不像茶楼闹哄哄的，让人心里烦躁。我问北戈："你这个哥伦布是怎么发现新大陆的？真不愧是游侠，广州哪里都能找得到。"

"找不到还能来这里闯荡吗？"他脸上洋溢着自信的笑容。

从那以后，飞扬影城是我们经常光顾的地方。晚上，坐在淡红色的灯光下，心中也常常会幻化出一个五彩的梦，并不惜唾沫，向每一个合作伙伴一遍又一遍讲着这个梦……讲着我们这些异乡游子心中的追求和向往。北戈邀约客户很有技巧，有时，一天能约三四个陌生人过来。我们讲得口干舌焦，饿了，就一块去吃大餐，渴了，就喝一瓶矿泉水，所挣的钱远远不够支付每天花出去的费用。但大家都咬着牙坚持，争取六个月冲上一星级。我感觉自己是在大海里游泳，一浪又一浪向我拍来，让我挥之不尽，彼岸似乎距离我很遥远，很疲乏，但真正的激流暗涌我还没有接触到。

工作室里冷冷清清，没几个人。惠子见我进来，从电脑前站起来，和我走进另一个房间，她开门见山地问："你是不是在天籁公司投单了？"

我摇摇头，决定不和她讲实话。

"北戈是不是投单了？"她的眼睛盯着我的脸，那是一双令人身不由己被吸引进去的眼睛。

"不大清楚。"我的回答模棱两可。心想，你们两个人往来很密切，北戈有什么打算和计划应该和你说才对。

"你不能和我说假话。"她的口气中含有一种要挟人的味道，眼睛仍然注视着我，声音毫无表情，"天籁不会维持多久，这样的公司我见多了，声势造得越大，死得越快。"惠子咬紧了嘴唇，一副自以为是的模样。

"我知道。"我开始敷衍她了。

"艾瑞新是最稳定的公司，说它是非法营销是某些别有用心的人设计的圈套。最近，公司已在江东花八千万买了一块地皮，做产品分包装生产基地，而且很快就办下了营业执照，这样的公司你要是放弃就太可惜了。而且，你已经有二百多个店铺，不做就太傻了。"惠子盯着我的眼睛，显然是不太相信我所说的话。

"兰朵要回来了。"我说。

"为什么？"

"和她的合作搭档闹翻了，我早就知道她在鸟语团队待不久。"

"你和兰朵要相互配合，她的人脉关系很多，张万元如果进单，一定要放到兰朵下面。让她明白，虽然她离开了我们的团队，但大家依然还在帮助她。"

"我已经和夏月讲了，放在兰朵那一边，她也一样受益。"

"进单时，和我打个招呼，登录后就不能更改了。"

"兰朵不会对我有意见吧？我把张万元介绍给了夏月。"

"不会，他俩已经没有关系了。"

"这也难说，好像一件东西，你扔掉后，别人要是捡去了，马上会感觉这东西不该扔，甚至有点想要回来。"

"那是他们的私人问题，一个要娶一个要嫁，咱们不应干涉。"

四

开会的人陆续来了，但南国秀子迟迟未到。大家坐在一起先是分享产品，每次讲话的就是那么几个人。讲的无非就是：吃了产品身体如何好；产品如何神奇；美国生产的保健品就是和中国的不一样，是经过国际认证而获得的3A产品，在美国，保健品能获得3A的不多。所以，想长寿健康就吃艾瑞新，想年轻漂亮也吃艾瑞新，想发财赚钱成为百万富翁，就走进艾瑞新……

　　不一会儿，万闯也来了，我不由得有些惊讶。他神出鬼没地坐在我后面，我回头望着他，他和我笑笑，那笑容很阳光。好久没有见到他了，他穿了一条深蓝色牛仔裤，浅粉色T恤衫，脚蹬一双黑色中带有白边的板鞋。发型也很酷，很帅气。他悄悄揪了揪我的衣袖，神秘兮兮地问："明天上午有时间吗？我请你喝茶。"

　　我低声回答："下午吧。每天上午八点半必须去天籁公司开早会。"

　　"行，我在中华广场等你。"

　　他大概投资易购基金挣钱了，一副扬眉吐气的样子。听说那个二百五的电话卡早崩盘了，他的三条腿已经缺了一条，估计又有什么新项目想让我和他一起做。

　　一个快六十岁的女人上台分享，她是鸟语团队的，看上去很年轻。以前是什么模样，谁也不知道。反正现在，她逢人就说自己这么年轻就是吃艾瑞新产品的缘故，吃三套产品，年轻十岁不是梦。她的现身说法还是很有煽动性的，许多人在她的蛊惑下，买了产品。她是地道的广州人，普通话讲得不太标准，每天坐在家里操作电脑，给人们报单，讲艾瑞新的产品和奖金制度，讲完了就拿出存折，让人们看她每个星期的收入。她最爱讲的四句话是：十年打工还打工，十年当官一场空，十年经商路路通，两年网络变富翁。也就是这四句话，吸引了很多想一夜暴富的人进了艾瑞新公司。

　　细细琢磨，她这个人也没有什么能力，但在艾瑞新这个平台上就是成功了。她究竟用什么方法，使用什么手段冲上了一星级，谁也没有详细打听，只知道她每个月坐在那里分利润。她的成功有一多半是靠运气，她发展了一个合作伙伴很厉害，这人在A公司的时候已经上了翡翠级别，发现电子商务这个模式赚钱比在A公司发展还要快，马上带领全团队的人集体哗变，一夜之间都进了艾瑞新。这样，一下子把她推了上去。其实，做了这么久，只有她一个人上了星级，成功的概率还不到千分之一。不走进这个行业，你根本不知道它运作的难度和存在的陷阱。大家都在鬼说："电子商务是一种赚钱最快的模式，发展两个人就可以坐在那里拿钱了。"有些人抱着一种侥幸心理，花几千块投单进来，结果不是那么回事。

　　会议已接近尾声，一会儿，南国秀子来了。她满面喜气，穿着一件红色唐装，闪亮的什锦缎小褂，乌黑的大波浪头发，嘴唇指甲还是那么鲜红。她说，我们艾瑞新公司是攻无不克战无不胜的，总裁已经从美国回来，和中国有关部门做了友好商谈，达成了在江东投资八百万建立分装厂的协议。南国秀子不住地给大家吃定心丸，她的经典讲演结束时，又给大家讲了一个青蛙的故事："有许多青蛙准备去爬一个很高的塔，它们刚爬到第一层，有的青蛙抬头望着高耸的塔，心想：什么时候能爬上去呢？于是，就不爬了。每上一层就有一些青蛙掉了队，这样，没爬多久，只剩一只青蛙了，这只青蛙什么也不管，只是一股劲儿蹦啊蹦啊，终于蹦到了塔顶。其他青蛙都问它：'你是怎么爬上去的？'它没有回答。原来，这只青蛙是一个聋子，它听不见其他青蛙说的那些泄气话，也听不到别人的冷嘲热讽。咱们做艾瑞新也是这样，无论别人说什么，都要顶得住，千万不能动摇。"

　　会议一直开到夜里十点，南国秀子还让大家上台表态，我一看还没有结束的意思，就准备提前退场，再迟了，就赶不上末班车了。万闯也跟着我出来，在电梯里，万闯告诉我过不了多久，他也要成立一个健身俱乐部。分手的时候，他乐呵呵地对我说："雏菊大姐，明天下午中华广场见。"

　　我点点头回应："不见不散。"

　　月亮隐退在厚厚的云层里，整座城市被夜色笼罩。

- 第十五章 -

花城昼与夜

一

踏上公交车，我还没有坐稳，手机就响了，一看显示是孤城打来的："雏菊，你在哪里？"

"刚上车，有事吗？"

"我和邹洋都在满口福茶楼门前等你，你下车后就直接来这里吧。"

"你看看都几点了？"我困得不住地打哈欠。

"过来吧，我们请你喝糖水。"他挂了电话。

汽车沿着江边猛跑，车里空空荡荡，没几个乘客。路上，大多数公交车都已收车，只有末班车和夜班车还在跑来跑去，司机大概也急着回家，把车子开得飞快。我困得连眼睛都睁不开了，只想赶快回家睡觉，但又不能拒绝孤城的邀请，车到站，我匆匆向"满口福"茶楼走去。

　　茶楼里乱哄哄的，刚走到门口，就看见孤城和邹洋在外面的椅子上坐着。

　　"你们这些夜猫子，几点了，还在外面晃悠。"我笑着走过去，和他们打招呼。

　　"还不到十二点呢。雏菊，你去艾瑞新工作室了？"孤城问我。

　　"去了。"我坐在邹洋旁边。

　　"人多吗？"

　　"没多少人，南国秀子怕大家三心二意，开个会，稳定一下大家的情绪。好几个团队都散架了，她也着急。"

　　"她当然着急了，别看她是艾瑞新在广州的第一人，下面的人要是都不做了，她也是摇摇欲坠。"

　　"你是铁了心不做艾瑞新了？"我问孤城，"艾琳对你非常有意见，她说当初进来做艾瑞新，完全是冲着你来的，没想到你让人家进来了，自己反倒又走了。"

　　"我不是说了要当一回广州第一人嘛，现在我们正在策划一家新公司。"孤城根本不在乎艾琳怎么看他，笑了笑说，"有好的平台谁都会走的。艾琳不也是跳来跳去到处乱窜吗？做网络要做新不做旧，做早不做迟，掌握了先机才能赚钱。"孤城还是那么意气飞扬，精力永远是那么旺盛。

　　"看来，我们的网络大侠是要出山了，邹洋，你也过来和他一起打拼吗？"我用调羹慢慢搅着碗里的莲子糖水，把脸转向邹洋。

　　"是的，我已辞掉了写字楼那份工作，准备和孤城大哥联手打天下。"邹洋更是踌躇满志，雄心勃勃。

　　"希望雏菊和北戈都能过来，我们一起打拼。"

　　"北方的三只狼是不能分开的。"显然，孤城很珍惜我们在艾瑞新拼搏的那段日子。

　　"我和北戈打算加盟天籁公司。"我也郑重其事地说。

　　"天籁是短命的，从开业到今天，半个月已过，投单的人寥寥无几，别看开业那三天去的人那么多，都是去混饭吃的，真正投单的不多。"孤城的消息真灵通，看来他对天籁公司还是很关注。

"天籁公司不会那么快就崩盘的，听说总裁筹建公司就投资了几百万。"我还是对这家公司充满信心的。

"在广州几百万还不是毛毛雨。"

"你第一步怎么运作？总不能也来个空手套白狼吧？"

"有人给我提供前期启动经费。但有一个条件。"

"什么条件？"

"她要当第一人。"

"那你这个第一人又当不成了。"我和孤城开玩笑。

"无所谓，我当不了宋江当吴用也行，总之，我一定要筹建这个工作室。"

"他呀，王八吃秤砣——铁了心了。"邹洋在一边嘻嘻笑着。

"我没有退路，梦瑶和我拜拜了，我怎么也得做出个样子让她看看。"

"梦瑶是你的女朋友？"我问。

"曾经是，在大学里我们是同班同学，她是一位不错的姑娘，但我们是有缘无分。"孤城的眼里射出忧郁的光，"和她分手后，我很痛苦，真的，我是第一次饱尝那失恋的苦酒。我这辈子恐怕再也找不到像她那样的姑娘了。"

"那你就不应该离开她。"

"她是一个喜欢过稳定日子的女孩，她让我去找一份稳定的工作，到银行或一些金融系统当个年薪几万元的小职员。她坚决反对我做网络营销，从我走进A公司那一天开始，两人就有了分歧。"

二

孤城和我讲起他和梦瑶在南京城中村那间出租屋度过的日子：一张简易床，一张从旧货市场买来的掉了漆皮的写字台，空间不大的厨房堆着锅碗瓢盆，柴米油盐。最初的日子很甜蜜，他们以为很快就能找到理想的工作，但一份又一份简历投出去以后，都没有回音。原来，这座城市不管你如何努力奋斗，不管你在学校多么优秀，没有任何背景是很难走进金融行业的。梦瑶失望了，决定回北京，他父亲也三番五次打电话催她回去。梦瑶执意让孤城和她一起走，回去投奔她父亲的公司，但孤城却打定主意要去广州。

梦瑶哭了，泪水湿透了他的肩膀。

"我们终究是要分开的。"孤城轻轻擦去梦瑶脸上的泪珠。

"为什么？"

"你看这间小而破的出租屋。"孤城双手托起她的脸，"你再看看我，除了那台手提电脑，还有什么能让我骄傲的？有哪一样能让我鼓起勇气向你求爱？"孤城把随身的东西收拾到那个黑色挎包里，决绝地踏上了去广州的列车。

到广州的第一天，他先去电信营业厅换了张手机卡。此后就走进了营销行列。

"不愧是西北汉子，有骨气。"我突然想起了柳星雨和张扬，他们是真爱那个广州女人吗？还是饥不择食，为了在这个地方待下来？我摇摇头，暗自笑了，管人家那么多事干吗？

夜幕下三人对坐，慢慢喝着茶。天气热得很，连一丝风都没有。老板娘在门口放了一个大风扇，但散出的风似乎也是热的，让人心情十分郁闷。孤城的电话响了，他煲电话粥的时间长得无人能比，无论对方是老朋友还是陌生客户，是靓女还是帅哥，只要是和他接通了线，那就不会轻易挂断。尤其是女孩子，听了他那带有磁性的男中音，一定会一个晚上睡不着觉。他轻轻地说了一声："你好!"然后就是一声爽朗的笑声。他说话声音很好听，我常常说孤城应该去广播学院，就读财金学院有点浪费自身资源。他也说是阴差阳错，考大学填志愿书时，只考虑一些与经济和金钱有关的学校。也许是家里贫穷的缘故，父母亲把脱贫的希望寄托在他身上，于是，毫不犹豫选择了财金学院。其实，他非常喜欢当播音员或者电视台的节目主持人，他很崇拜白岩松，但命运把他推向了一条自己本不想走的路。慢慢回想，我们每一个人都有这样的经历，都有自己不情愿去干的事，但仍然要去干。这就是生活，生活就是这个样子，无奈的日子多于快乐的日子。但要想让它变得精彩，那就需要经过一个艰难的磨砺过程，这个过程也许需要很长时间，要忍受更多的无奈和痛苦。

我和邹洋随便聊起来。邹洋是广东人，毕业于哪一所大学，我从来没有问过。他滔滔不绝地和我讲述他的白领生活，一个月虽然能挣四千多，但每天三点式的工作一成不变，很烦躁。他总是想从写字楼出来，自己创一番事业。遇到孤城后，就辞去了那份工作，决定在电子商务这个行业里拼打几年。广州这地方机会太多了，他要在最短的时间内实现自己的梦想。我说："当白领也是一件很痛苦的事，每年出勤二百五十天，每天按时打卡，日久天长，人都慢慢变成二百五了。前几天去教堂做礼拜，听牧师讲了一件来自生活中的事：有一天早晨，一个身穿西装，手提公文包的男人匆匆去赶公交车，一个记者追过去问他：'先生，你能不能告诉我，你现在面临的痛苦事是什么？'他说：'天天上班。''比上班还痛苦的事是什么？''天天加班？''比加班更痛苦的事呢？''无限期加班？''还有比这种痛苦更痛苦的事吗？''无限加班无报酬。'"

邹洋听了我的话，哈哈笑起来："在写字楼工作就是这个样子，工作一成不变，上班时间不变，地点不变，只有我们的人在变，在流逝的时间中一天天变老。有一首打油诗写得很有意思：年年打工年年愁，天天加班像只猴；加班加点无报酬，天天挨骂无理由。碰见老板低着头，发了工资直摇头。到了月尾就发愁，不知何年熬出头？"

"看来，你也是想过那种睡觉睡到自然醒、数钱数得手抽筋的日子了？"

"是啊，好日子谁都向往。"他说，"在公司上班时，最讨厌的是每天打计时卡，计时卡上的红字多了，老板的脸就变黑了，乌云密布。清一色的蓝字，老板的脸也会像湛蓝的天，万里无云。"

"如今，网络生意给了我们一个实现财富自由、时间自由的空间，就看你能不能去把握这种商机。"我问他，"你的乐和钙做得怎么样？"他说："还可以，我也希望你去了解一下这个产品，反正投单也花不了多少钱，有些人如果愿意做小单，就介绍他进来。"我没有说话。可以说，这个时期大概是广州电子商务发展的最高峰，各种公司各种产品各种运作模式都纷纷出笼，有许多人几乎天天都在考察新项目。这些项目让你眼花缭乱。

孤城还在打电话，已经深夜一点多了，我实在困得睁不开眼睛，就起身和他俩告别。

三

这条小街依然热闹得很，走鬼们还没有收摊，路边的每家当口前，都放着许多塑料椅子，人们坐在一起，有打扑克的、搓麻将的、吃夜宵的……广州真是一座不夜城。我的两条腿像灌了铅，沉得抬不起来了，好不容易爬上五楼，踏进宿舍门已快两点。阿凤还在炒她的外汇，电脑里播放着许巍的《蓝莲花》，她的眼睛一直盯着那一条条红红绿绿的曲线。那些曲线和心电图一样，弯弯曲曲，上上下下。我在琢磨，设计软盘的这个人非常高明，他大概想通过这些线条预示人们，金钱和生命永远是紧紧连在一起的。也许，这只是我自己对这些线条的解释。就像抽象画一样，怎么去理解它都可以。总之，每天不知有多少人都在眼巴巴地看着这些曲线，做着黄金美梦。有心脏病、高血压或者心律不齐的人，千万不要玩这种游戏，曲线的上升和下降，直接会影响心率的快慢和血压的升降。

"这么晚才回来？"她没有抬头，手里拿着一个涂满奶油的蛋卷儿，用舌头尖慢慢舔着。

"和孤城在满口福茶楼门前喝茶，今天赚了还是赔了？"

“赚了一百美金。”

“给谁操盘？”

“一个搞房地产的老板，他的心理素质很好，就是炒输了，也不会埋怨我，几十万块钱对于他来说是毛毛雨，我给他操盘很轻松，心理没压力。”

“是啊，心理素质不好的人是不能玩这些东西的。”我疲惫地附和着她的话。

“你说孤城这个人怎么样？”阿凤突然问我。

“很不错，事业性很强，是个强悍的男子汉。”

“每天给我打电话。”

“这有什么奇怪的，他对你有好感，很正常。”

“可我对他没感觉，太年轻，没城府。”

“你喜欢年龄大的男人吗？”

“是的，他们更成熟一些，我喜欢稳定，和这些成熟男人在一起有安全感。”阿凤很坦率，她外表看起来温文尔雅，其实，是个很有主见的姑娘。

“什么样的男人是成熟男人呢？”我反问阿凤。

“我也说不准。但绝不会是孤城这类男人。”

“说明你对他还不了解。有一种年龄大的男人只能叫作老男人，根本不配称为成熟男人。有些男人虽然年轻，但已经根本没有了奋进的锐气，只想着有一个安逸的小窝，有一个伺候他的太太，这样的日子你愿意过吗？”

“我要愿意过就不来广州了。那类贪图安逸、满足现状的男人到处都是，他们大学毕业后，父母给买了房子车子然后娶个媳妇，生儿育女过起安逸的小日子。”

“你愿意和那些啃老族来往吗？”

阿凤摇摇头：“如果愿意，我在大学里就找到男朋友了。”

“记住，成熟男人不是年龄大的老男人。成熟男人和年龄没有关系。”我困得不住打哈欠，“你能不能帮我打开艾瑞新的网页，看看我的网店有没有人进单。"

阿凤点点头。

我告诉她网号和密码。

"哇——雏菊，你做得不错啊，有二百多个店铺了。"

"大象腿，拿不到钱。另一条腿是小儿麻痹，还得下大力气才能做起来。我已经失去了继续运作的信心了。"我长长叹了口气，把衣服脱掉，只穿了睡裙躺在床上，连冲凉的力气都没有了。

"为什么？这好像不是你做事的作风。"阿凤眼睛仍然盯着电脑荧光屏，"你不是一直想率领一支强悍的营销团队吗？"

"假如艾瑞新公司的运作模式是一种变相的传销呢？"

"也许是一种更新换代的传销，现在市场上流行的原始股、虚拟货币的运作，都是这种模式。它和病毒一样，谁能控制得了？你参与也好，不参与也好，它仍然在到处蔓延。身体有免疫力就不会被传染，无免疫力就会病入膏肓。"阿凤的声音很平静，"雏菊，和我一起炒外汇吧，很刺激，赚钱也快。"

"整天看那心电图，我怕得了心脏病。"

"你给介绍客户就行了，我来操盘。"

我困得再也不能和她讲话了，不到两分钟就打起了呼噜。迷迷糊糊听见手机在响，什么人深更半夜还打电话，铃声响个不停，我翻了个身，气呼呼地按了接听键："你还有没有一点职业道德？"我高声质问。

对方是一个姑娘，柔声细气地说："对不起，打扰了！"然后又说非常感谢我，这个电话让她完成了今天邀约人的任务。一听这话，我的气更不打一处来："你为了完成任务，就不管别人的死活？"她在电话那边还在不住地说对不起，声音有点可怜巴巴的。我这人天生就怕听这种哭丧调，心太软，看见别人哭，自己就想掉眼泪，听到对方哭戚戚的声音，火气一下就消失了。换位思考，也许她的处境也很难，不然，谁愿意深更半夜不睡觉给人打电话。在广州闯荡的人都不容易，我没好气地问："什么事？难道连天亮都等不到吗？"她听我口气变软了，马上笑起来，声音很甜："明天亚洲销售女神许鹤宁老师有讲堂，主题为'如何激发内心的潜能，快速提升销售业绩'，请您来听课。"

"一张门票多少钱？"

"一百元。"

"不去，没时间。"我的回答很强硬。

女孩子并没有被我的话唬住，她呵呵笑起来，马上转换了另一种口气说："真不好意思，今晚打扰了您的睡眠，很抱歉，我手里还有一张票，就送您了。"

我一下子找不出一个合适的理由来回拒她。

"就这样定了，我把开会地址发短信告诉您，您明天一定来，不见不散。"

我突然觉得应该去见见这个女孩，她很厉害，也会想着法儿邀约人。我一点睡意也没有了，双手勾着后脑勺躺在蚊帐里，耳朵里灌满了《蓝莲花》那首歌：

"蓝莲花，

没有什么能够阻挡

你对自由的向往

天马行空的生涯

你的心了无牵挂……"

眼睛瞅着灰色的顶棚，那个自由的世界似乎离我越来越远，天亮后该做什么？我大脑一片迷茫……

－ 第十六章 －

前面是天堂　后面是珠江

一

　　早晨，天色微亮我就起来了。昨晚，蚊帐里钻进一个蚊子，眼皮上被叮了一口，又疼又痒，眼睛也红红的，像哭过似的。真不想起床，但公司新开张，要求每位员工必须每天参加早会。冲凉、化妆、挑选该穿的衣服，这是每天必须仔细做的。一身合体的职业装，完全是一个职场女性的气质和装束，一个典型的白领上班族。

　　在路边的小棚里吃早餐，一碗粥一个鸡蛋，再加一份粉肠。在广州这座城市里，对于广漂一族来说，"小资"们的卡普奇诺往往不敌大街小巷的粥和汤，牛排不如乡土的拉肠粉受众人的热捧。我匆匆吃罢，就向车站走去。

　　踏上131次公交车，困得直打哈欠，四十分钟的路程几乎是在梦游中度过的。车子走走停停，我似睡非睡，赶早了一班车，来到江湾酒店还不到八点钟。电梯前空空荡荡，我按一下电钮，门自动打开。这个正方形的格子宛如魔盒，把我装在里面。同时，有四个和我衣着打扮一模一样的女人从透明的钢化玻璃中走出来，我和她们笑笑，她们也朝我笑笑。其实，我一个人的时候并不孤独，而人多的时候反倒感到孤孤单单。几秒钟，我就被这个魔盒带到了离地面几百米的空中，三十二楼到了，从魔盒走出来，又是我一个人了。走廊里很安静，没有开灯，暗幽幽的，形单影只的我站在会议室门口，有点神不守舍，像一个梦游者走到我常坐的那个位置上。我想打个盹儿，但眼皮刚刚合上，北戈就走进来了。

"雏菊，早晨好！"最近业务一直没有进展，他消瘦了许多，两眼深陷，精神也萎靡不振。在天籁开业典礼上，他趾高气扬，精神抖擞，没想到，进入实战没几天，就没有了当初的锐气。走出电梯口他问我："昨晚艾瑞新开什么会？"

"南国秀子害怕军心涣散，给人们吃了颗定心丸，总公司在江东购买了一块地皮，要投资八百万建造一座规模很大的分装厂。"

"看来，艾瑞新有起死回生的可能性。"

"这就看总裁的能力了。噢！昨天惠子说了，以后不准你再去工作室，他说你把自己团队的人都拉走了。"

"做网络生意是自己给自己当老板，想做就打开电脑去做，我去工作室干吗？不想做了就不做，谁也无权干涉。"北戈虽然是个不易动怒的人，但说起惠子也是一肚子不满，"她太强势了，以后，她就是请我，我也不会回去的，和艾瑞新就算拜拜了。"

"北戈，但愿天籁是我们选择的最后一家网络公司。公司实力强大，工作环境条件都不错，如果再做不起来，那就是自身的问题了。"

"雏菊，我很有信心。"

"如果再做不起来，我就真的沦为难民了。"

"做不成，我也再不碰电子商务了。运作得好，今年咱们一人开一辆小车。"

"但愿如此。昨天见孤城了，他在筹划一家新公司，看来，他不当一回广州第一人是不会甘心的。"

北戈的脸上流露出一丝轻蔑的微笑："他想得太简单了，就他现在的人脉关系和经济实力，还承担不起这个角色。"

"自从在南京和女朋友分手后，他就背水一战了。"

"他的选择完全正确，宁愿破釜沉舟去自我奋斗，也不做倒插门女婿。"

"看来，你也不想当倒插门女婿？"

"我要想当早就结婚了，我宁愿一辈子独身，也不去出卖自己的自由和灵魂。"

"没那么严重吧？双方必定还有爱的成分。"

"在这座城市里，爱和钱是一条双头蛇，你看到了吧，老老小小都在抓钱，眼睛都瞪大盯着孔方兄。广州女人也是再精明不过的，两人过日子经济分得特别清楚，远不及咱们北方女人憨厚爽快。"

"是的，我接触了好几个退休老人，他们都和老伴儿在经济上是二一添作五，每个月的水电费俩人平摊，油盐酱醋钱也是一人一半。"

"这算啥，我的朋友娶了一个广州女人，他从来没有让我去他家里一次。"

"为什么？"

"广州人就没有让朋友去家里的习惯，你以为都像咱们北方人，总喜欢把朋友热情地领到家里，好酒好菜地招待？这里的人实惠得很，看你没有用，连话都懒得和你说。就说惠子这个人……"说到惠子，他的脸色变得很难看，语气里满含无奈和不舍，"让我做她合作伙伴的时候，对我的态度比广州的夏天还热，当我进单了，就开始降温，现在基本降到零度了。"他叹了口气，表情有点僵硬，一副若无其事的样子，但从那双藏在镜片后面的眼睛里可以看得出，他的内心还深爱着惠子。

听了北戈的话，我不由地皱了皱眉头，脑子里突然又跳出柳星雨这个人。

怎么啦？近来，这个名字总是时不时蹦出来干扰我的思维。看来，时间久了，大脑也得杀毒，不能让这些木马病毒来侵蚀，干扰我大脑的正常运转。

李总推门进来，打断了我们："早晨好!"他客气地和大家点头打招呼，把公文包放在桌上，"大家都到齐了吧，以后要形成一种制度，每天先来公司开早会，尽量不要迟到，过几天公司运转步入正轨后，我们就实行打卡制度。一个有战斗力的团队，必须是一个组织纪律非常严密的团队。我们是天籁的开盘元老，是公司的精英，一定要永远保持一种旺盛的战斗士气。你们的任务就是把人约过来，咱们有专门的讲师，要邀约一些大的网头，我们出面和他谈，这叫兵对兵、将对将……"

早会完毕，大家就开始分头邀约人，我一连打出几十个电话，不是关机就是接不通。好不容易接通一个，但一涉及天籁两个字，对方的声音马上变了腔，像患了中风不语症，哼呀哈呀半天吐不出一个字。我说："出来喝茶吧，咱们见个面，聊聊天。"对方又像牙痛，费了好大的劲儿才从牙缝儿里挤出三个字："没时间。"此时，握着手机的我，也像被传染了牙痛病，一只手托着腮帮子，咬紧牙关，两道眉锁在一起，从嗓子眼儿里，发出一声无奈的长长的叹息……

北戈约到几个，但这些人里面有几个能投单还不清楚。一个上午就这样过去了。中午，我和北戈还是到那家东北饺子馆吃饭，点了两份饺子，一盘凉拌土豆丝。这家餐馆人爆满，天籁公司的大部分员工和业务员都在这里用餐。黎芷莹也来了，她又在请客，大概有十几个人，这个女人几乎天天在大摆宴席，不知进单的人有多少，吃饭的人却很多，她和我笑笑，我也和她笑笑。她很有人缘，天籁开业时，她第一个上台表态，一定要开上公司奖励的小车。我很佩服她的气度和胆识，据说一下投了十几单，我和北戈是心有余力不足，想投个大单也掏不出那么多钱。我们都是等米下锅的人，这个月如果一个人也搞不进来，产生不了利润，我还不知道能不能在广州维持下去。

"北戈，咱们如果在天籁公司做成功了，一起回内蒙古吧。在艾瑞新的时候，你不是说过，要带全团队的人去草原，吃真正的烤羊肉。"

"前几天我妈妈来电话，让我回去。"他有点心不在焉，一副忧心忡忡的样子。

"家里父母亲还好吗？"

"他们都不错，是让我回去相亲。"

"你和惠子真的不再相处了吗？"

"我们只是好朋友，你看看，近日，她连工作室都不让我去了，我们之间利益关系大于友情。我是很喜欢她，但她太强势，做朋友行，做妻子，我驾驭不了她，注定一辈子受她的左右。"北戈的眼里射出迷惘的光，低着头沉默不语，又沉醉于自己的幻想之中，"再说，我有什么资格向她求爱，我有房子、车子吗？我能带她出国吗？"

"惠子也很喜欢你，但她是一个把利益和爱情等同看待的女孩，她这样要求你，对你也是一个促动。"

"这几年，我在广州做了些什么呀，开过餐馆，做过业务员，搞过直销，炒过股票，但到头来是五马换四羊，四羊换了两只鸡。现在，两只鸡也没有了，只好凭这三寸不烂之舌来做电子商务。但做这些也是要投资的，咱要是有钱，也会像黎芷莹一样，请上一大桌人来吃饭，吃了饭我就不信没有人投单。你没听人说：'吃人的嘴短，拿人的手软。'眼下，咱们连顿饭也请不起人家，谁还愿意跟你做。"他的脸上呈现出一丝解嘲的微笑，他在讥笑自己的寒酸。

"话不能那样说，我们都是来创业的，正因为一无所有，才拼搏。"

"雏菊，每次和你在一起，都会从你身上获取一种力量，这次在天籁公司，我们一定要赢。"

"黎芷莹搞进多少人了？"我望着对面餐桌上和客户谈笑风生的那个女人问北戈。

"这个女人很厉害，业绩已做到全公司的前十名，看来这个月开小车是不成问题了。"

"她真行，手里也有钱，能放手去开拓业务。"

二

吃过饭，我去中华广场和万闯见面。中华广场距离江湾大酒店并不远，但没有直接过去的公交车，我花了三块钱搭了个摩托车，赶过去时，万闯已在门口等我。他朝我摆摆手，我走过去，两人直达电梯上六楼。那里有各种快餐厅，整层楼的大厅内都摆着吃饭的桌椅板凳，地方既宽敞又安静。以前，我也经常约人到这里会面，吃饭也很便宜，花10块就能买一份很不错的煲仔饭。

大厅里没有多少人，我们随便找了一个位置坐下来。

"喝工夫茶吧。"他向一位小姐摆手打着招呼，示意她拿茶具过来。

"你今天怎么有时间喝工夫茶？"

他笑嘻嘻地说："我在易购的投资直线上升，再翻一把，就可以办俱乐部了。"他一边给我沏茶，一边兴致勃勃地讲起他的计划，说什么要组织一支具有中国特色的啦啦队到北京奥运会给中国足球队助威。

"这种投资生意差不多了就赶快收手，一旦网关了就死定了。"

他哈哈大笑起来："雏菊，这本来就是一种高风险生意，前怕狼后怕虎就不要来广州闯荡，干脆回家乡过安安稳稳的小日子。还是那句话，前面是天堂，后面是珠江。"

我很佩服他的胆识，但也为他担心。

"雏菊，你也做易购生意吧，做艾瑞新是挣不了钱的。易购基金在广州已炒红了，许多人都赚了钱，不用推荐人，完全是投资返利。"万闯单刀直入地扯到该谈的话题。

"万闯，我是囊中羞涩啊。"

"先投一千美金，每个月就能拿纯利润三千七百多元，很不错。我约你出来，就是让你放弃艾瑞新，我们一起做易购。"

"这种公司一般不大稳定，谁知道什么时候关门？"

"这个公司已在咱们国家运作快一年了。我已经挣了好几桶金了。"他边说边从皮包里取出一份打印好的易购投资了集团资料："你推荐人也可以赚钱，公司给你百分之十的奖金，不推荐人公司准时也给你返利，这样的生意不好吗？"

"好，天上能掉馅饼吗？"

"掉的不是馅饼，是掉钱哪。"

"除非是龙卷风把地上的金库卷上了天，否则，这笔利润从哪里来？"

"雏菊，你的思维就落后了，易购公司在国际投资的行列中并不是利率最高的网络公司，咱们中国人穷惯了，人家外国人给你点甜头也不敢吃。事实证明，前面的人都吃到了，有人赚了好几十万。"

万闯很会算账，说投资易购一万元，一年就能挣到十几万，这样高的利润回馈在我们国内的许多投资公司是达不到的。虽然有风险，但做投资生意都会有风险的，舍不得孩子套不住狼，想赚钱就不能怕风险。

两人聊了两个多钟头，我正要走，孤城打来了电话："雏菊，晚上有一家公司开业，请咱们过去吃饭。"

"什么公司？"

"你过来就知道了。"

"要不要带点什么礼物去？"

"不用，带上嘴就行了，他们邀请我们去给捧捧场。在五羊新城天桥下会面。"孤城挂了电话。

"孤城让我去一家公司吃开业饭。"

"这种饭好吃难消化。广州这地方，每天开业的公司不下千家，那支老年吃穷队就是整天转着吃开业饭。他们都被骗得血本无归。"

"说不定有一天我们也会加入那支队伍，变成网络走鬼。"

"我饿死也不当走鬼，不成功便成仁，这个城市有一天不接纳我了，我就和珠江亲密接触。"万闯的表情突然变了，冷漠的面孔像戴了一副僵硬的水泥面罩。阴影落在脸上，眼睛里也没有任何光彩。我第一次看到万闯这副模样。突然想起前几天一位网友发给我的一首诗："今日都市／我找不到自己／却还被人寄托／没有自己的／不只是我／土生万物／被都市的万物／吞噬……"

我一直沉默，喝干了杯里的茶水："其实，在这座都市里，我们都找不到自己。"情绪不免有点悲凉。

"雏菊，不要太过悲观，这座城市还是宽容的。"他的脸上露出了笑容。这是一种让人捉摸不透的诡异的笑。

从中华广场出来，我和万闯在公交车站牌下分手。他晚上要到番禺霍英东体育场看一场广州恒大足球比赛。他挎包里装着五颜六色的彩旗、球迷助威气喇叭、啦啦队手拍。他兴致勃勃地和我挥手告别。

第十七章

不是冤家不相逢

太阳躲在云层后面，但它依然毫不留情地将那些热量穿透浓浓的云，悄悄地蒸烤着这座城市。广州的天气就是这样，热起来会把你闷死，连一丝凉风都没有。正逢下班时间，每一辆汽车里的人都是满满的，我好不容易挤上车，刚站稳脚，手机就响了，是一则短信："雏菊，我们搭了同一趟车，你往后面看。"我关了手机，将目光透过人群，只见在最后那排座位上，柳星雨微笑着向我招手，我也向他摆摆手，想挤过去，但人太多，车子摇来晃去的，我的身子也似乎失去了平衡。于是，我用一只手紧紧抓着把杆，用另一只手给他又发了一则短信："你在哪里下车？"

"五羊新城。"

"我也到那里，这真叫不是冤家不相逢。"我刚把短信发给他，车就到站了。

从公交车里走出来，我和柳星雨都哈哈笑起来，两人久久对视着，他不无惊讶地说："广州这座城市大得无边无沿，在街上碰一个熟人是很难的，可我们却坐了同一趟车，你不觉得奇怪吗？"

我也觉得很蹊跷，从认识柳星雨那天开始，就感觉到，他像个幽灵似的，一直在尾随着我："奇怪了，我们怎么能在车上碰面呢？你来五羊新城有事吗？"

"我的一个朋友请我过来吃饭，他搞了个公司，今天开业。"

"我今天也是吃开业庆典大餐，你在哪里？"

"寺右街老槐树饭庄。"

"我们吃的是一家饭，这真是冤家路窄。柳星雨，你向来看不起电子商务，更看不起这个行业里的人，今天怎么一反常态，也来吃这开业饭？"

"这个老板以前也是B公司的，和我的关系很好。他叫我来吃饭，大概想让我也来做这些鬼玩意儿，而我是还想让他回B公司。"

"你俩看来是各打一个小算盘。柳星雨，我说过，做了电子商务的人就像坐了飞机的人，再不愿意去坐火车一样。"

"你们那些东西是非法的传销。"

"广州有上千家这样的公司，难道都是非法的？难道就你们B公司的经营是合法的？你不要老是说自己公司的产品好，许多更好的产品源源不断推向市场，先进的经营模式也在不断出现，B公司的运作模式已经陈旧了，你还当宝贝抱着不放。"

"我们是堂堂正正的直销正规军……"

我笑着打断他的话："看来，电子商务都是杂牌队伍了？直销在中国搞了十几年，今年才出台了一个直销法。你想想电子商务刚刚在中国盛行，还在尝试阶段，一种新的理念、新的经营模式的出现，总是要遭到许多阻力和非议的。就像A公司不是也曾经被搞过一刀切嘛，你能说A公司的运作模式是好的还是坏的，对的还是错的？德国哲学家黑格尔说过：'凡是存在的都是合理的，凡是合理的都是现实的。'如果不合理，就会自生自灭。其实，直销与传销都处于边缘运行，很难准确区别。"

"我不懂黑格尔的话，我只知道做什么事都要守章法！"

"那你知道这个直销的章法是在什么样的背景下签订的？"

柳星雨气恼地皱了皱眉头，没有回答我的话，沉默了许久，才说："我们所走的路究竟是对是错，只有实践才能证明。我只知道直销是以层次为主要特征的合法经营行为，传销是以拉人头为主的非法经营行为。"

"其实，我们每个人要走的路，要从事的行业，没有对与错，黄瓜萝卜，各有所爱。这个世界的许多东西没有好坏之分，你喜欢它就好，你说毒品是害人的，但吸毒的人却视它为生命。好了，不说这些了，我们俩好像每次见面都要吵架。"

"这叫不打不成交。"他的微笑有点勉强，眼睛里流露出一种倔强而固执的表情，但并不令人讨厌。

"看来，我们是梁山的朋友了。"我调侃地笑着说。

柳星雨脸上露出憨憨的微笑，目光久久停留在我的脸上。

天桥下，孤城和邹洋在等我，两人都穿着耀眼雪白的衬衫，领带的颜色也十分鲜艳。邹洋手里拿了一束富贵竹，满脸喜气，好像去出席国宴似的。在两位帅哥面前，柳星雨的衣着就显得土气十足，虽然穿着一件崭新的衬衫，但总有一种农民老大哥的气息从身上散发出来，根深蒂固，十几年的珠江水也没有把这身土气洗去。孤城和邹洋并没有把柳星雨放在眼里，这两个狂人，都不去搭理他。我见柳星雨有点尴尬，就主动做了个介绍："这位是我的朋友，是B公司的业务经理。"

哪知，两位帅哥却不顾及柳星雨的面子，一人一句说开了："B公司的产品前几年卖得很火爆，最近，听说你们的产品吃死两个人。"

"你们老总在国内搞了一些慈善工程作秀，才捞了个营销牌照。"

"现在，有牌照早死，没牌照等死。"孤城真不愧是国嘴，他的话匣子打开谁也插不上话。

　　柳星雨张着嘴想说什么，但没有他说话的机会，脸涨得通红。我看出他生气了，甚至是发怒了，想发作又觉得自己不是这两个人的对手，只好瞪着眼不说话。

　　"好了，我们说点别的话题吧。"我有点可怜这个被他们两人瞧不起的柳星雨。

　　孤城听出我话的意思，马上打住了话头，顺口问柳星雨："跑业务有几年了？"

　　"一年多了。"

　　"手下有几个部门？"

　　"没几个。"柳星雨的回答不卑不亢。

　　"那是个烂泥坑，越陷越深，赶快跳出来，和我们一起做电子商务吧，挣钱快，奋斗一两年当个百万富翁不是梦。"

　　"抢银行最快了，可我没有那个胆子。"柳星雨也毫不客气地回击了孤城一句话。

　　但孤城并不在意，对他的话嗤之以鼻，用一种轻蔑的口气开始了他的精彩演说："人生对谁都只有一次，要成功有三种方法：一、自己找到成功的路，像比尔·盖茨；二、你和成功的人合作，最好和李嘉诚合作；三、让成功的人为你工作。前两种方法都不适合你和我。"

　　邹洋说："有时成功也靠运气，就像这个胡来有，前几天还是个乞丐，哪知摇身一变，就当起了老板，开起了公司。这年头，按个人头就能当经理。"这话显然是针对柳星雨的。

　　邹洋的自信和目中无人，柳星雨是不能容忍的，他正要发作，我急忙岔开了话题："这名字叫得好，胡来才有，照这么说，不胡来就没有了？"

　　"是啊，这年头，哪一个不是胡来才发了大财？正来永远是赚一点小钱。"孤城有点感慨地调侃几句。

　　"他其实是碰了一个有钱的大老板，这老板是做鞋垫生意的。"柳星雨说。

"卖鞋垫儿还能有多少钱？"我又在刨根问底。

"鞋垫贵了，一双就卖到三千多元。有许多老阿姨都穿着那种带保健鞋垫的鞋子。"邹洋一本正经地说。

"又不是金鞋垫？"我不大相信。

"现在的东西又没准价钱，你没听说？有一个卖衣服的，他怕卖不了，一件衣服比同行的少卖十块钱，没有人光顾他的生意。后来，有个搞营销策划的人给他出主意，让他在牌价上多添两个零，没想到，衣服全部脱销，还卖出了品牌。现在一说'上一当'衣服，谁都知道。明明告诉你上了一当，但人们还是要去上当。"邹洋指着身上的衬衫，"我也去上了一当。"

"胡来有以前也是在B公司跑业务，听别人说，为了参加业务培训，他曾把老婆的金项链偷着卖掉。他整天在外面游逛，靠脸皮嘴皮来忽悠人，钱花没了就转回家，逼着老婆给他到处去借钱，老婆没办法就和他离婚了。后来他无家可归了，成了真正的直销流窜犯。而他究竟是怎样暴富的，就不得而知了。"孤城对胡来有还是略知一二。

"他的底细我最清楚，我们以前在一个团队，本来在B公司做得很好……"

"那为什么不做呢？"我打断柳星雨的话。

"他在B公司已经做到了中级经理，后来迷上了六合彩，把家里的东西都卖掉了去赌。"柳星雨摇摇头，"这个人不务正业，他要不是跳来跳去，在B公司早就做成功了。"

"要不叫胡来有呢。"邹洋在一边打趣地说。

"起名字是非常关键的，广州人对名字是很有讲究的。改一个名很贵，金名二千元，银名一千，普通名字还要五百元。我的一个朋友也是做生意的，但做了多少年，手里也没钱，就去庙里找了一个占卦大师，大师说是名字叫得不好，他姓梅名友，谐音是'没有'。后来，大师给他加了一个字，叫梅天友，就是每天有，从此以后，他的生意一天比一天兴隆。"

"我认识一位大姐也是专门看名字的，改天，我把她叫过来，让她给咱们看看。"孤城大概是受了我的感染，对自己的名字也重视起来，"这位大姐很厉害，一看名字的笔画就知道你的运气如何。"

"我就不相信这套说法，那天，你的朋友不是说我名字不好吗？我根本不在乎，这种事信则有不信则无。"柳星雨又说起恒柔给他测名字的事。

"是的，信则有不信则无，心底无私天地宽，我们坦坦荡荡做人，光明磊落做事就行了。"邹洋为我们的聊天做了一个和谐愉快的结束语。

第十八章

胡来才能有

　　我们到了老槐树饭庄，这是一家山西人开的饭店。门口，身穿红色旗袍，胳膊上挎着一个小花篮的小姐脸上堆着甜甜的微笑，口里不住说："欢迎光临。"然后她迎接我们走上二楼。

　　孤城一眼就看见了胡来有，他带我们走过去，说着："恭喜发财！"

　　"欢迎光临。"胡来有和我们一一握手，并递给每人一张名片，孤城向他介绍了一下我："这位是搞文学创作的，以后想写自传找她就可以了。"

　　"哈哈……幸会！"他向我点点头，伸出两只汗津津的手，使劲握着我的手摇来摇去，直摇得我皱起眉头才松开。我长长吐了口气，第一反应就是想赶快去洗手间洗手。

　　胡来有个子矮矮的，秃顶头，腆着一个将军肚，一身西服，看上去有点大腹便便。他寒暄着："我公司的开业规模小，咱没有人家天籁公司的气派和势力。但咱们是实实在在做事，产品好，制度好，宗旨是让我们这帮弟兄姊妹的钱包鼓起来、腰杆硬起来。"这番话突然让我产生了一种错觉，我怎么看也觉得这个胡来有像江湖卖艺的。西服穿在他身上也显得不伦不类。

他摆了十几桌饭，来的人也都是做直销的，许多熟面孔，大家坐在一起，仍然是相互交换名片，记电话号码。柳星雨坐在我身边，突然问："你明天有事吗？"

"暂时还没有安排。"

"我想请你去看大船。"

"噢！是那只从瑞典来的哥德堡号大船吧？"

"是的。"他的眼睛盯着我，有一点东西让我琢磨不透，"你怎么有雅兴去观赏哥德堡号船？"

"想陪你出去转转，我知道在你心中，我只是个乡巴佬。"

"不，我没有这么看你。"我有点言不由衷。

他给我倒了杯茶："雏菊，你太累了，明天一定要彻底放松一下。"

"谢谢你，柳星雨，明天我们一起去看大船。"我说这话时，看到了他真诚的目光。

开饭后，胡来有给大家敬酒，他手里举着高脚杯，高声说："谢谢各位前来捧场。"酒过三杯，他就开始卖狗皮膏药了。他讲了他这个公司的实力是多么强大，也讲了中国许多大型超市排行榜，沃尔玛、家乐福、好又多、大润发……乐家公司是继他们之后，将自己生产的保健产品结合国内优质的民生用品，以一种新型的营销模式，让消费者既赚了钱，还要买到称心如意的产品，让乐家成为百姓的乐园，成为消费者自己的超市。他还说："公司将陆续推出几千种产品，大到飞机小到牙签儿，主打产品有功能性保健鞋垫，这种鞋垫已经畅销全球，无论你有什么病，腰疼腿疼关节疼，只要垫上它，十日病减轻，百日病除根。为了让我公司的产品直接送到消费者手中，公司将推出一套非常人性化的营销模式，这个模式符合时代的潮流，双轨对碰，点点返利，还有利润分红……"

我们几个只顾低头吃饭，柳星雨一边吃饭一边瞅着讲话的胡来有，不住地摇着头："半年没见面，他怎么变成这个样子？"

"他以前不是这个样子吗？"

"以前他很实在，说话也不吹牛。"

"你是说他现在吹牛说大话了？"

"是说胡话。"柳星雨鄙视胡来有了，不知道他吃饱了没有，第一个先放下筷子。他站起来，把自己的名片向桌上的人打出一排："我是B公司的，以后多多联系。"

"B公司运作的不是电子商务吧？"

"是直销模式。"

"中国经济的第五波是网络营销加电子商务，直销模式赚钱太慢了。"一位大姐一边端详他的名片一边说。

"我是花岗岩脑袋，不开窍，只想做那个慢的。你们听过龟兔赛跑的故事吗？"柳星雨也不放过任何机会，我知道他说话的用意，三句不离本行，这是直销人的职业病。不管对方听不听，他就讲起了B公司的八优点和十大好处，我怕他收不住话题，轻轻碰了一下他的胳膊："再吃一点菜吧。"

柳星雨终于打住话头，和桌上的人客气地摆摆手："你们慢慢吃，我先走一步。"他转身向外走去，我随后追出去。

"星雨……"我脱口叫了他一声，"明天，我们在哪里见面？"

"大基头。"

"好的，电话联系。"

"你也该早早回去了，和这些网络跳蚤搅和在一起，没多大意思。"他返回头，丢下这句话，大步流星走出饭店。

看来，我和柳星雨往来，真的是应验了恒柔的话。我摇摇头暗自发笑。

"雏菊，你也过来了？"一个声音从背后传来，我回头一看，只见芳姨坐在另一张桌前，朝我不住地摆手。

"好久没有看见您了。"我站起身向她走过去。

芳姨今天穿一件红色半袖衫，黑裙子，头发是刚刚烫染过的，蓬起的发卷依然遮不住那片寸发不生的头顶。

"你们那帮老人队怎么没有过来？"我笑着问她。

"胡总就给我下了请帖，我代表他们来了。"芳姨是吃穷队的重要成员，很有先见之明，她要认为这个公司可以投单，那些老人们就跟着她一起投。

"您投单了吗？"

"我准备投单。这个公司的运作模式很好，制度也人性化，比你们那个艾瑞新好做。这家公司都是民用产品，吃的喝的用的，家家离不了，白送你东西还能赚到钱，这种生意谁都会做的。"

"芳姨，您上次给惠子出了道难题，让她给你卖坟墓，她家里又没有人下世，卖给谁呢？"

"她非让我投单做艾瑞新，这叫资源共享。"

"您买那么多坟墓干吗？"

"我也是想赚一点钱嘛，没想到压在手里了。"

"还没有卖出去？"

"不卖了，最近，坟地也在升值，和房地产一样，每个人迟早都会用得着的，放得越久越值钱。"

"芳姨，您真会做生意，连死人的钱都不放过。您在胡总这里准备投几单？"

"至少也要投二十单。"

"投那么多？那得四五万啊。"

"我是把四五个老人的钱都筹集起来一起投单，这样能多分一点红，下个月就能把本钱全部拿回来。"

"您对这个公司放心吗？"

"胡总是我老乡，他不会骗老乡的。"

"您没听说，'老乡见老乡，骗你没商量'？"

"怕骗就别做这种生意，想赚钱就别考虑那么多，其实，干什么都有风险。这几年，我们这帮老人，哪个人没被骗过？有的甚至被骗几十万。但大家不是还天天在这个行业里滚打，交了学费，买了经验。你也知道，我们是常年不回家吃饭的，每天那些会议营销饭、公司开业饭，都忙得吃不过来，反正坐车不花钱，全广州哪里都跑。人老了，退休了，总得有个去处。"芳姨活得真潇洒，整天忙着喝茶吃饭，嘴里说的都是时髦名词，什么中国经济的第五波呀、网络全球化呀。她知道的新闻也很多，每天都早早起来，坐着汽车开始"广州一日游"，做这些网络生意赚不赚钱不说，但很开心。

孤城过来叫我。刚转身，芳姨又拉住我的手："想起来了，还有一件事要问你，你是怎么认识夏月的？"

"夏月？您认识她吗？"

"这个女人死了骨头变成灰，我也认得。"芳姨眼睛里射出愤怒的光。

"我经常买她的凯琳莱产品，后来，她也加入了艾瑞新公司，您怎么知道我认识她？"

"前几天，我看见张万元去夏月家里，他说是你介绍他和夏月认识的。"

"是的，我们想让张万元做艾瑞新。"

"你不要再和她往来了，这不是个好女人，我那老头子就是让她勾引走的。"

"什么？夏月的老公，原来是您的老公？"我有点不大相信。

"是呀，我那个死鬼老头子喜欢跳舞，后来他们就跳到一张床上了。现在她又和张万元勾搭，他也让这个骚狐狸迷了心窍。我那老头子要是不找她，还死不了那么快。你想想，人老了，又想干那事，只好每天晚上吃上药瞎折腾，不死才怪呢。"她唠唠叨叨地说个没完，并让我这个星期日去她家里吃饭，赶快去乐家公司投单先占个位。她还说，"做网络要赶早不赶迟，新开盘的公司才能挣到钱，就算以后公司做不下去，崩盘了，咱们也挣了。"我只是点头应付，说了解一下再说。她拍拍我的肩膀，笑得眼睛眯成一道缝儿："相信芳姨就行了，保证你能赚到钱，我们每天考察的公司多了，知道哪家公司能做、哪家公司不能做。"我又问她："天籁这家公司怎么样？那天你们都去了，有多少人投了单？"她摆摆手，又摇摇头："你千万不能着急去天籁投单，这种公司往往是虚张声势，死得更快，不信你看着，它恐怕连百天也过不了……"

孤城和邹洋正和胡来有闲聊，我和芳姨说了声"再见"也走过去。我和胡来有说了几句客气话，他那肥大的手在我肩膀上拍了一下，口里喷着浓烈的酒味儿、蒜味儿，那是从胃里反窜出来的一股香臭混合的味道。他大声说："明天无论如何去我们工作室坐坐，是朋友就要常来往，既然大家都坐上了电子商务这艘大船，就要同船共渡，一起拼打，打出一个具有中国特色的沃尔玛。"他满脸红光，头顶闪闪发亮，腆着将军肚，一直送我们走出饭庄。

从老槐树饭庄出来，将近午夜，空气潮湿闷热，群星忽明忽暗，让人有点透不过气来。一辆辆汽车仍在马路上狂奔，红绿灯不停忽闪着，路上行人稀稀拉拉，我们三个人慢慢沿着马路向公交车站牌前走去，孤城突然"嘿嘿"笑起来。

"有什么喜事？看把你乐的。"我望着他。

"直销难民们天天吃这开业饭也吃不完，在广州看来是饿不死的。"

"那帮吃穷队的人不是常年都吃这种饭嘛。"

"他们是一群被骗穷了、骗怕了的难民，有些做保健品生意的，专门欺骗老人。"

"那我们做艾瑞新呢？你说那些产品真有那么好的功效吗？"我反问孤城。

"我们做艾瑞新，其实都是想利用它那种营销模式来挣点钱，至于产品怎么样谁能说得清？买了产品都还不是给老爸老妈寄回去了，有几个是自己吃的？"孤城说的是实话，但我们和客户讲的又是什么话呢？

"哈哈哈……见人说人话，见鬼说鬼话。"邹洋大笑起来，"你看那个胡来有，也能拉起杆子当网头，令人不可思议。这年头，鱼鳖虾蟹都成精了。"

"大海要是涨潮了，鱼鳖虾蟹不是都被海水带上了沙滩？退潮的时候，能再回到大海的才不会死掉，而困在沙滩的都被太阳晒死了嘛。"孤城若有所思地说，"能回到大海的人才是高手。雏菊，我的工作室也快开业了，你什么时候回来？我们都盼着你。"

"租好房子了？"

"现在正和总公司协商，如果他们给出一部分开辟市场的费用，很快就能运作起来。"

"咱们孤城大哥现在是走桃花运，有一个女人给投资一部分费用。"邹洋诡秘地朝我眨着眼。

"怎么？这女人爱上咱孤城了？"我问邹洋。

"不要听他瞎说，是一位大姐。"孤城思忖片刻又说，"其实，你也认识她。"

"谁？"

"金蝉。"孤城的口气很平静。

"什么？不可能吧？前几天她还是一个网络流窜犯，怎么一下子就发了呢？"我不住地摇头。

"在这座城市里，一夜暴富的人多得很。金蝉现在是身价百万的富婆。你看过《百万英镑》那个电影吧？伦敦的两位富翁兄弟打赌，把一张百万大钞借给一个穷困潦倒的青年亨利，看他在一个月内如何来支配这笔钱。那个年轻人难道不是我们的真实写照吗？"夜色遮盖了广州的天空，望着路边鳞次栉比的商业铺面，孤城若有所思地自语道："一张钞票能改变一个人的命运，看来，这座城市只能造就怀着野心和梦想的人。"

"其实，我们的命运是掌控在上帝的手里，他也会和我们开玩笑，让你上天堂，你就下不了地狱。"我也一直在想一个问题，我来广州究竟是干什么？

为什么要来这里？想起这几年自己经历过的许多事，总有一股彻骨的冷从心底漫过，"金蝉是怎么发起来的？"我还是不得其解。

"她和乾坤公司的总裁挂上了钩，把一款防辐射塑身内衣推上了乾坤这个平台，厂家给她百分之五的利润，乾坤又给她百分之三的利润，两头的利润加起来是多么可观的一笔数字。乾坤这个公司也运作得非常迅速，全国有三千多家专卖店，七十多万消费者，每月销售的数量是惊人的。"

"天籁开业的时候，金蝉还引荐我认识了乾坤在广州的第一人诗欣，听金蝉说不用去推荐人，是消费返利。"

"如果手里有钱，投资乾坤玩两把也可以，这家公司运作得很稳当。"孤城不愧是网络大侠，广州许多家公司他都了解得一清二楚。"不过，金蝉要是给投资款，也是让我代理乾坤的专卖店，她不大同意我做其他公司的代理商。"

公交车过来了，我们一起踏上车，到Z大北门时，我要下车回家，邹洋说："还早呢，咱们再去喝点什么吧？"

"你们去喝吧，我回去还得打几个长途，好久没有和家里联系了，不知我父母亲的身体怎么样。很想他们，又回不去。"

"没办法，其实，我们每一个漂流在外的人，都有不能回家的苦衷。"孤城也是满腹乡愁。

"改日见，雏菊，你一定要过来，我们一起去桂林旅游。"邹洋和孤城和我握握手，在下个路口，我们分手告别。

我独自走在江边，一丝凉爽的风迎面扑来。江面上，几只游轮在慢慢地漂荡，红蓝黄绿紫的霓虹灯在色彩变幻中闪闪烁烁，夜色中的珠江更显得美丽迷人。江两岸，灯火阑珊，这是一条多么温柔的母亲河啊！如蓝的江水啊，什么时候能让我的心起航？

- 第十九章 -

美丽的陷阱

早晨，我还没有起床，就接到兰朵发来的短信："难道真的是脸皮越厚金钱就越多吗？"

究竟发生了什么事？我有点莫名其妙。给兰朵打电话，没有接通。于是，我回复了一则短信："你把话说清楚，发生了什么事？"

她马上回："哈哈……你很会挖人。"

完了，直觉告诉我，她一定是知道了我挖走张万元这件事。但张万元如果进了单，放在她的线上，她应该感谢我才对，绝对不会生这么大的气。难道是夏月做了手脚？我急忙从床上爬起来，给夏月打了电话："你在家里等我，我马上过去。"

"我不会出去的。"她声音冷冰冰的，像吃东西噎住了似的。

我草草化了妆，连早餐也没顾上吃，就向夏月家里跑去。路上，我突然想起芳姨说的话："她是靠那张脸吃饭的，不是个好女人。"夏月难道真的有那么坏吗？也许她的一些行为伤害了芳姨，但仅仅因为个人的一些恩怨就说夏月是个坏女人，这样去评价她不公平。再说，哪一类女人属于好女人，哪一类又属于坏女人呢？现在的道德界限和标准又是什么呢？

站在夏月门前，按了门铃，她懒洋洋地给我拉开门。她还是穿着那身粉红色的睡衣，大概是刚从被子里爬出来，头发乱蓬蓬的，脸色蜡黄，眼袋肿得很大。几天没见，她苍老了许多，也消瘦了许多。

"有事吗？"她先开口问我，口气不冷不热。

"张万元进单了吗？"

"进了。"

"你放在谁的名下了？"

"我妹妹那边。"

"夏月，我不是千叮万嘱让你把张万元放到兰朵那一边嘛，目的你也清楚，就是想让她再回到我们的团队。再说，兰朵也是你发展的人，至少你给她放一个人，这样，对她对你对我都有好处，我不是早就和你讲过了吗？"

"我觉得放在我妹妹这边更合适。"

"你要清楚，张万元是我在兰朵家里认识的，处理不好，她会和我们反目为仇。你看，大清早她就给我发来了短信。"我打开手机，让她看兰朵发过来的短信。

"张万元是我搞进来的，我是不会放在兰朵下面的。明和你说吧，过几天，我就和他结婚了。兰朵不是骂人家吝啬，吃饭把盘底的酱油汤还要喝干净吗？她不愿意找人家，难道还不让我找？"

"找对象是你个人的事，我不过问，关键是这一单，你不应该这么处理。"我毫不掩饰内心的愤怒和对她的鄙视。

"什么应该不应该？你也有许多不应该做的事，不是也做了吗？"

"夏月，我做了什么事？你可以坦诚地说出来，我看你今天是满肚子的怨气。"

"是的，你把我害惨了。"

"这话怎么讲？我害你什么了？"我为夏月说的这句话感到震惊，气得一屁股坐在沙发上，沉下脸问她。

"你害得我不浅，凯琳莱，我投资了十几万，如今不能再做了，我被除名了，这还不够吗？"她坐在沙发的另一端，气哼哼地说。

"什么？你说清楚。"我被她的话气得脸色惨白，但还是没有听明白到底我害了她什么。

"那个美琪给你做过美容测试，你为什么不告诉我？让我落了个抢别人的顾客的名声。"

"这件事一直是你自己策划的，你是让我顶一个美容顾问的名额。再说，我和你早就说过和美琪的关系，你根本没有考虑过我的话。"我简直是秀才遇大兵，有理说不清。

"我怎么能知道事情会发展到这种地步？"她的脸上出现了极度的绝望和无奈。

"你是自己给自己增补了两个空头名额而冲上经销商级别的。其实，这一步就是错误的，这个月你自己掏钱买了大量的产品，业绩是达标了，但下一个月怎么办？你总不能再掏钱去买产品吧……"

"不要说了，我让那个督导害苦了，我什么也不做了，什么凯琳莱，什么艾瑞新，统统都是骗人的，我完了，一分钱也没有了……"夏月突然像一个山野泼妇，放声号哭起来，"我只能再卖自己一次了，我没办法，这辈子注定要嫁给老头子。我白活了五十多年，我不知道什么是爱，我没有爱过男人，男人也没爱过我，他们只是把我当玩物，我这辈子活得好窝囊啊。"她哭得好伤心，一串串泪珠从眼眶里滚出来，顺着鼻沟流下去，我去洗手间给她取了一条毛巾递过去："不要哭了……"我想不出一句安慰她的合适的话。屋子里很乱，桌子上，茶几上堆着一些化妆品，地中央，那盆昙花早就凋谢了。我突然想起前几天夏月说的话，昙花盛开要有喜事临门，她和张万元黏在一起，大概也算一场喜事吧。

"我也不知道以后的日子怎么过呀，那个死鬼老头子给留下的几万块钱，全都变成了化妆品。"她开始克制自己的哭声，从号哭变成了呜咽，哭哭停停，断断续续。

"不要着急，我们也帮你慢慢卖。"其实，这完全是一句客套话，我手里还囤积着几千块钱A公司的化妆品和营养品。卖不出去，只好留着自己慢慢吃、慢慢用了。吃不了，就孝敬我的老爸老妈，他们一辈子也没吃过这么贵重的药。A公司的人爱说这么一句话："什么都可以等，唯有孝敬父母不能等。"于是，我就把那些保健品全部打包寄回家，哪知母亲说："女儿呀，什么都可以送我们，唯有药不能送，送药等于送病哪。"我说，那是保健品，不是药，吃了会长命百岁。母亲说，寿命是老天爷给的，阳寿到了吃仙丹也救不了命。后来听我妹妹来电话说，两位老人不敢吃这种印着洋文字母的药。正好，我家那只看门的老狗病了，于是，我母亲把这些保健品全部喂了它。狗吃了这保健品，变得精神抖擞，两眼放光，皮毛也油光锃亮，出脱成一只非常漂亮的洋狗。它每天焦躁不安，在院子里上蹿下跳，挣脱了好几次铁链子，跑出去和它的"情人们"约会。后来，它怀孕了，一肚生下六只小狗。我妈说，那洋药就是厉害，生下的小狗都是蓝眼睛，浑身的毛都是棕色的。我知道后，就在电话里怪怨母亲："妈呀，那是几千块钱的营养品，你怎么能喂狗呢？"我妈说："喂狗喂对了，我要是吃了，一下返老还童，那还了得？那不是变成妖精了？"不管怎么样，我的保健品总算处理完了。否则，我看着那些货会愁得睡不着觉、咽不下饭，见人就想和人家讲这些产品的功能和用处，比鲁迅笔下的祥林嫂还要唠叨得厉害。人家会以为我有精神病，其实我只是卖不出产品，急火攻心。

夏月囤的货全部是化妆品，自己一辈子也用不完，眼看保质期就到了，她眼下除了三文不值二文打折扣卖，没有任何办法。其实，大凡做直销的人，手里都积压着许多货。前几天，去一个曾经在A公司晋升为中级的朋友家做客，她家里也存放着十几箱洗涤用品，她说以后要做一回公益赞助事业，把这些产品无偿捐赠给广州市环卫处，让他们拿去清洗公共厕所。

从夏月家里出来，我又匆匆赶公交车，去天籁公司开早会。

我心沉甸甸的，很难过，突然想起夏月发给我的那则短信。孤城翻译了又给我发了过来，打开手机短信储存库："每段生命必定有某些足以诠释这一路走来、曾经活过的痕迹！"这是什么意思？我两眼盯着手机上那行小字，一头雾水。想打电话问孤城，对方却占线。眼前又出现了黑人那张脸，那雪白的牙齿、雪白的眼仁……

太阳又阴沉着脸。我上了公交车，坐在靠边的座位上，呆呆地望着沿路那些高耸林立的楼房，花花绿绿的广告牌，开在树上的、路边的争芳斗艳的美丽花朵……眼前一片繁华景象，真是一个光怪陆离的魔盒。我置身其中，藏在心里的那个灵感又在悄悄作祟，我情不自禁地低吟：

"睁开眼

发现自己走进

一片黑森林

向前走 向后走

向左还是向右

我像瞎子

无惧于黑暗

捡拾那

遗落的孤寂

心摇动风中的树影

去追逐

与春天的和声"

– 第二十章 –

崩盘的天籁

　　江湾大酒店的楼面是用一层宝蓝色的玻璃罩起来的，远远望去，真像一座亮闪闪的海市蜃楼。二十三楼，再不像以往那么人来人往，门庭若市，开早会的人也是稀稀拉拉没几个。在客服部，我与北戈碰面了，他面色憔悴，见我进来就慢慢站起来："雏菊，我们到外面走走。"

　　大厅内很安静，我俩坐在沙发上，我背靠着沙发，眼睛盯着北戈，不知他叫我出来有什么事。

　　"告诉你一个不好的消息，天籁公司崩盘了。"这话他是咬着嘴唇说出来的。

　　"什么？不可能吧？"我震惊的目光，久久停留在北戈那张萎靡不振的脸上，在凝固的空气中，目光又慢慢飘移。最后，定格在飘浮在半空中的那条鲜红的巨幅标语，"一诺定乾坤，抱团打天下"，几个黄色的大字仍然是那么鲜艳夺目。

"已经被天马公司收购了。"

"我们的业务刚刚有点眉目，怎么会这样呢？"我神情恍惚，不大相信这是事实。

"从开业到现在，将近四十多天，才有两百多人进单，做电子商务，没有人进单，是难以维持的。"北戈的情绪极其低落，手里揣摩着一叠刚刚印好的名片，甩手扔进茶几边的垃圾桶，"真没想到，天籁公司会这么快就崩盘。听说总裁赔进四百多万。"

"这不是要我们吗？他赔多少钱能赔得起，可我们赔不起呀。"我满肚子的火气，"我们还有返头的力气吗？自己所努力去做的一切都化为幻影……"

"我也没想到结局是这个样子。一会儿，李总会告诉我们具体的情况。"看来，他内心经受的痛苦也很深。

天籁公司的崩盘是悄然无声的，一个晚上的时间，牌匾上"天籁"两个字就变成了"天马"，没有开大会公布，就连一个最简单的告别宴也没有举办。人死了还要开个追悼会，一个公司就这样无声无息地消失了，什么动静都没有，真是令人不可思议。早会上，李总和团队的人宣布了一条公告：从今天开始，天籁由天马公司接管，如果不想在天马公司做事，无论你投资多少钱，公司全部给退款；如果愿意留在天马，就接着做天马公司的保健品生意。

"与其运作保健品还不如回去继续做艾瑞新呢。那里好歹也有我们自己的团队。"

北戈说："早知如此何必当初。"

"谁也不是先知，谁能想到天籁会这么短命，就像一个刚生下来的婴儿，响亮地啼哭了几声就夭折了。"

"这是个一生下来就会说话的婴儿，把人们都吓住了，谁也不敢靠近，大家只是站在远远的地方观望，他是被困死的。"

总之，是死了，死得很惨。心里有一种说不出的滋味儿在翻腾。一脸茫然，不知下一步该怎么走。

一会儿，团队的人都过来了，大家围坐在那张黑色的椭圆形会议桌前，背靠黑色皮沙发，一个个黑着脸，低着头，谁都不说话。男士穿着黑色的西装，黎芷莹今天也穿着黑色套装，脸上失去了以往的自信和傲慢。我坐在那里，内心沮丧无比，怎么会是这样的结局呢？

会议室里一片黑色，气氛有点像开追悼会，为突然崩盘的天籁？还是为我们自己？默哀！长久地默哀！不知谁的手机响了，声音是莫扎特音乐，这是为天籁送行的乐曲，一个已经万劫不复的公司。黎芷莹突然问李总："总裁呢？他为什么不出来给大家做个交代？"

"他昨晚出国了。"李总面色也很难看，显然，他是专门留下来为天籁"收尸"的。

"他就这么一走了之了吗？"黎芷莹的脸阴沉沉的，口气刻薄尖酸，"他不是要扛起中国直销的大旗吗？不是要一诺定乾坤，抱团打天下吗？真没想到，我们竟然被这位堂堂有名的总裁贩卖了猪仔。"

"话不能这么说，他宁愿赔损四百万，也要把大家的钱都退回去。现在许多公司倒闭了，老总卷钱走了，谁还给你退钱？总裁还是做到了仁至义尽。"

"我们损失的时间呢？人脉呢？花出去的费用呢？这笔损失能补回来吗？"黎芷莹说出了大家要说的话。

李总沉默不语，其实他也是有苦难言，打碎牙齿往肚里咽。

"他奖励的小车呢？"黎芷莹的情绪异常激动，以致到了怒气冲冲的地步，这个女人在天籁是下了很大赌注的。

天籁公司怎么会这么快就崩盘呢？我想起总裁开业时的讲演，他在台上讲得唾沫飞扬，激情四起，听得群众感动不已，热泪盈眶。那时真让人感觉到，天籁是在做一件惊天地泣鬼神的事，是要扛起一面属于我们国人自己的直销大旗。当时的他酷似一个领袖人物，在前面挥舞着红旗，带领着一群无产者一起战斗，群众在后面喊着"冲啊！"

北戈心事重重，愤愤地说："我们对总裁是无限信赖，才带着团队的人过来，没想到，他先来了个金蝉脱壳，自己一走了之，可我们怎么向下面的人交代？"

"看来，他根本不值得我们付出这么大的代价去信任，细细回想总裁这个人，他对大家的承诺只是停留在每一次慷慨激昂的演讲上，那种夸夸其谈的爱国情怀是让人钦佩的，可惜没有付诸实践。"大家都满腹牢骚。

"都怨自己盲目追随，到头来连退路都没有。"

李总站出来打圆场，他说："天马公司的实力也很强大，你们可以继续留在天马做业务。总裁会回来的，他是一个百折不挠的硬汉子，不会无声无息地离去，大家耐心等待。"但这在我们看来，这只是一句安慰的话，"追悼会"终于结束，接下来就是向"遗体"告别，我们绕着那张黑色圆桌走了一圈，然后都推门出去。

我和黎芷莹一起走进电梯。两扇门自动关闭，我们脸对脸站着，谁也没说话，耳朵里一阵轰鸣，几秒钟后，双脚就踩踏在地面上。走出大楼，下起了雨，雨点落在黑色的水泥路上，溅起一个个白色的小水泡，就像小孩子嘴里吹出来的泡泡糖。我没有带伞，衬衫和裙子都湿了，黎芷莹走过来，让我和她合打一把伞，我说："心里闷得慌，让雨淋淋，还好受一些。"

"淋出感冒更麻烦了，出门在外，不比在家里。"

"你打算做什么？"我站在雨中，任凭雨水淋着，一个一个小水珠顺着湿淋淋的头发往下流，流进了嘴里，冰凉的、苦涩的、咸咸的。湿了的衣衫紧贴着温热的身体，我双手交叉在胸前，抱紧了自己，一直这样紧紧地抱着……

"什么也不能做了，我对电子商务彻底失望了。"她的声音有气无力，像是在喃喃自语。我实在不明白，这么一个有魄力的女人，难道就这么不经摔打吗？她好像有什么心思，一下变得忧心忡忡。两人默默走着，走过一家餐馆，她又招呼我："进来吃点东西吧。"

"我还有事，改日再吃吧。"我婉言回拒。

"以后不会再来这个鬼地方，看见这座大楼心里就堵得慌。"黎芷莹抬手捋了捋额前的短发，露出一张充满怨愤的脸颊，"真不知道以后该怎样办"这句话好像是说给她自己的，她没有回头，打着伞走进雨中。

- 第二十一章 -

无能为力

一

　　孤城在总统大厦门前等我。他还是那么阳光，穿一身休闲装，戴一副墨镜，带卷的头发披在脑后，见我走过来第一句话就问："天籁崩盘了吧？"

　　"刚刚开完'追悼会'。"

　　"幸亏我没有投单，投进去也死下了。"

　　"死一回也很有价值，再活过来你就厉害了。"

　　"那不是变成僵尸了？"

　　"是啊，只有变成僵尸你才会更厉害，因为你已经具备了超越常人的能力。"

　　"哈哈……雏菊你说话真幽默。"

　　"你的商行什么时候开业？"

"金蝉去光奚参加乾坤公司的招商会了，回来就开业。"孤城一副踌躇满志的模样。

"这个女人能靠得住吗？艾琳说她是个网络直销骗子。"

"起步运作一个商行这点钱对现在的她来说是九牛一毛。你过来吧，不要考虑投单的钱，我让金蝉给你先垫付几单，她其实也很看重你。成立商行，开辟市场，必须有一帮业务能力很强的人才能打开局面。"

"我现在脑子里很乱，不知自己该干什么。"

"不只你乱，我的脑子也乱，但要在乱中求稳，看准目标。我们在营销界挣不了钱，主要原因是平台没有选择好。只要有一个好的公司、好的产品和制度，挣钱还是容易的。"

我俩走进总统大厦，在会客厅与一位大姐见面了。她四十多岁，一看就知道是那种善于保养自己的人。她穿了一条牛仔裤，脚上的鞋子是一双早已流行过的尖头无带皮鞋，这种鞋和牛仔裤搭配在一起，很不协调。我们寒暄了几句，她就直奔主题，眉飞色舞地给我讲起了三C电话卡，她说话语速很快，没有我插嘴的机会。孤城听得很认真。

我说："这个项目前几个月就出台了，投单费三百六十元，在手机里装一个软盘，就可以上网聊天，网内打电话不收费，共有六大好处。但要想做这个生意，必须换一部高档手机。"

她点点头，不否认我的话，紧接着，从挎包里拿出自己那部最新款的诺基亚手机，打开做示范，和一个网友聊得热火朝天。我双脚踩在软软的地毯上，身子靠着沙发，大脑昏昏沉沉，不知不觉闭上了眼睛。

"大姐，你太疲劳了。"她的话把我惊醒了，我不好意思地说："昨晚没有休息好。"

"你明天开个卡吧，咱们一起来做三C电话卡。"

我笑了笑没有说话，只是看了孤城一眼，不知这小子葫芦里又卖的是什么药。

"我上面那个人一个星期就挣了十八万。"

"那你挣了多少？"我问她。

她没有回答我的话，沉默了许久，突然又换了一个话题："大姐，你的身体状况很不好，是该认真调理一下了。"

"怎么调理？"

"戴这个。"她抬手让我看她手腕上戴的那个墨绿色镯子。

"你是做功能玉的？"我脸上始终是一副矜持的表情。

"是的。"

"那个镯子多少钱？"

"九百元，内部价。你不想戴镯子，可以买几块玉石用来煮水喝，你的胃不好，也便秘，喝玉石水能把你的肠胃调理得很好。价位也不贵，五块儿五百元。"她又给我讲起了功能玉，看来这个女人也是一个直销流窜犯，什么都做。孤城看出我对这些话题不感兴趣，于是，打断她的话："温姐，你给雏菊测一下名字，这个名字是来广州后，一位玄学大师给改的，你看改得怎么样？"

"把你原来的名字也写下来。"

我照她的话把以前的名字写在纸上。

她用笔画来推测："哎呀，你原来名字的笔画是个凶数，未改名字之前，你是凶多吉少，尤其是三十一岁时，发生了一场血光之灾，你差点儿丢了性命。你母亲很爱你，父亲和你无缘分。你脾气很固执，办任何事都不和别人商量。你的名字里缺水，而且现在正处于新旧气场打架的时期，所以，你经常生病。过了这段日子，你会好起来的。"

"我在广州能待下来吗？"

"能，你必须在广州，其他地方不适合你。"

几位大师说的都差不多，看来我是没有退路。讲完名字，她又开始讲三C电话卡，我真是服了她的口才，钱挣没挣不知道，十八般武艺样样通，算命、相面、看掌纹，测名字……不难看出，她在直销行业也混了很久。

"以后，我们要常联系，我想更多地了解一下这个行业。"我知道自己走进直销行业的意义在哪里，也知道自己以后该怎么做。

分手时，她还在说："做三C电话卡吧，我们一起干。"

"我考虑考虑。"这只是一句托辞。

二

从总统大厦出来，我和孤城在马路上慢慢走着，我问他："你是不是做了三C电话卡？"

"没有，我是想让这位大姐过来和我们一起干，公司开业后是需要人才的。但她是想拉我做三C，我也不知该不该和她合作。"

"你要是自己玩，就开个卡也划算，花三百六十元，打一年电话。网内打还不花钱，网外一分钟一角，还是很便宜的。又能玩QQ，又能上网聊天，又能发五百多字的短信，还能免费发图片、照片，何乐而不为呢？再说，你是醉翁之意不在酒，想拉她过来和你一起干，投个单还是值得。"

"这个三C公司不知能存活多久？"

"管它活多久，你达到自己的目的不就行了。如果兴趣来了，遇上合适的人，拉他们进来玩玩也不错，能否挣钱，这要看运气。她刚才说她的上级主管一星期就挣十八万，这绝对是谎言，你算算，出多少单才能挣到这个数的钱？"

"雏菊，听你这么说，我该玩一把了。"

"这种公司不会长久的，前几天，听说操作电话卡的网头让公安局抓了许多，轻者罚款，重者判刑。"

"网头们挣钱了，罚个几十万小菜一碟。"孤城说。

我手机响了："雏菊，我是芳姨。"

"有事吗？我在天河，什么？请我吃饭？在哪里？"芳姨在电话里唠叨不停，她说在五羊新城烧鹅饭店，让我一定过去。

"芳姨，我给你带个靓哥过去，可以吗？"老太婆高兴地大笑着，"过来吧，我等你们。"

我关掉手机，对孤城说："走，吃饭去。"

"我去合适吗？"

"怎么不合适？你去帮我打个圆场，不然，我让芳姨缠得走不了。"

"她是做哪家公司的？"

"你忘了，让惠子给她销售墓地的那个老太婆。胡来有开业时，我们在一起吃的饭，老太婆大概没少投单，她是想拉我一起做。"

"哈哈……我们也快变成直销混混了。"

"老太婆人缘很好，在吃穷队很有号召力，她要是投单，就有一大批人会跟过来，认识她对你也许有用处。你商行开业时，让那帮吃穷队过来给撑个台。"

"现在，也不知道谁在利用谁？"孤城摇摇头有点言不由衷。

"有利用价值人家才利用你，在利用的过程中可以体现你的个人价值，直到被重用。相反，不被人利用倒是一件很可悲的事。"

"雏菊，什么事被你这么一解释，就豁然开朗了。"

"我们漂流到广州，不就是要利用这座现代化的城市，来达成心中的梦想嘛。所以，要学会利用一切可以利用的机会，无论和谁接触，无论做哪家公司，最主要是要明白自己做这些事的目的。"

"我们初来这座城市时，都是雄心勃勃，以为在这里一脚就能踢开一个金矿，其实，现实并不是那样，正如一首打油诗所说：'都说这里工资高，害我没钱买牙膏'。"

我笑着说："这首打油诗最近流传甚广。"我还附和了两句，"'都说这里伙食好，青菜里面加青草。'"

"看来，要想缩短成功的时间，只有走电子商务这条路了。"

"这条路也不是容易走的，有一半是靠运气，就像金蝉。"我突然又想起那则短信，"你给我翻译的那则短信是什么意思？"我打开手机让他看。

"这应该是一段刻在墓碑上的话，你是作家，比我理解得更深。"

"这条信息是谁发给你的？"

"是一个黑人发给夏月的。"我和孤城讲了那天在公交车遇到的事情。

我俩边说话边步行到五羊新城。

三

这是一家地道的烧鹅店，餐厅人很多。芳姨穿了一套花哨的太太服，我一眼就看见了她。一个七十多岁的老人，能自如地在中国经济第五波的浪潮中闲庭信步，确实不简单。我走过去和她打招呼："芳姨，您这身衣服真漂亮，越活越年轻了。"我不知从什么时候起，也学会赞美别人了。

"嘿嘿，年轻时我是很漂亮，现在是人老珠黄，腰也弯了，背也驼了，穿什么衣服也不好看了。"

"您是六十岁的年龄，三十岁的心态，心不老就永远不会老。"我的话把老太太说得心花怒放。

我和孤城坐在她对面，她戴着老花镜看菜谱："你们想吃点儿什么？"

"芳姨，您随便点儿个菜就行了，我们刚刚在天河城吃过烧烤。"我信口瞎说。孤城望着我哧哧笑起来："真看不出来，雏菊也很会编故事。"

我呵呵笑着："好久没有编故事了，写作的激情也不知道跑哪儿去了。灵感这个鬼精灵也躲着不见我。"置身在这个轰轰烈烈的网络世界里，我好像走进了一片沼泽地，四周都是望不到头的烂草，双腿陷进一个又一个烂泥坑里，浑身疲惫不堪，无力自拔。

芳姨点好菜，我们开始用开水冲洗盘子和碗筷，这是广州人吃饭前必须

要做的一件事。入乡随俗，外地人来这里，也习惯了这种习惯。芳姨一边冲
洗杯子一边问孤城："你是哪里人？"

"芳姨，他是一匹来自北方的狼。"我笑着回答。

"《北方的狼》，有这么一首歌，是台湾谁唱的啦？"芳姨真时尚，还知
道这首歌的出处。

"齐秦，他出道时候唱的一首歌。"

孤城也不扭捏，模仿齐秦低声吟唱了几句：

"我是一匹来自北方的狼，

走在无垠的旷野中。

凄厉的北风吹过，

漫漫的黄沙掠过……"

孤城太像齐秦了，尤其是那一头卷发，以及戴了墨镜的面孔。他的音色
充满磁性，连芳姨都为他鼓起了掌："你是当明星的料子啊。"随后，又问他
来广州有几年了，在哪家公司跑业务？得知孤城也是做网络直销的，俩人就
无边无际地聊起来了。

芳姨说，做直销最关键的是投单时一定要看准公司，做新不做旧，做早
不做迟。这年头不是大鱼吃小鱼，而是快鱼吃慢鱼。芳姨几乎是天天满广州
跑，信息灵通得很哪，没有一家公司她不知道的，而且她对每家公司出台的
制度都了如指掌。什么双轨对碰制度已经过时了，更好的奖励制度、更好的
公司有的是。她发展人的原则是，自己挣了钱才让朋友去做。如今，她在胡
来有那里已经拿到了第一桶金，所以，有底气请我们过来，目的当然是让我
们投单，大家一起挣钱。老太婆是有真道行，就是被称为网络大侠的孤城也
不得不佩服。他知道的公司老太婆都知道，但芳姨每天跑的公司，有很多我
们却不知道。

　　我和孤城一边吃菜，一边洗耳恭听她的生意经。桌上，酱红色的烧鹅散发出诱人的香味，我夹了一块慢慢嚼着，皮脆肉嫩。烧鹅、烤乳猪的确是广州美食的一绝，名不虚传。老太太是四川人，爱吃水煮鱼，我却被辣得直吸气，孤城也被这鱼辣出一头汗。我俩只能吃那盘蒜泥生菜，芳姨好食欲，一盆水煮鱼吃去了一大半。她边吃边说，眼看着烧鹅都进了我们的肚子，她把筷子一放，用餐巾纸抹抹嘴巴，打着饱嗝，用牙签挑着一排参差不齐的牙齿，高声说："雏菊，你明天上午到工作室一趟，花一千元先开个位，这钱你亏不了，公司还给你一千元的货，你想要什么都可以，床单、被单、枕巾……如果开三个位，就能拿一副鞋垫。你身材这么好，更要好好保养，垫上这鞋垫，腰不会疼，腿不会弯……"芳姨的话看来是不会那么快就结束，她已经练就了一套过硬的演说本领。

　　我向孤城递个眼色，希望他来打圆场，孤城马上领会了我的意思，他抬手看了看表，脸上的表情毕恭毕敬，说："芳姨，时间不早了，您千万不要太劳累。我们明天恐怕没时间过去了，艾瑞新在澳门有个培训班，我俩都去参加，从澳门回来再去看您。"

　　"雏菊，你还在做那个艾瑞新？许多人都撤出来了，当初你让我投单，我一听那个奖金制度就知道不好运作，投一份单将近三千元，现在是没有人去买大单的。"

　　"你在乐家公司投的单不是更大吗？"

　　"我这个月底就会拿到十万的利润。乐家公司采用的是投资返利模式，挣钱非常快，你早投单就早拿钱。"她的话匣子又打开了，"芳姨是看得起你，才把这样的好信息告诉你，而且是自己先冒险去实践，证明这个公司是很讲信誉的，能挣得了钱的。胡来有是个不会吹大话的老总，不像天籁公司，雷声大雨点小，开业没几天就崩盘了。"不知她说得累不累，我都听累了，忍不住打起哈欠。孤城也一杯接一杯地喝茶，低头玩弄手机。老太太看我们都有点儿心不在焉，才打住话头，和服务生摆摆手。一位小姐很斯文地走过来，把账单放在桌上，芳姨戴上老花镜仔细看着单，然后，很大气地从手袋里掏出一百元。

"芳姨，不好意思，让您破费了，改日，我请您喝茶。"

"嘿嘿，我们老人队天天都有喝茶的地方，我忙得都喝不过来。"

"那我请您吃饭吧。"

"什么都不用，你从澳门回来，赶快来开个位就行了，我把张万元放在你下面，他带的那帮人都会进来的，你还愁挣不了钱吗？"她抬手又拍拍孤城的肩膀，语重心长地说，"你也不要再乱投单了，相信我的话，在乐家公司是能挣到钱的，要是资金暂时有困难，芳姨给你先垫付一份单的钱，你挣了再还给我。"

"好的，我们回来给您电话。"

四

我和孤城从椅子上站起来和芳姨握手告别，感谢她的款待。我俩走出饭店，差不多快九点了，抬头仰望天空，看不见一颗星星。地球像个硕大的黑色蜘蛛，沿着通往四维空间的虫洞慢慢爬着，万家灯火被夜色分割成千丝万缕，缠绕着这座喧嚣的城市。我长长地吐了口气，说："广州这地方和北方简直是两个世界，北方的老人有几个会这么精通商道？"

"我不是早就说过，广州是中国经济发展的前沿，各种新奇的营销模式，只有在这座城市里才能运作起来，特别是融资生意。咱们那里根本不开这个心窍，有钱只知道往银行存，有几个人懂用钱来赚钱？就算有人懂得，也没有那个胆量。"孤城深有所感地说，"我以后一定要把我的老爸老妈接到广州，让他们看看人家广州老年人是怎样生活的。他们一辈子太辛苦了，不舍得吃不舍得穿，一分一分攒钱供我上大学，现在，又攒钱给我娶媳妇，我不奋斗出个名堂，愧对爹娘啊。"

"芳姨让我去进单，你说该怎么办？"我有点作难。

"老太太这么相信胡来有，我怕她被骗得血本无归。你想想，返还消费者的利润那么高，这笔钱从哪儿来？他是在下诱饵钓鱼。"

"是啊，天籁公司实力那么雄厚，说崩盘也是一夜之间的工夫。"

"老总还是够意思的，把人们投单的钱都给退回来了，听说他出国疗养去了。"

对于天籁总裁的销声匿迹，直销界众说纷纭，版本很多。有人说，他是个混世魔王，短短的几个月就搞垮几个公司；也有人说，他是难得的奇才，经济大潮中的枭雄。我感觉，他只要活着，总有一天还是要出山的，道理很简单——是舵手总是要撑船的。

我和孤城在站牌下等车，路边，一个歌手弹着电吉他唱歌，我走过去，突然被这个歌手吸引住了，是他——北狼。我俩默默倾听，他唱的是张敬轩的《无能为力》。一副宽边墨镜遮住了他的眼睛，一把吉他，一台陈旧的音箱，打开的吉他盒里放着路人留下的零零星星的钢镚和纸币。他唱得是那么投入，磁性的嗓音，如述如泣的歌声，让我似乎进入了另外一个梦幻世界……许多路人停留，依着栏或树静静倾听，我头脑一片混乱，这就是那个一心要在A公司跑马拉松的北狼吗？

他一首一首歌娓娓弹来，听着听着，不知不觉我已经是泪流满面。我从兜里掏出十元钱，递给孤城："你给他送过去，他怎么落泊成路边歌手了？"

"也难说，也许他是有意要这么做，许多职业歌手都当过街头歌手。"孤城对北狼没有好感，"他不是说在A公司做得很好嘛。这小子傲气十足，不知道自己能吃几碗米的干饭，纯粹是打肿脸充胖子。"

"做直销的人都会打肿脸充胖子，不充胖子，下面的人谁还会跟你一起干？我们说不定有一天也会睡在公园里或天桥下。"我的心里突然感到非常难过，就像那首歌里唱的一样——"已经无能为力，但一个个还在硬着头皮撑着。"

踏上公交车，北狼的歌声仍然在耳边回响：

"我在苍穹下歌唱

只为寻一个知音

我嘶吼，竭尽全力

直到繁华落尽

飞鸟散尽

世界只剩我

和那把孤单的吉他。"

- 第二十二章 -

一艘大船天边来

一

　　一层灰白色的云将太阳罩起来，被云层过滤后的阳光，不再那么耀眼，颜色也变得有点暗淡。气温虽然还是在三十五六摄氏度左右，但习惯了在高温中生活的广州人，并不感觉热得难以忍受。我坐在车上，抬头看窗外的景色，眼前满溢葱绿的颜色。头顶上，空调吹出凉爽的风，让你感觉不到这是炎热的盛夏。脸颊紧贴玻璃，无法触摸窗外的热气，但那种潮湿的热让我感觉到浑身的肌肤都处于湿润的状态，这里永远不像北方那么干燥。空气中含有大量的水气，吸一口都是湿漉漉的。我和柳星雨约好十点钟在大基头见面。车到站后，我在站牌前张望。他已先到，见我下车，笑着迎过来。

　　"你是不是早过来了？"我看了看表，刚好十点。

　　"我也是刚到。"他转过脸，注视着路边过往的车辆和行人平静地说。

我的目光在他身上扫来扫去：他穿一件淡粉色衬衫，配一条深蓝色的领带，头发显然是刚刚吹理过，喷了一点啫喱水，很精神也略有风度。裤子还是以前那一条，只是换了一条新皮带，皮带扣上印着鳄鱼牌标志。那个皮包的样式已经淘汰了，他还背着，看起来很不协调。

"你看啥？"他让我看得有点沉不住气了。

我嘿嘿一笑："你今天的衣服整齐，像要去赶集似的。"

"你又在取笑我了。"

"没有，我喜欢你这个样子，身上永远保持着劳动人民的本色。"我半开玩笑半认真地说。

他的表情有点不自在了，双手也不知该往哪里放。

"你来广州多少年了？"

"二十年。"

"这么久你也没有被这座城市同化，不可思议。"

"怎么没有同化？我白话讲得很地道。"他的脸上流露出一点自豪的神情。

"我是指你的整体气质。"我怕伤了他的自尊心，尽量把语言说得圆滑一点。看来，一个人的气质是天生固有的，是模仿不来的，更不是用名牌衣服包装出来的。

我举目望着码头上停泊的无数艘轮船，听着这些船儿起航时的击水声，用一种很庄重的口气问他："星雨，你为什么突然想起请我看大船？"

"你是作家嘛，一定对这艘哥德堡号船很感兴趣。"

"看来，你完全是为了我才来这里的，我该谢谢你了。"

"不完全是为你，其实，我也很喜欢诗歌，只是书读得太少了，心里想说的话，想表述的情感，不能用文字把它表达出来。"他的情绪有点沮丧，口气中充满了自卑。

"现在也可以读嘛，学习是一辈子的事，一个人可以没有学历，但不可以没有文化。"

"我把事业做成功了，就读书去。"他在使劲攥着拳头，手指的关节在啪啪响。

"不是说成功了再去读，许多成功人能成功，就是在他还没有成功的时候就干了许多别人没有干的事，所以他才能成功。"

"和你在一起的时候，我能学许多东西。"

"你呀，以后发短信时，最好多检查一遍，不要写错别字。给我发不要紧，反正我也能理解你，如果给一个陌生的客户发，人家会小瞧你的。我说这些你不介意吧？"

"不介意。"他摇摇头，"昨天我又看了你的书，对你有了一个更全面的了解。你真了不起。"

"那已是我的过去，我来广州是空杯思想，一切从头做起。"一艘大型货轮从码头驶出，它重重地劈开平静的江面，震耳的汽笛声在空中回荡，望着那渐渐远去的大船，我轻轻叹口气说，"我现在什么也没有，仍然是一个挣扎在难民营的网络难民。"

"我们一起去B公司奋斗吧。"

"我知道你迟早会向我提出这个问题的。"

一阵短暂的沉默。

"你和我接触就是为了让我做你的搭档吗？"我的问话一针见血。

"不……不是……"他的脸红了，神色畏缩不安，说话也有点结巴，"我不该向你提出这个问题，你不像其他人，你是属于另一种人。"

"那你以后就不要再提这个问题了。"我凝视着他，口气很果断。

他顺从地点点头，微笑着，露出洁白的牙齿。表情虽然不是很自然，但那眼神绝对淳朴炙热。

他去售票处买票，走出几步，又不好意思地返回头望着我。我向他笑笑，将脸转向码头。哥德堡号大船就在眼前，这艘古船是瑞典王国投入巨款，耗费了十年的时间仿造而成的。它沿着旧日的航线，历时近十个月的海上航行，终于到达了广州的南沙码头。船上的人很多，高耸入云的白帆吸引着众多游客的目光，瑞典王国的国旗在船头摇曳……我拿出相机正要拍照，柳星雨过来了。他手里拿着两张票说："上船的票都卖完了。"他走到我身边，有点扫兴。

"咱们就在江边看也很有意思。上了船也许就感觉不到那种朦胧的意境了。"

"什么事经你这么一说就不一样了。"

"无论看什么景致，主要是看你抱着一种什么心态，第一种人是看山是山，看水是水；第二种人是看山不是山，看水不是水；第三种人是看山还是山，看水还是水。心境不一样，当然看的角度也不一样。"

我俩边说边走进参观区。站在古船的旁边，我给柳星雨照了几张相，他也给我照了几张。它是瑞典古文化的再现，高高的桅杆，气势磅礴的船体……我们倚在灰色的护江栏杆上，看大船上那些来来往往的人群，看那沉寂无声的珠江水，它究竟有多深，能撑起这么宏伟壮观的巨轮？从江面上吹来一丝凉风，我贪婪地吸着这凉爽的气流，情不自禁地说："多么美丽的景致啊!在内蒙古的时候，我只在电视上看见过大船。广州真美。"

"在这里待久了，就会对这座城市产生一种厌倦感。你没听说'远看广州像天堂，近看广州像银行，到了广州像牢房，不如回家放牛羊'？"

我顺口附和了几句："人人都说广州好，个个都往广州跑，广州挣钱广州花，哪有钞票寄回家。"

我俩都哈哈笑起来，他说："你也知道这首打油诗?"

"一个不知名的朋友发给我的短信，很有意思。"

"家乡的人以为我们在这里都发了财，他们却不知道我们这些打工者的艰辛。我在这里十几年，什么都干过了，什么苦也吃过了，摆小摊、送外卖、当走鬼……走进B公司是我最后的选择。"他有点伤感，边说边凝望着那面瑞典国旗，沉思片刻说，"雏菊，我们合一张影可以吗? "他低声问我。

"可以。"我爽快地答应他。于是，我们找了一位女孩儿过来，请她给我们拍照。

　　我和柳星雨并肩站在一起，他的手轻轻搭在我肩膀上……

　　清爽的风拂过我的脸颊，望着眼前的美景，我神驰荡漾，心旌摇曳……

　　我俩在每个展览厅里转来转去，浏览那些从瑞典带来的琳琅满目的珠宝玉器和仿古工艺品。这里也摆着中国的茶叶和陶瓷。柳星雨说："中国的茶叶非常受世界各国的青睐，为什么中国不造一只大船装着自己的产品周游全世界呢？"

　　"中国人缺乏冒险精神。其实，在古代，我们的祖先是强悍的，郑和不是七次下西洋嘛，鉴真和尚不是多次东渡日本嘛。"

　　"我们为什么不去仿造一只郑和下西洋和鉴真东渡日本的大船呢？"

　　"这大概就是中国和外国的文化差异吧。外国人都喜欢冒险，喜欢旅游，中国人是追求安稳，有了钱买房子，有了房子生孩子，有了孩子想抱孙子。没有多少人想漂流，更不想冒险。"

　　"以后，我事业成功了，就去旅游，你愿意和我一起走吗？"

　　"等你事业成功了，我大概也不在广州了。"

　　"你要去哪里？"

　　"我不会停留漂泊的行程。对于广州，我只是一个过客，我也不大喜欢长期待在一个地方。"

　　"你的生活方式和别人不一样，一般女人到了你这个年龄，什么理想和追求都没有了。真的，我很羡慕你，活得那么潇洒自在。"

　　"其实，我就像这只大船一样，没有第二只船能与它一起在浩瀚的大海里漂流。这只大船是孤独的，因为它选择了一条别的船不去航行的线路。你想象一下，从瑞典到中国历时九个月的海上航行，而且是凭借风帆行驶，没有一种冒险精神和乐观精神，很难完成这次旅行。它历经这样漫长的旅程，哥德堡号船难道仅仅是为了重温旧梦吗？不！它带来的是一种精神，一种文化，带给我们的是震撼、思索、挑战！"我的情绪很激动，不管柳星雨听不听，我一个劲儿地高谈阔论，"我想瑞典王国花巨资再造这艘古船，也就是想延续哥德堡号的精神，延续它带给世界各国的那种文化和尚情，你说呢？"

"雏菊，听你的讲话，仿佛听哲理，尽管我似懂非懂，但我已认定，你是我生命中遇到的一位很重要的人。"

"你抬举我了，在你的眼里，我还不是一个非法营销分子？一个网络难民？"

"不，你可能需要那种环境。"

"是的，我是想把自己投身于中国经济的最前沿，无论付出多大的代价，也要奋力在网络的漩涡里，争取我需要的东西。就像这条哥德堡号一样，历经风雨艰险，但它却得到了它所需要的东西。它带给我们什么？要带走什么？难道不值得沉思吗？"

我们坐在那条长椅上，喝着啤酒，面对哥德堡号大船，开怀畅谈人生……

二

中午，我们在餐馆吃饭，点了几道小菜，主食是猪肉香菇馅水饺。我们也许是饿了，吃得很香。吃罢饭我要买单，他执意不肯，说："这是我第一次请你吃饭，你难道连这点面子也不给吗？"

看着他那副认真的模样，我"扑哧"一声笑了："星雨，你很像我的弟弟。"

"你难道只把我当弟弟看吗？"他的声音略显沮丧，眼里闪现出一丝游移不定的光。

"是啊，你难道不想当我弟弟吗？"我在反问他。

"我是不想让你把我定格在弟弟这个位置上。"他说得很坦诚，表情也非常率真，没有一点虚伪的成分。

　　我呵呵地笑起来："你只能站在这个位置上。"

　　"为什么？"质问中流露出几分孩子气的固执和若有所失。

　　"我比你年龄大，做姐当之无愧，你做弟也是合情合理。"我笑着逗他。

　　"你真幽默，其实年龄只是一个人生命的阶段，重要的是思维和心态。我们做知己吧。"他在凝视着我，目光有点火辣辣的。

　　"弟弟和知己没什么区别。"我故作糊涂，"随你的便，你觉得知己好就做知己。"

　　"雏菊，尽管我的文化没有多高，也许，不配和你往来，但我非常尊敬你。有一天，如果你生命的大船再次起航时，我会陪你一起出海，哪怕是漂到天涯海角我也不会后悔。"

　　"谢谢你了，星雨，命中注定，我漂泊的行程中是没有人能够陪伴的。我们就算是知己，也是两条永远不能相交的平行线。只能不断向前延伸，不会有交点。"我的心情异常平静，用一种温和的目光瞧着眼前这个大男孩，内心马上涌起一种冲动，那是一种同情和慈爱，这种爱穿透他的心室，能够感受到他灵魂的震颤和跳动。

　　在人生的旅途中，能遇到的知己、朋友会很多，但能够永远铭刻在心中的又有几个？再过几十年，当我们在某一天、在某一个地方，突然又见面的时候，我们可能会非常失望。那个年轻时的你我早已被无情的岁月吞噬，留下的只是这张发黄了的照片……友情是一只远去的船，它承载着两颗不安分的沉重的心，向浩渺的大海漂去……

　　时间过得真快，从餐馆出来，我们向出口走去，回头眺望夕暮中的哥德堡号大船，那巨大的船身笼罩在一种金黄的色彩中。高高的桅杆耸入云霄，白帆像展翅的鸽子，在风中摆动。甲板上，不知是哪里的文艺演出队开始表演，歌手用中文演唱着一首瑞典民歌，歌词大意是：哥德堡号一艘永不沉落的船，它向全世界人讲述一个永不老去的童话故事……

出口旁边那条大街已被车流堵塞，两旁的人行道也挤满了游客，我们慢慢向公交车站牌走去。"晚上还有事吗？"我问柳星雨。

"今天的时间都归你支配，你没注意到我手机一直处于关机状态？"

"谢谢你，那我们一起去吃烧烤吧。"

"去哪里？"

"哈乐，那里的烧烤很有特色，价位也便宜。我请你了。"

柳星雨没有推让，于是，两人又踏上了去黄花岗的汽车。到达哈乐烧烤城正好是七点钟。这里十点以后就变成了夜总会，七点到九点半是烧烤自助餐，里面的人还不多，我们选择了前排正中央的位置坐下来。

先是一个服务生扛着一条烤羊腿走到桌前，用锋利的刀子削了几片放进盘子里，紧接着是手端托盘的服务员走过来。盘子里放着烤好的土豆、茄子、香蕉……各种混合的香味在空气中弥漫，我们慢慢吃着。我说："如果你过生日，拿上身份证，可以在这里免费吃一餐。"

柳星雨说："今年八月二十七，我们再来这里给你过生日。"

"从来没有人给我过过生日，你怎么会知道这个日子？"

"我从你书里看到的。"

"好，一言为定。"我俩击掌。

台上的文艺表演开始了，一群近乎裸体的姑娘在光怪陆离的灯光中，跳着现代肚皮舞，把裸露的屁股和肚脐眼儿在观众面前招摇。服务生拿着烤熟的玉米过来，我们一人要了一根。柳星雨又拿了些椰子、菠萝和圣女果，我去拿了几个烤生蚝和羊肉串。吃饱后，我俩慢慢喝着银耳汤。他说："从来没有像今天这样开心，日子过得很郁闷，特别是走进B公司以后，无人能理解。挣不回钱，老婆也每天给张冷面孔。"我说："做电子商务也并不是那么容易成功的，事实并不是那些网头们说的半年就能变成富翁。"他说："拉人头做销售管道，本来就不牢靠，这些网络跳蚤，今天在这个公司，明天又跳到那个公司，跳来跳去最后越跳越穷。"他希望我做一个明智的选择，不要再浪费时间，话题又扯到B公司上。介入这个话题，他就有点忘乎所以，不管我听不听，说得眉飞色舞。他讲B公司在全世界营销行业中的排位，讲B公司在中国的发展趋势和未来远景，讲1997年东南亚的金融风暴……

我不好意思打断他的话，也不忍扫他的兴。

台上那个主持人正在出谜语让大家猜，猜对了还有奖品。主持人大声说："请问大家一个问题：什么帽子不能戴？"台下许多人跑着把纸条递上去。主持人的手里攥着一大把纸条，他在高声念着："绿帽子不能戴，答案错；捡来的帽子不能戴，答案错。"他卖了个关子，然后说，"正确答案：感冒不能带。"

台下哄堂大笑……

接下来是观众点歌，柳星雨点了一首《西游记》的主题歌——《敢问路在何方》。他很从容地走上台，音乐奏起，他声音洪亮也很有气势。显然，他是把所有的激情都融进了这首歌中，他一边唱一边不住地看着我，我给他鼓掌。

下台后，我问他喜欢《西游记》里的哪个角色，他不假思索地回答："唐僧。"

"唐僧其实什么本事也没有。"

"他有一颗执着的心。"

"所以，才取到了真经。"我在补充他的话。

"其实，他们什么也没有取到，经历的八十一回磨难才是真正的真经。"

"是的，经历才是最珍贵的。"我无不感叹地说。

"希望我们能一起去经历坎坷和艰难。"

我没有回答他的话，低着头，默默地搅着杯子里的槟榔水。

"我敢说，只有我能读得懂你的书。"

"读得懂我的书，并非懂得懂我的人。"

"会读懂的，时间将证明我的一切。"

我招呼服务员过来买单。从哈乐出来，一个灯火闪烁的不夜城出现在眼前。柳星雨要去马路对面坐车，所以在站牌下我和他分了手，挥手告别。

　　踏上公交车，隔着玻璃，我看见他还站在路边，微笑着和我招手。我突然有一种预感，我们之间似乎要发生一点什么事，但可能吗？我摇摇头否定了自己这种猜想。车厢里人不多，头靠着玻璃窗，我不由得打起了哈欠，倦意向我袭来，想睡觉，但眼前都是柳星雨的影子。这个幽灵，什么时候钻进了我的脑子里？车子在晃动，一站又一站，走走停停，我的心也在摇荡，晃来晃去，很难受。那台悬挂在车厢里的电视机屏幕上，一个靓女正在唱歌："说声再见是否就能不太想念，拇指之间还残留着你的昨天……"

– 第二十三章 –

海上生明月

惠子打来电话让我到她家，好久没有和她见面了。

"雏菊，你过来吧，我买了一个十斤大的月饼，请你来品尝。"她的声音甜甜的，让人听了心里特别舒服。

日子过得真快，一晃中秋节马上就到了，对于一个流浪在外的人来说，最怕过的是春节和中秋节。我不由得想起天高云淡的内蒙古：此时它肯定已经百草枯黄，秋风吹过横无际涯的黄褐色的草原，树木都变得赤条条的，山也是光秃秃的，小溪小河都结了冰，就像一块镶在地面上的玻璃板。一个围着红头巾穿着花棉袄的女孩，手里拿着两根捅火炉的铁棒，双脚踏在一块木板上，木板下面钉着两根铁条，她两只手握紧铁棒，并用力点击玻璃板，于是，木板带着她飞快向前滑行……这个女孩就是我，那个木板是我自己制作的冰车，划起来速度很快，就像现代小孩玩的滑板。少年时我们家里就很穷，没有多余的钱给我买玩具。于是，我常常自己做各种小玩具，夏天，到河沟里挖红胶泥捏泥人，捏各种各样的飞禽走兽。但母亲从来不把我当小孩儿看待，她会安排许多活儿让我干，常常把我捏的泥人全部毁坏。我坐在地上哭闹，母亲就会抢起笤帚揍我的屁股。后来，我没有闲余的时间去捏泥人，所以，那种先天就有的雕塑天才细胞被扼杀在摇篮里。

记得，小时候的冬天也特别冷，小水洼变成玻璃板时，我就开始做冰车冰鞋，找一些木板和铁丝，去垃圾堆里捡一些废钉子，自己设计样式。我是一个很有想象力的女孩儿，坐在自己制作的冰车上，就像坐在一部能环游世界的旅行车上一样，在冰上一边滑，一边想入非非：将来我一定要到一个有大河大江的地方，那里一定很好玩，我要尽情地去划船游泳……几十年以后，没想到，我真的来到了这座江河环绕的城市……

又是一年过去了，我仍然不能回家，思念之情不禁油然而生。惠子是个善解人意的姑娘，无论过什么节日，总会打电话，邀请我们这帮难姐难兄们过去，在她的家里吃一顿饭，欢聚一天。

从杨基村地铁站出来后，没走几分钟就到了惠子家的楼下。电梯坏了，我只好慢慢爬楼梯，上了八楼，已是气喘吁吁。推开楼门，只见里面人已爆满，北戈、孤城都在这里，还有一些陌生的面孔，他们自然是惠子的朋友了。

"亲爱的难兄难弟难姐难妹们，别来无恙，我们又见面了，祝福近日发财！"我和大家打着招呼。

"赚钱不赚钱，大家在一起开心，网络做得成功不成功，大家都玩得痛快。"惠子在招呼着满屋子的人。她今天打扮得特别漂亮。这个女孩，有点印度姑娘的特征，眼窝深深的，鼻梁挺直，皮肤不算白，但非常细腻。她额头上有几颗青春痘，但并不影响她的美丽，相反，更给人一种青春美少女的魅力。她的发型也很别致，将乌黑的头发分出一缕，绕前额盘成三个发圈，然后，又将闪亮的水钻发卡戴在两鬓，和银光闪闪的耳环相映生辉。这是一个让人赏心悦目的古典美人形象。

"雏菊，明天就是中秋节，在这个节日到来时，我送大家一则短信，请大家看你们的手机屏幕，我要来个群发。"孤城兴致勃勃地说，他的脸上充满了快乐。

不到一秒钟，每个人的手机都响了起来，我打开文字信息栏目，屏幕上现出："天苍苍，野茫茫，暴富的希望太渺茫；水湾湾，路长长，没钱的日子太漫长；楼高高，人忙忙，今夜相约抢银行。接头暗号：中秋将至，提前（钱）快乐！"

大家看着短信，都乐得哈哈大笑，北戈说："我也送你们一则短信。"

手机又响起来了："我在建行开了一个账号，你没钱就去取，给你不多，只有四千万：千万要快乐，千万要健康，千万要平安，千万要记得密码一八八。祝你中秋提前（钱）快乐！"

"我送给大家的是一个十斤大的月饼，月饼代表我的心，让你们吃了开心又顺心。"惠子用刀子把月饼切成小块，放在白色的泡沫小碟子里。

孤城说："我还给大家带来了一颗大西瓜，这西瓜是我们宁夏的特产，有名的石头西瓜，吃了它，能美容消暑，清凉下火……"

"喂，你是给我们吃西瓜，还是卖狗皮膏药？"北戈打断孤城的话，他手里拿了一把锋利的刀，"我用这把蒙古刀来切你这个石头瓜。这把刀是我离开草原时，一位蒙古朋友送我的。他说我初来广州，人生地不熟，如果突然遇上个飞车党或窃贼，拿这把刀比画几下，或许能起到一点防身的作用。看见这把刀，我就想起了故乡……"

"喂，你啰唆啥？这西瓜还切不切了？挣了钱，买一张机票几个小时不就回去了？"惠子狠狠地挤兑了北戈一下，从他手里夺过刀子，给大家切西瓜。她一边切瓜一边又对我说，"雏菊，你去磨豆浆吧，我已经泡好了豆子。"

我进厨房去忙乎，给大家磨豆浆、做菜。几年来，我已经习惯了广州饭菜的做法，蒸鱼、蒸肉、蒸排骨、煲生鱼木瓜汤、焖米饭……也许是天气热的缘故，广州人是很少吃炒菜。即使吃炒菜，也纯粹是菜，芥蓝、油菜、苦瓜各炒一盘，放一点蒜蓉和姜末，出锅后绿莹莹的菜香喷喷的，看着让人眼馋。

　　大家都来自不同的城市，喝着豆浆吃着月饼，相互倾诉着在广州的酸甜苦辣。北戈问我："什么时候回内蒙古？"我摇摇头："不知道。"我也问他什么时候回去，他也是摇摇头："事业不成功，无法回家。"是啊，我们这些天涯沦落人，都有不能回家的苦衷和一种无法面对江东父老的尴尬和无奈。当初，我们走进艾瑞新的时候，一个个都是雄心勃勃，力争到年底人人实现五十万的目标。北戈也多次夸下海口，要带全团队的人回内蒙古草原，吃真正的手把肉，喝醇香的马奶酒。那时，我们刚刚接触网络生意，坚信这个生意能使人一夜暴富。如今，我们都离开了艾瑞新这个平台，辛辛苦苦组建起来的团队几乎处于瘫痪状态，就算艾瑞新还能做，我们已没有实力去重新组建团队，以后的路究竟该怎么走，心里没有底。现在是人心涣散，士气已失，我只感觉到心累。

　　"雏菊，我们一起来玩一个富人游戏。"惠子走到我面前，把一块西瓜递在我手里。

　　"你不做艾瑞新了？"

　　"做！告诉大家一个好消息，艾瑞新又可以公开做了。"

　　"团队都散架了，怎么做？"我很直率，眼睛里流露出一丝不易被人察觉的烦恼。

　　"正因为艾瑞新的团队现在是人心涣散，所以，我们运作一个游戏，来吸纳招呼更多的人来我们团队，一边玩游戏，一边继续做艾瑞新。长线短线一起运作。"

　　"这是个游戏。"北戈站在中央，手舞足蹈地给大家讲这个游戏规则，"也是一个爱心赞助，你拿出一千元，分别给十二个人寄出去，每人得七十元，公司也得七十元，人人平等。我们的命运掌握在自己手里，不是在公司手里，公司也不能控制我们。同时，也不存在崩盘和制度改变的可能，游戏一直玩下去，十三层出局，你就可以得到上千万。就算减去一个零，能得上百万也不错，再退一步，得到几十万也很划算。"

　　"能把本钱拿回来就OK了，经历了这么多网络营销的模式了，没有一个人做到封顶的。每一家公司的制度都看似完美得天衣无缝，又是奖汽车，又是奖别墅，说日封顶能挣几千元。但可能吗？到头来，我们是越做越穷，最后变成了难民。"我对这些网络生意已失去了信心，完全失去了以往的热情。

　　"雏菊，这个富人游戏是我玩的最后一把了，如果赚不了钱，就再不碰网络了。"

　　"北戈，你的变化太快了，今天到这个公司，明天又到那个公司，你让下面的人怎么和你合作呢？"我对他的做法深感不满。

　　"这回我一定要做到底，不会再跳来跳去了。"

　　"玩玩吧，都赔了不也就是一千块钱嘛，就算是赞助别人了，善心还是要行的。"说话的人是北戈邀请过来的，据说九年前在A公司做到了钻石，曾经去过泰国、法国，多次参加过A公司的邀请旅游，说起来也是直销的元老。但他在几年前就退出A公司了，说话有点夸夸其谈："我们现在是开开心心玩，在玩中挣钱，玩中消费。今天，我们玩这个富人游戏规则很公平，谁也不损害谁的利益，玩大玩小都在我们自己。花一千块钱，能挣几万，何乐而不为呢？"

　　惠子接起了他的话头："做这个游戏，我们挣的是百分之九十，公司才取百分之十。以前我们所做的公司，拿到的利润也仅仅是百分之二十到百分之三十，除去跑业务花的交通费、电话费、喝茶钱，所剩无几。"她说，这个游戏起源于美国，一个老太太偷了一个面包，被罚坐十天监牢，还罚款十美元。这件事被本州的一个市长知道后，他站出来号召全市的人，让每人拿出一美元来赞助贫穷的人，于是，这个慈善游戏使许多穷人变成了百万富翁。

　　孤城坐在我旁边，边吃月饼边发短信，此时，他好像有点无动于衷，我推了他一把，低声问："惠子打的是啥主意？"

　　"她想把我们再聚到一起，做这个游戏也只是一个幌子，挣点小钱，笼络人心。不过，每一个新项目的出台，大部分是靠炒作。炒起来了，是能挣钱，炒不起来，还是个崩盘。这个富人游戏，在理念上发生了一些变化。"

"你是不是打算要做？"

"顺手牵羊的业务，这回北戈是船老大嘛，支持他一把。你没听说，经济第五波是玩产品，第六波是玩钱。做股票、期货、融资生意已是一种趋势，那些生意我们玩不起。这种小生意捐赠少回报快，运转迅速。"

"我是怕没出海就翻了船。"

"怕翻船就别选择坐船，人生的路很多，要坐的车与要做的事也很多，不一定要走水路，但既然走了这条路、上了这条船，就不能顾虑那么多了。"

网络直销——一个无形的赌场，一个虚拟的无限大的空间，许多人想利用这个空间来改变自己，实现自己心中的梦想，想拥有自由的财富和时间。想梦就梦吧，想飞就飞吧，只有网络才能让你的想象腾云驾雾。梦里，你会像孙悟空一样，一个筋斗云就能飞出十万八千里，但醒来，还是在原地徘徊。

"海上生明月，天涯共此时。"这个中秋节，我们的心情就像广州的天空，灰蒙蒙、阴沉沉的。我知道这种心理对我的身体绝无好处，但我不能欺骗自己，如果连自己都欺骗，那就太不诚实了。

- 第二十四章 -

难兄难弟

一

这是一座用宝蓝色玻璃做外墙的大楼，大楼顶层是圆形的，圆形外面镶着绿色的瓷砖，远远望去就像一顶绿色的帽子戴在楼顶上。人们给这座楼起了一个雅号——绿帽子大楼。由于这个雅号，这座楼很有名气，大凡广州人都知道绿帽子大楼，但它的真正名字叫什么，人们已逐渐淡忘。绿帽子楼以前是一座纯粹的住宅楼，由于靠近繁华地带，地理位置促使它慢慢演变成一座商业楼。楼里什么公司都有，搞直销的、网络营销的、传媒的、电子商务的、融资的……各自在门口挂个牌，就开张做生意。楼外，各家公司五颜六色的广告牌、横幅标语飘浮在空中。我按照孤城发过来的地址，按下了电梯的指示灯，从电梯出来，我直接向一九一一房间走去。

推开门，第一个向我迎过来的是金蝉："雏菊，很久不见你了。"她伸开双臂给了我一个热烈的拥抱。

"雏菊，别来无恙。"孤城、邹洋、北戈、艾琳还有黎芷莹都站起来和我打招呼。

"哇，艾瑞新的难兄难弟难姊妹们，我们又见面了。你们是不是都去北京参加招商会了？"

"这次招商会你没去参加，真是遗憾。"孤城激动地说，"那气氛、那规模，令人振奋。"

"雏菊，上次天籁开业的时候，我就和你说过乾坤公司，领你见了乾坤公司在广州的第一人，她现在是身价百万的富婆。"

"你的身价不也是百万吗？"我拍了拍金蝉的肩膀，为她的成功感到高兴。

"乾坤公司给每个人成功的机会，你走上这个平台，也会变成富婆的。"

"我没有那么大的财命，能在广州站住脚就满不错了，搞不好还得去公园的长椅上睡觉。"

"不至于吧，大家都是同甘苦、共患难的难友，我们有饭吃就不会让你饿着。你看，金蝉大姐发达了，就翻手帮我们大家。"北戈满脸喜色，给我用一次性杯子倒了一杯水，"其实，我们赚不到钱，归根结底还是没有找到好的平台，你不是一直想坐下来写作嘛，如果你走进乾坤公司，就会拥有充分的时间来写作。"

"我们这回是跟着金蝉去挣钱，这叫有福同享，有难同当，金蝉吃肉，怎么也得给我们喝口汤。"

"不是喝汤，是我们一起来吃肉。你们发展客户的时候，如果有什么困难，尽管说话，俗话说：'没刀子杀不了人，手里有钱办事不难。'大家把在艾瑞新拼搏的劲头拿出来，有钱的多投单，没钱的就多发展人，而且可以给乾坤公司推荐人才、推荐好的产品。"

"金蝉呀，这么好的项目你怎么不早告诉我们呢？我在艾瑞新就算打了三个月工，累死累活好不容易才拿回本钱，一分钱的利润也没拿到。"艾琳返回头又对孤城说，"你这个小子真滑头，我进艾瑞新其实是看好你这个人，没想到我进去了，你却跑了。"

孤城嘻嘻笑着："现在，不是又走到一起了吗？"

"这回我是奔金蝉来的，我对她百分之百信任。"这个艾琳真是个变色龙，前几天还骂金蝉是个网络骗子，成事不足败事有余，是臭不可闻的搅屎棍，现在却把这根搅屎棍当成香饽饽。"钱"这个带着铜臭味儿的东西真是一种万能的化学元素，它可以使臭东西变香，也可以使香东西变臭，万事万物中只要把它掺和进去，就会发生质的变化。

"孤城是我拉他走的，以后我们是一个团队的人，大家要齐心合力，把团队迅速发展壮大，争取今年年底每人的收入达到六位数。"金蝉一改过去那种说话随便的样子。那个在汽车上和另一个女人打得不可开交的金蝉一下子变得斯文了，举手投足端起了架子，钱让她整个人从里到外都发生了变化。这种变化尽管令人不可思议，但确确实实是事实。上帝派天使把这张"百万英镑"的钞票送到金蝉手里，谁知道这位天神和撒旦又打什么赌？

"乾坤公司适合我们一些务实的人去做，不用再死缠烂打拉别人，自己投钱就可以挣到钱。"黎芷莹突然消瘦了许多，脸色苍白，好像刚刚大病一场似的。不用问，在天籁公司的失败对她的打击是致命的。我坐在她身边，突然问了一个和乾坤无关的话题："听说易购公司的网关闭了，是真的吗？"

"关网是早就预料到的事，这些外国人实在可恶，把我们中国人骗惨了。"孤城的情绪激昂，他义愤填膺地说，"运作这个项目，也许还是一帮中国人呢，不是有这么一句话：'知己知彼，百战百胜。'他们太了解中国人那种投资心态了，先给你甜头吃，让你赚一点小钱。当你把大量的钱，甚至把所有的存款都取出来全部投进去的时候，就马上来个金蝉脱壳。网一关，你到哪里去找人家？"

邹洋在一边插话说："股市你挣了钱！楼市你挣了钱！请先不要乐，你只是在为自己挖坑。说白了，你就是你的掘墓人，自己把自己送到'金钟永久'！有钱，大家谁不盼望，但，钱是相对的，也是最靠不住的。你今天挣了钱，只不过是在享受'摇头丸儿'带来的快感。说不定什么时候乾坤公司的网一关，咱们又是一个穷光蛋。"

"你小子只会说风凉话，要说有风险，就是坐在家里也有风险，有人吃饭还噎死呢。"金蝉不满地瞪了邹洋一眼，"现在什么行业的风险时间最短？做什么行业没有风险？就是把钱放在银行，我还担心哪天会发生伊拉克战争呢。我们现在真正实现了一边消费一边赚钱，而且不影响正常生活和工作，该干什么就干什么。但我要特别提醒大家，一定要理性消费，不要一口想吃个胖娃娃，除非你能自己承担这个风险。不然你还得一步一步慢慢来，把挣回来的钱再拿出去买新购权，也学着公司发展的模式，雪球般地增长。这时你就会感觉到，自己真正在随着公司成长了。"

"金蝉大姐说得有道理，投资要理性，千万不要把养命钱拿出来投资，公司一旦崩盘，跳楼也来不及。"北戈向来是个办事很稳重的人，他说，"你知道万闯吧？他出事了。"

"不会跳楼吧？"邹洋问。

"他是在玩信用卡，不知通过什么渠道，一下就办理了十几张信用卡，一共透支了十几万，全部投进了易购。如今，信用卡的钱还不了，你想银行能不追究吗？"北戈说，"前几天他还给我打电话，让我和他一起做易购。"

"他现在也不知道怎样，搞不好，会判刑的。"孤城的语气中含有几分惋惜。

"不至于吧，一共才十几万块钱，还了不就行了。"邹洋的嘴角挂着一丝轻蔑的微笑。

"说得太简单了，你知道他这十几张信用卡是怎么办下来的？假冒一个公司搞一个固定电话是很容易的事。在广州到处都是办假证的、私刻公章的，用这种手段行骗的人比比皆是。"

"照你这么说，银行的钱不都被人骗了？"

"多数人还是不想去触犯法律，上了银行的黑名单，这辈子也就完了。"

"万闯计划得很周全，想在易购挣一把，打一个经济翻身仗，谁知道易购会一下把网关了。"

"我给他打电话，一直是关机。不知道他现在怎么样。"想起我和万闯在中华广场见面的情景：他对易购这家跨国公司抱着十足的信心，聊天中，按捺不住自己马上成为百万富翁的那种亢奋激情。

"不清楚，我们今天抽空去看看他，大家在一起打拼，出了事，心里都不好过。"北戈的话说得大家心里都难受。

黎芷莹的脸色一下子也变得非常难看，她好像牙痛似的用一只手托着腮帮子，皱着眉头紧闭嘴巴，陷入了沉思。听别人说她也在玩信用卡，如果真是那样，处境就惨了，北戈的话很明显触动了她的伤痛。

"做融资生意就是这样，风险太大了，我们再看看乾坤公司出台的营销模式，基本没什么风险，稳稳当当挣钱。"金蝉说完，紧接着是孤城讲乾坤公司的概况和销售模式，讲总裁李晟如何在短短的几个月，就发展了全国三千家乾坤的专卖店、七百万消费者。乾坤的发展稳定而迅速，是中国经济大潮中扬起的又一艘大船。

孤城讲完，金蝉又说："这次去北京开招商会，已拿了一个专卖店回来，诗欣开发的是天河区市场，我们要把海珠区的市场打开。"她委托孤城任总经理，电脑报单财务管理由邹洋负责。她又讲了公司在东盟各国的发展情况。讲到最后她说："人生就是做决定，做错了，你就会为你的这个决定付出代价。在这个世界上，成功者永远没有借口，有借口的人永远不会成功。"

艾琳坐在她身边，不时给金蝉往杯子里加水，给她递擦汗纸巾。

接下来是黎芷莹分享，她说在天籁公司栽了一个跟头，损失了十几万，原打算和网络拜拜，没想到，去北京参加了这次招商会，又唤起了她的信心。乾坤是她投奔的最后一个公司，在这个平台上要是失败了，今生再不做网络生意。听了她的话，我笑着和北戈说："一旦陷入直销这个怪圈，就身不由己了，就像爱唱戏的人听见锣鼓声一样。前几天你不是也说在天籁公司是最后一站嘛。"

"花了这么大的代价打拼了这么长的时间，无声无息退出去实在有点不甘心，难道你甘心吗？"北戈反问我。

我无奈地摇摇头："不甘心又怎么样？我是担心粘在这网上下不来，迟早会被那只大蜘蛛吃掉。"

"我们已经钻进了蜘蛛的肚子里，要想不被它吃掉，必须变成蜘蛛侠，会吐丝了就能够存活了。"

北戈的话有道理。看来，我们要想存活，非得变成蜘蛛侠不可，不然，就得被蜘蛛吃掉。

我突然又想起奶奶讲过的那个故事，那个被蜘蛛吃掉的小女孩，心不由得战栗了一下。我有点恨奶奶，怎么给我讲了这么一个令我一生都感到恐惧的故事：一只蜘蛛窜到了一个女孩的肚子里，女孩的肚子一天比一天大起来了，到哪里看医生也诊断不出是什么病，就这样，蜘蛛在她的肚子里繁殖得越来越多。有一天，蜘蛛终于把女孩的肚皮撑破爬了出来，女孩的五脏六腑全部被蜘蛛吞噬掉了，她的肚子成了一个蜘蛛窝，所有的蜘蛛都围着女孩吐丝结网……那个死去的小女孩的阴影一直笼罩在我的脑子里。所以，我从小就害怕蜘蛛，生怕这东西钻进我的肚子里。长大了，也知道奶奶讲的这件事从科学的角度是站不住脚的，人肚子里的温度是很高的，蜘蛛就算能钻进去，也不会活下来，更不可能繁殖。我明知道这是一件民间演义的无稽之谈，但还是不能排除对蜘蛛的恐惧，大脑常常会产生一些荒唐怪诞的甚至是离奇古怪的想法，尤其是走进这个网络世界，我仿佛觉得自己钻进了蜘蛛的肚子里，而不是蜘蛛钻进我的肚子里，我无法挣脱那些蛛网的缠绕，就像唐僧进了盘丝洞，常常在恐惧中惶惶不可终日。

而且蜘蛛总是跟着我，我从公寓楼搬到下度村居住的时候，那间阴暗潮湿的小房子里，大概有一个蜘蛛巢，每天都会有几只蜘蛛趴在顶棚上。它们的腿很长，肚子也很大，我害怕，不敢进屋。后来，房东说只要不伤害它，它不会伤害人的。但我看见那形状就哆嗦，她不知道我从小就患上了这种恐惧蜘蛛的病，只是不住地说："没事的，蜘蛛在你的窗户上织张网，还可以防蚊子。"我宁愿让蚊子咬几口，也不能让它肆无忌惮地在我的房子里为所欲为。由于害怕，每天晚上睡觉时，我把自己严严实实地包在蚊帐里。但那只蜘蛛却胆大妄为，竟然爬到蚊帐上面，瞪着眼睛窥视我。我不知道这种昆虫有没有视觉，但它的感觉极其灵敏，稍有一点动静就逃走了。那次，我害怕得再也不能入睡了，有很长时间，我几乎天天失眠。后来，我买了一瓶超霸速杀剂，只要蜘蛛一出来，我就拿起喷雾器。它的八条长条跑得再快也逃不过我的追杀。它被杀死的样子很可怕，八条长腿同时向肚子里收缩，最后变成一个圆圆的黑色的球状体，从顶棚上掉下来。有了速杀剂，我就再也不害怕蜘蛛了，还可以制服它。但有一天晚上，我突然梦见自己变成一只蜘蛛，在速杀剂的气味中痛苦地抽搐……

早晨起来，当我睁开眼，突然看见地上有一只死蜘蛛，这是怎么回事？我明明是在做梦。于是，我极力回忆着梦中的情景，脑子有点懵懂，搞不清是蜘蛛吃掉了我，还是我杀死了蜘蛛？

金蝉的声音把我的思维从梦幻中拽到这座绿帽子大楼里，她说："后天，我们的商行就要开业，总公司要委派业务员过来参加剪彩仪式，还有公司的讲师来讲课。大家不要错过这次机会，把你们要发展的伙伴都带过来，尤其是艾瑞新的那些难弟难妹，让他们都过来。"

金蝉好像成了我们这些难民的救世主了，乾坤的又一个专卖店在绿帽子大楼诞生。广州这么大，怎么偏偏选择了这座绿帽子大楼呢？金蝉告诉我，她是找了一位大师给测过的，说这座楼的风水好，一九一一这个数字也非常吉利，所以决定在十九楼设工作室，一楼开专卖店。我总是把这个数字和美国的"9·11"事件联系在一起，心里也是惶惶的不怎么踏实。我问北戈在乾坤准备投多少单，他说怎么也得投一百单，每月返二千多元，先保证有饭吃。他问我投多少，我没有回答他的话，他大概看出我有难处，就说："我和金蝉说说，给你暂垫付一点资金，六个月出局后，你把钱还给她。"

"乾坤这个名字，总是让我感到心虚，比天籁还厉害。"

"心虚什么？全国七十万同胞都涌进了这家公司，你怕什么？天籁是没法和这家公司比的。"

"你知道乾坤这两个字的含义吗？"我停顿了一下说，"'乾坤'都是和八卦连在一起的，意思是你们进去之后，就转着吧，永远转不出来了。所以，一旦进去的人，就会迷失在它的转盘里。在里面转着转着……因为每个人都有贪心，如果第一次赚到钱，第二次就会投入更多，第三次又会投入更多更多……千千万万的后来者转进来，中国有十三亿人，就会永远无止境地跟着转。所以，乾坤只要转起来就不会倒，而我们只要转进去，也不会出来。"

"那不是很好嘛，我们在这个转盘里转着挣钱不就行了。"北戈一副胸有成竹的样子，"今年争取让薪水突破六位数。"

我没有再说什么。孤城和邹洋过来了，孤城说："雏菊，晚上我们一起去吃饭。"

"这几天我的胃又在疼……"我话还没有说完，金蝉就上去一把拉住我的手："吃饭去。"她是刚刚化过妆的，很漂亮，穿了一条褐色的质地紧密的短裙，上身是一件黑色的无领T恤衫。我的目光突然定在她胸前那幅图案上："红蜘蛛。"我失口叫了出来。

金蝉咯咯笑起来："许多人都猜不透这幅图案的寓意，这是一幅抽象画，可以把它看作蜘蛛，也可以把它看作一朵盛开的菊花。周围是银白色的图形，像蛛网也像一个又一个骷髅头。这件T恤是我第一次参加乾坤招商会逛西街的时候买的。西街是一条酒吧街，外国人不知道桂林，甚至不知道阳朔，但没有一个不知道西街的。下次乾坤在桂林开招商会的时候，你一定要去参加一次，你是作家嘛，说不定以后公司还要请你写传记呢。"

我一直在构思一部以直销为题材的长篇小说，这本书我已经写了十几万字，但总是找不到真正的感觉。最初的创意是想把地球比作一个大肚子蜘蛛，它日夜不停地吐丝织网，最后，把整个地球都网在里面了，人们都像附在蛛网上的昆虫……到处都是蜘蛛，到处都是网，人们每天都在这些网里钻来钻去，从此网跳到彼网，跳来跳去。渐渐地都变成了蜘蛛，会吐丝，像电视里演的蜘蛛侠……但写到这里，我又停笔了，因为我的本意不是写武侠小说，我也不会瞎编故事。于是，我又开始重新写，这回我的范围缩小了，我只写电子商务，写这些困在网里的难弟难妹。北戈是网络游侠，孤城是网络大侠，金蝉是什么？我的目光还是停留在她的胸前，那两个高高挺起的乳房，就像两只蜘蛛的肚子，她就是一只黑寡妇——成精的红蜘蛛。如今，我们这伙人都被她缚住了。

"雏菊，你写小说的时候，千万不要忘了我们这些难弟难妹们。"邹洋笑嘻嘻地望着我。

"忘不了，你们都是我书里的人物，我写的小说是真实的人和事，不是胡编乱造的，是有生活依据的。不过，将来书要是出版了，你们千万不要骂我，我毫无恶意，只是不想把这段生活忘记。"

"哈哈哈……"大家开心地笑起来。

"小说名字就叫《难弟难妹》吧，怎么样？"皱洋建议我起这个书名。

"好，我的书要是出版了，请你们去白天鹅宾馆喝茶。"我也非常兴奋，身边有这么多的姊妹弟兄，我永远不会孤独。

我们一起去了一家川菜馆，这家餐馆的玻璃上写了几个大字："食在广州，味在四川。"大家点了几道招牌菜，香辣虾、山椒凤爪、一品酸菜鱼、蒜泥白肉。坐在餐桌前，一伙人又侃起来，孤城说："雏菊，你给芳姨打个电话，让她后天一定过来，这个双枪老太婆做网络的道行不浅。"

"这几天我都害怕她来电话，那天你也看到了，老太婆缠得我很紧，是想让我在胡来有的公司投单，这是不可能的事。胡来有充其量是个鱼鳖虾蟹，成不了精。"我不想主动给芳姨打这个电话,"你是经理,名正言顺邀请她来吃开业饭,她能不来吗?"

"好的,我先给她打个电话。"孤城拨了芳姨的小灵通号码,手机里传来嘟嘟的声音,"不通,怎么回事?"

"我拨她家里的号,通了你和她讲话。"我从电话本上翻出号码,拨通了,但接电话的不是芳姨:"你找谁?"是一个女人的声音。

"芳姨在家吗?"我尽量把语气变得温柔一点。

"她住医院了,我是她女儿,有什么事?"

"没什么事,我是芳姨的朋友,她得了什么病?住在哪个医院?我去看看她。"

"中风,在越秀河南医院。"对方先放下了电话。

"芳姨住院了,前几天还好好的,怎么一下会中风呢?"她病得太突然了。

"人老了,就像熟透的果子,随时都有可能从树上掉下来。"孤城埋头吃饭。

"明天我去医院看看她,究竟发生了什么事?"我的眼前又浮现出那个秃顶头、身材肥胖的男人——手腕上戴一块仿制的劳力士表,中指上戴一枚白金也不知是白银的戒指,说话头顶冒汗,唾沫星乱飞。

"那个胡传魁式的人物,也能在广州拉起杆子做网头。"邹洋心血来潮,唱了两句《沙家浜》的台词,"想当年老子的队伍才开仗,十几个人来七八条枪……"

我说台词应该改一下,现在人拉杆子是三四台电脑五六个人,比胡传魁厉害多了。你说广州写字楼有多少?摆台电脑,放两把椅子,再雇一个员工,就是一个公司。

黎芷莹说:"公司开张的规模越大越是空的,就像一个吹起来的气球,总有一天会崩裂成碎片,天籁就是最现实的例子。"

　　金蝉接过话茬："天籁的总裁错误地估计了广州直销界的形势。再说，天籁的制度也不好运作，三条腿能站得稳吗？本身就是一个不健全的挂着拐杖的残疾人，所以，它注定是短命的。乾坤公司就是吸取了许多家公司的长处，出台了这个'来福消费'。倒着念就是消费来福。"她边说边给每个人斟满一杯茶，"大家举起杯子，为我们的来福消费干杯！"广州人不喝酒，我们这帮外地人也被同化了，吃饭不喝酒，只喝茶，没劲。

二

　　饭后，一伙人要去唱卡拉OK，我说胃不舒服就提前离开了。双脚踏上地铁，我身不由己地随着如潮汹涌的人流向站台奔去。列车扭动着身躯，嘶声竭力地吼叫着，从一条沉闷而昏暗的洞里窜出来。站台上黑压压的人群像中了吸星大法，发疯似的涌向那个狭窄的魔盒。两扇透明钢化玻璃门，就是关上一个世界，打开另一个世界的通道。人体在震动和挤压中宛如一群蠕虫，在匣子里挤来挤去，车与人摇晃着，变得酩酊大醉。

　　被庞大的系统程序输送到这个时间段的人不用问都是上班族。他们风尘仆仆，匆匆忙忙，如决堤的洪水，一浪高过一浪，一波接着一波；玻璃窗上飞速闪过的红绿广告，像风中摇摆的魂幡；手机里"嘀嘀嘀"的QQ声、五花八门的铃声搅得人心烦意乱；汗味儿、香水味儿、口香糖的清凉味儿，四处弥漫者，无孔不入。空间这么小，人与人擦肩而过，并肩而走，贴得是那么近。然而，一个眼神，一个转身，一个面对面，一个背靠背的站立都无法把心的距离拉近。

　　车厢那边传来一阵歌声，声音越来越清晰："我要告别平凡的生活/注定现在暂时漂泊/无法停止/我内心的狂热……"是许巍的那首《执着》。略带磁性的声音掩盖了刚才那不痛快的一幕，循声而望，只见一个弹着吉他的年轻人走过来——北狼！我的目光不由得停顿在那张冷漠的脸上，看不出快乐和悲哀，也看不出痛苦和无奈，倒是隐约可见一份特有的率真。一绺长发遮住了他的眼睛，他不时向后甩着头发。清秀的五官，不修边幅的衣服，一把吉他，一个敞开的旅行包，一张粘贴在包上的白纸，上面写着："给钱就卖。"还有一张十元钱……他就这样出现在人潮中。旅行包里装满了A公司的产品，牙膏、洗面奶、洗洁精、钙镁片……他的手指弹着吉他，眼睛没有看向任何人，也没有向任何人乞讨。我把目光聚集在那张十元钱上，揣摩着其中的含义，是十元起价还是十元起家？是创业的招牌还是标志？是对人民币的鄙视还是斤斤计较？没有人买他的产品，更没有人给他往挎包里放钱。他也不看自己的钱袋，只是投入地唱着。那深邃的目光背后，隐藏的是什么？想超越这平凡的生活，还是对未来的执着？人们挤来拥去，摩肩接踵，但他依然在唱，不在乎周围人的存在，不在乎别人是否能听懂他的音乐，更不会乞求人们给他一点掌声或者是怜悯。也许，他只是想展示一个真实的自我，想寻找属于自己的世界，实现美丽的音乐之梦。他走到一个女人身边，女人顺手拿起一瓶洗面奶，端详了好久，说："假货吧？真货一瓶一百多啊。"

"我就愿意卖十元。"他的声音吸引了全车厢人的目光。

女人又拿起一瓶钙镁片："也是十元吗？真货一瓶三百多啊。是不是过期了？"

北狼从她手里抢过产品："我没有强迫你买啊。"

"你有多少货？我都要了。真给A公司丢脸。"女人又仔细看着每件产品的包装，用一种蔑视的目光看看北狼。

"我有多少货，扔到地沟里也不会卖给你！"看得出，他在A公司已经一败涂地。

"精神有毛病。"女人抛下一句话，下车了。这时候，我才发现，她手里也提着一个印着A公司商标的塑料袋。

"我刚从精神病院出来。"北狼冲着她大喊一声。然后，他又放开嗓子唱着："我要告别平凡的生活/注定现在暂时漂泊/无法停止/我内心的狂热……"

我想掏一张纸币，但没有勇气直面他。我是怕他难堪，还怕破坏了他心中那个五彩缤纷的音乐梦。给他钱，岂不是玷污了他那个率真洁白的世界吗？

列车跑乏了，摇晃着疲惫的身躯走走停停，喘息之机，又是一阵骚动。一股人流潮水般涌来，我被卷得离他很远，但依然能清晰地听到那震撼心灵的歌声："可你知道我无法后退/纵然是我苍白憔悴/伤痕累累……"似乎有什么东西迷了我的眼睛。列车又启动了，一站又一站，密密麻麻的人如电脑里无数个英文代码，在隐形鼠标的点击下，不停地在这张地网里窜来跳去……

人流过后，地铁有了片刻的宁静，北狼的身影仍然浮现在我眼前。我不禁深思，去追溯潜伏于心灵深处的某种意识。当时间抹去已过岁月的痕迹，某一天某一月，或者某一年，可以和这个真实世界并肩行走的是那些能够挣脱一切束缚，能够穿越黑暗，飞向光明的强者。

三

滚动的电梯拖着我从那张地网里出来的时候，眼前已经是华灯闪烁。手机里传来短信息，是柏焜的："雏菊：近日好吧，我明天去宁波。"他的突然离去，让我感到有点悲凉，也有点失落。在A公司的时候，我们一起筹谋大业，谁知壮志未酬就各奔东西。让我难以忘怀的仍然是我们在一起跑市场的情景，在麦当劳喝咖啡，海阔天空地聊天……一切都那么记忆犹新。我回短信说："'莫愁前路无知己，天下谁人不识君'，闲暇时给我发个短信。你是我在广州唯一的好兄弟。祝你一路顺风。不要为我担心，黎明前的黑暗总会过去的。"

"我相信你一定会做得很棒。"

我没有再回，说什么？我不能告诉他自己现在是屡战屡败，艾瑞新的团队崩溃了，天籁公司崩盘了，我大大小小做的十几家公司的网络，都以失败告终。我突然想起苏格拉底说过一句话："一个不懂得自我检视的人生是不值得活的。"看来，我得检视一下自己了，我来广州究竟是为什么？为我的文学事业？为儿子？还是为赚一笔钱？

夜深了，万籁俱寂，心底的钟声又一次敲响，我突然有一种想写作的冲动，但写作又为了什么？想通过写作来改变自己？写了三十年，我似乎还是原来的老样子，只是肚里的故事多了。像一个吐丝的蜘蛛，自己为自己编织大大小小的网，直到作茧自缚。唯一的改变是我变斯文了，走出去没人认为我是家庭主妇，也没人说我是下岗女工了。但这些又有什么用呢？我还得去干连下岗女工都不想干的活儿。但上帝还是给了人一个自由的意识，让每个人都具有三个时空：过去、现在、将来。过去的事情已经过去了，不能代表今天，无论过去多么重要，多么辉煌，只有放下才能走得更远。我们能掌控的只有现在，活在当下，做好现在的事。

此时此刻、此景此物，才是要珍惜的。将来是目标和理想，当我们不知道做人的目的是什么就匆匆来到人世；当我们不知道结婚的目的是什么就匆匆结婚了；当我们不知道在这个世界上干了些什么事，可能就匆匆死去。这就是一个人生命的过程。

我双脚踩着这条小路，有点轻飘飘的，那是一种上不着天，下不着地的感觉。马路上，一切似乎都变得那么陌生，就像我初来广州时一样。这个城市是一座魔城，你离开它一天，它就会变得让你认不出来，它永远不会记住谁，也不会挽留哪个人，每天都有成千上万的人走进来，又有成千上万的人走出去。

　　这无情无义的现实
　　让我的情绪一次次膨胀
　　我把它压缩成文字
　　或者变成一张创可贴
　　让那撕裂的伤口

不再疼痛流血

踏上公交车，我静静地坐在右手边靠窗口的位置。这个位置，能看清汽车的站牌，更能看清楚那些拥挤在人行道上的人流，奔跑在柏油路上一辆接一辆的汽车。一座比一座高的楼房从眼前闪过，一幅巨大的广告牌竖立在一座正在兴建的大楼旁，一行大字非常醒目："竖立起来的二沙岛。"一个半裸的女人高高挺立着两个肥大的乳房，面向大海，风吹起那长长的纱裙，两条大腿露在外面……二沙岛、女人的乳房，让我陷入无限的联想中，现代人的思维稀奇古怪，广告拍得莫名其妙，我怎么也想不出，女人的乳房怎么能和二沙岛联系在一起？这幅画面又怎么能和这座将要竣工的豪华大楼联系在一起？不可思议。

– 第二十五章 –

心灵的牢笼

一

惠子又给我打来电话，让我去葵苑茶楼喝茶，我说有事去不了，其实是喝不起这茶了。天天请客户喝茶，每天的费用是一笔很大的开销，存折上的钱越来越少，心里也越来越恐慌。我在尽量压缩开销，但这终归不是办法。艾瑞新工作室，只有惠子和艾琳两人还在那里死撑着。但惠子执意让我去和她见个面。我有点不大情愿，但又不好推脱。

电梯的按钮还是不灵活，按了四五次，指示灯才慢慢从九楼窜下来。电梯空间很小，一个男人边打电话边推着一辆自行车走出来："喂喂，你过来吧，这是一家新开盘的网络公司，空中沃尔玛，制度非常人性化，干好了一个月挣个十几万不成问题。"这世界是怎么啦，走到哪里，都能听到这种声音，又是空中沃尔玛。

昨天，《经济半小时》节目报道了一个网络公司，一个女人站在台上慷慨激昂地讲："我们这里是空中沃尔玛，只要你的手指点击电脑键盘，要什么有什么。"这句话让我想起了阿里巴巴的神灯，想起了《渔夫的故事》里的那个聚宝盆。

镜头转换，一大群人聚在一间房子里，那个女人又在喊："举起你的双手……"大家拼命鼓掌，女人拼命喊："举起你的双脚。"情不自禁时，大家又开始用脚踩地板，阵势不亚于六级地震……

镜头又换了，还是定格在那个女人身上，一张苍白的脸，一双绝望的眼睛，一声声呼天抢地的号啕大哭："我家里有女儿呀，我好后悔啊……"非法传销，一顶帽子戴在她头上，大概至少得判几年徒刑。

这种空中沃尔玛在广州多如牛毛，每一座大楼里不知有多少家这样的工作室，能抓得过来吗？再说，这世界也犹如一只硕大的蜘蛛，这只大蜘蛛在不断地吐丝，不断地繁殖小蜘蛛，就是把这些小蜘蛛拉出去都杀死也没有用，那只大蜘蛛一天不知要繁殖多少。可怕！我又想起奶奶讲过的那个故事。有时，我感觉我仿佛又像卡夫卡小说里写的那个变形人，不过我不是变成一只大甲虫，而是变成一只大蜘蛛，在不住地吐丝，不住地织网，不住地捕获一些小昆虫……而有时，我又会觉得自己就是那个被蜘蛛吃掉的女孩，五脏六腑似乎都被掏空了。

前几天，我和柏焜在网上聊天，我说："原以为做电子商务会加快成功的步法，没想到越做越累，我是为自己又编织了一张网啊。"他说："世界原本就是一张网，有谁不是方出彼网，又入此网。"是啊，他这句话是很有概括性的，说到底，整个世界是一张网，地球是蜘蛛硕大的肚子，我们每个人是附在这张蛛网上的昆虫，不停地在这张网里窜来跳去……我脑海里突然涌出《黑客帝国》里莫斐斯说是那句话："每个人从呱呱坠地起，就活在一个没有知觉的牢狱中，一个心灵的牢笼。"一个庞大的母体，一张庞大的网。其实，人都在虚拟中被一张无形的巨手掌控，很少有人能挣脱束缚自己的心灵牢狱。

只有选择了自我，选择了真实，选择了心中的最爱，你才会看到另一个维度的世界，和它平行，和它共存，和它一起享受自由和快乐。

电梯的门关上了，我的思维又回归到现实中，还是一个人孤单单地站在这个小方格里，几秒钟的时间，我就从地面升到了半空。住楼房就是好，置身在云雾中，会产生一种飘飘欲仙的感觉。没有门铃，我只好敲门，不一会儿，一张女孩的脸出现在防盗门前，隔着一条条不锈钢管。她问我找谁，我说找惠子，她迟疑了一下，还是给拉开了门。

客厅里很乱，冷冷清清的，惠子躺在沙发上，正在做面膜，她的五官被那张透明薄膜遮盖着，不能说话，示意我坐下。我刚坐稳，手机就响了，是一则短信："广东移动优号《蜘蛛侠》火爆热演中，请发送短信到07689，花两元可领取天河电影城三十元一张的电影优惠票。"看着这则短信，我的大脑又被蜘蛛塞满了，这部电影我在电脑上看过，那是一个比卡夫卡笔下的变形人还厉害的一个会吐丝的蜘蛛人，能飞檐走壁，穿一身黑色的衣服，常常在夜晚爬在楼房的墙壁上，要不在空中飞来飞去……

二

惠子从沙发上坐起来，撕下脸上的面膜："雏菊，这几天做什么呢？"

"什么也没做，你给我打开电脑看看。"

"看什么？"

"易购的网是不是打不开了？"

"网关了。"惠子的口气很平静，"这是早就预料到的事。"

"完了，万闯的百万英镑梦又破灭了。"

"做投资生意就是这样。"惠子神色淡定。

"听北戈说他投进易购几十万。"

"谋得心狠，亏了老本，他哪来的钱，一次投进那么多？"

"他在玩信用卡，据说办了十几张卡，这次钱全赔了，银行能不追究吗？"

"他是破釜沉舟了。"我想起那天在麦当劳和万闯聊天的情景。想起他说的那句话："前面是天堂，后面是珠江。"他上不了天堂就得跳珠江了。心又开始一阵阵慌乱。"易购这回圈走中国人的钱有几千万，甚至上亿元，美国人就是厉害，会做生意。"

"应该是会骗人。"

"中国人甘心让人家骗嘛！"

"中国人是穷怕了，人家给你一点甜头，先让你赚一些钱，就像撒网捕鱼一样，先撒鱼饵，鱼聚得多了，才一网捞尽。而这些投资人往往是财迷心窍，看不透这一招。"

"看透了，又能怎么样？明知道有风险，但许多人还是要去冒这个险嘛。在易购赚到钱的人也很多。好了，不谈易购了，我这里又有一个新项目。"

"你又在做新项目？艾瑞新不做了吗？"

"金蝉釜底抽薪，把你们这些精英都带走了，我成了光杆司令，怎么做？"

"不是还有艾琳吗？"

"她早就让金蝉挖跑了，艾瑞新的团队彻底崩溃了。"惠子一脸平静，口气也非常淡然。

"北戈和孤城他们这几天都忙什么？"

"你明明知道他们在干什么还故意问我。"惠子生气了，这气看来是冲着我来的。

"艾瑞新的人都被这个女人带走了，当初混进我们团队是来挖人的，我不会让她这么嚣张。等着吧，我会让她哭着给乾坤吊孝。"惠子咬牙切齿地说。那双眼睛闪着暗幽幽的光，我突然想到那只蜘蛛，心不由地打了个冷战。

"她挣钱了，有这个实力。去北京开招商会，吃住公司报销，旅游几天也不错。"惠子应该清楚我的言外之意。

"我现在做'心甘露'，一个新的刚开盘的网络，一份单五百八十元，产品很好，这是点点返利。你进了单，后面的人只要进单，每单你就挣二十元，你推荐一个人进单挣一百元，而且还挣上面人的百分之十，挣下面人的百分之十五。你坐在家里收钱就可以了。"她不停地说着，我只是默默地听，看来，天上又掉下一个大馅饼，房檐头不知会不会流下醋？这回我要不张开嘴，就错过机会了。

"下午，你去见一个教授，让他给你检查检查身体，看吃哪一种保健品更适合治疗你的肠胃。"

我仍然是笑着点点头。

她说够了，终于闭上了嘴巴。我要走，惠子却留我吃饭，我只好又坐下来。那个女孩给我盛了一小碗米饭，只炒了一小盘菜，煲了一小锅生菜汤，这就是三个人的饭菜。我肚子瘪瘪的，也不好意思再盛饭吃，有点不情愿地放下碗。惠子还是让我去听课，我摇摇头说："免了吧，听了课我也没钱投单。"她马上沉下脸说："我给你打个的士让你去听课，你都不领情。"

我没有吭声，从网络上挣脱下来的我，已是精疲力竭，没让蜘蛛吃掉就是万幸了，我实在不敢再碰那些网。惠子那双大大的眼睛里闪着黑幽幽的亮光，我又想起那个被蜘蛛吃掉的女孩，眼前突然幻化出一个硕大的蜘蛛，日夜不停地吐丝，黑色的缠绵不尽的丝啊，织成了一座纵横交错的盘丝洞。八条长腿在黑暗中延伸爬行，贪婪地吞噬这些被粘贴在地网上密密麻麻的昆虫。此刻的我也变成一只被挤瘪的小虫，想挪动一下双脚，但身子似乎被什么东西缚住了，无法挣脱那蛛丝的束缚。脑海里又呈现出一条可怕的信息：我是我自己吗？我仿佛置身于一个陌生的不真实的世界，这里是一群毫不相干的人，冷漠的脸、冷漠的目光……我浑身不由得颤抖了一下，心好像被什么东西吞噬一样，隐隐作痛，我想赶快离开这个地方。于是，我站起来，和惠子打招呼，她只是冷冷地用鼻子哼了一声。

　　已是下午三点，天气很热，我撑开了伞，慢慢地向对面马路走去。一辆接一辆的汽车开过来，热腾腾的空气包围着我。我心里闷得慌，仍然坐83次车，仍然坐在来时那个位置上。很累，身子靠着椅背，闭上了眼睛，车子在摇晃，我到终点站才下车，不必担心坐过站，也不用去看沿路的站牌。不知睡了多久，朦朦胧胧中，耳边响起女播音员清脆的声音："各位旅客，珠江总站到，欢迎您下次再乘坐83次汽车。"

　　从车里走出来，好像走进了一个灼热的水蒸气罐，汗水顺着毛孔往外窜，我撑着伞慢慢在江边走着。江中，几只游轮慢悠悠地在水上漂来漂去，没多少游客。江水犹如一面褪了水银的镜子，在阳光下闪着斑斑驳驳的光。没有来广州的时候，在电视上看珠江，它是那么美丽迷人，但当你真正站在江边时，它就像一个没有梳洗打扮的邋遢女人，但这是让我们看到的最真实的没有粉饰的珠江。也许就是这条珠江吸引着很多外地人涌进这个城市。我独自站在江边，默默地对江水诉说我的艰难遭遇。摘了一片树叶投进江里，它宛如我捎给故乡人的信，虽然没有邮票，但我知道它已带着我那永不放弃的追寻，漂向了很远的地方。我不知道自己该去哪里。想约个朋友见见面，聊聊天，但约谁呢？拿出电话本翻翻，没有一个要约的人，所有的人不是做网络直销的就是做保险的，和他们见面除了说产品销售就是说网络，我一点心情也没有了。突然想起该给万闯打个电话，拨通电话，话筒里有一个声音在说："已停机。"怎么停机了？不会出其他事吧。想那么多干什么，还是回我的鸟巢，写我的作品吧。

三

　　走过天桥，我突然看见一个熟悉的人影——夏月，她的面前摆着花花绿绿的女人内衣和袜子。"十元钱三双袜子啦……"她不停地喊着，见我走过来，像看见陌生人一样，仍然在高喊着："袜子，卖袜子了……"

"生意还行吗？"我不知道该和她说什么。

她眼里仍然含着怨恨的目光："行不行也得干，挣个吃饭钱。"

我很佩服夏月这种实实在在的生活态度。

"很久没有和恒柔联系了，不知什么原因，她一直不接我的电话。"我怎么也想不通也理不清恒柔远离我的真正原因，究竟我哪些地方做得不对而使她对我如此冷淡？我纳闷，扪心自问，并多次想和她解释，但她始终没有给我这个机会。

恒柔像一阵风，从我身边吹过，什么也没有留下，哪怕是来一个电话或一则短信，我的心里都会好受一些。在漫长的沉默中，我的情感在接受着苦痛的切割，日子一天天过去，我在静静地等待，希望时间来为我们打开这个死结。

"她也许回加拿大去了。女人哪，找个好老公，一辈子享福。"她口气不冷不热，看见一个时髦漂亮的女人过来，马上笑脸和对方搭讪，"我这里有几盒凯琳莱化妆品，滋养霜、美白精华露，你看看吧，打五折给你……"看来，卖袜子只是个幌子，她要变着法儿把囤下的货卖出去。我没心情再和她说什么，拖着疲惫的双腿走下天桥。

肚子瘪瘪的，去市场买了一斤生菜，煲了生菜汤，煮了米饭，吃得很有滋味儿。我一边吃一边在想，多少年以后，谁还会知道，一个流浪的作家，一边吃着生菜汤，一边在写作。这间小屋，白天点亮灯，不写作时，就赶快把灯拉灭，生怕浪费一度电。谁又能知道，在那个炎热的夏日，在那间没有空调的房子里，那个穿着短背心的女人，腿和胳膊被蚊子咬了一口又一口，汗水不断地滴在稿纸上……不用谁知道，我自己会欣慰地说一声："那样的日子，让我写出那样的作品，那样的日子，我是那样的真实，我没有嫌弃生活，没有埋怨上帝……"

我选择了别人

不愿意选择的桌子

靠近心灵

无论白天黑夜

都能和自己

直接对话

- 第二十六章 -

通向天堂的路

一

　　易购公司的网页打不开了，全广州许多人做易购基金做疯了，投资几百万的人多得很。外国人就是会赚中国人的钱，一个A公司十几年卷走的钱就不知有多少个亿，这个易购比A公司的手段要高明百倍，什么也没有，一个虚拟的网络就把中国人的钱圈走了。我想给万闯打个电话，但一直拨不通。一种不祥的预兆在我脑海闪现，他不会出事吧，心里突然感觉惶惶不安，感觉有一种不祥的阴影笼罩在我的头顶，不由自主想去看看万闯。和北戈约定了时间，我俩坐公交车同时到了天河城。

　　天河棠下村是广州最大的外来人口集聚的城中村，这里居住着几十万名外来人员。村里的巷道店铺林立，行人比肩接踵。这里原来是大片的土地，后来，被广州这座张开大嘴的城市一点一点吞噬。原来靠种庄稼和蔬菜为生的农民，再不用和土地打交道了。他们拿了国家给的那些土地征用费，盖起一座座小楼阁，就这样，一座庞大的城中村出现在广州的边缘。村中居住的人有小商贩、民工、刚毕业的大学生、打工仔……万闯就住在这里。北戈熟悉这里的每一条小街、每一栋楼房。他带着我七拐八绕才到了万闯住的地方。北戈敲楼门，好长时间，一个穿着拖鞋的广州男人才拉开门："找哪位？"

"208号，有人吗？"

"你们是他什么人？"

"朋友。"

"他死了。"

"什么？"我俩被这突如其来的消息惊得瞪大眼睛。

"死了，算我倒霉，两个月的房租都没得要。"房东口恶狠狠地瞪了我们一眼，就要关门。

"您等等，他是怎么死的？真死了吗？"北戈一只脚迈进门里，想和房东问个明白。

"跳江了。"他的话实在太突兀了，让我觉得脊背一阵发冷。

"这……这……这不可能！"北戈另一只脚也跨进门里。

我两腿瘫软，头一阵昏眩，连迈步的力气都没有了："万闯，你真的走了那一步？"

"我们能进他房间看看吗？"

"看什么，前几天公安局来贴了封条。人都死了，还封门干什么？难道怕鬼回来？害得我房子都租不出去。"房东的语气冷得简直令人战栗，门"砰"的一声关上了。

我和北戈愣在门外，面无表情地呆呆站着。一会儿，北戈眼睛直勾勾地瞪着楼上那扇紧闭的窗户，突然，将双手成喇叭形状捂在嘴上，声嘶力竭地呼喊着："万闯……万闯……"泪流满面的他喊累了，双手抱头，蹲在地上不住地喃喃自语，"万闯，万闯，你真的走了吗？"

我们怎么也不能相信这是事实。"万闯，你怎么能走这条路呢，就算失败了，你还有足够的时间继续从头再来，就算你犯下天大的错误，你还有改正的机会，就算你一无所有，你还有生命。你怎么把生命当赌注，赌给了这座城市呢？"我在心里不住地说着，心痛着，泪流着。

我还记得和万闯最后的那次见面，那时候，他雄心勃勃，梦想着有自己的足球俱乐部，有一支中国特色的足球啦啦队……如今，一切都化为了泡影。珠江啊珠江，你是广州人的母亲河，也是千千万万漂泊者向往的河，你容得下很多打工者的眼泪，也拥抱了很多年轻的生命。你日日夜夜流淌不息，那么谁还会想到曾经有这么一个人，曾经想在这座城市里生存发展，曾经想在这里实现自己的梦想？但他还是走了，谁还会记着他？也许，他的妈妈每天都在盼着儿子回家。大雁南飞又北归，她的儿子却再也不会有归期。

万闯从来没有和我们说过他的家事。我只知道他是北方人，是我们漂一族的一个成员，一个兄弟，一个喜欢拼搏冒险的人。我本来不想把万闯的结局写得这样悲惨，太让人伤感了，但万闯是没有退路，他在跳江的那一刻，已经是想了许久。也许，从一开始走进广州，他就和珠江有了不解的缘分，否则，他不会常常说那句话："前面是天堂，后面是珠江。"他为自己想好了退路，这是他生命中的一劫，他无法逃脱。

万闯无声无息地走了，他把手机的电话号码都删除得干干净净，什么遗物也没有留下。他不想惊动家人，也不想惊动朋友，更不想让人知道他的去向。他的尸体怎样处理了，不得而知。梦里，我常常会看见他，他还是穿着那件深蓝色牛仔裤，粉红色T恤，肩上挎一个带子很长的黑色挎包，包里装着气喇叭、荧光手、各种彩色面贴。他笑嘻嘻地站在我面前，告诉我，他要去看足球赛。万闯，你走好。

二

柳星雨突然给我发来一则短信："雏菊，好久没有联系了，下午有时间咱们见见面吧。"

"在哪里会面？"我一边发短信一边琢磨，柳星雨今天怎么想起约我。

"在天河购书中心对面的麦当劳。"

"好的，不见不散。"我回短信后，脑子里又在想：柳星雨约我不知有什么事？

坐178次公交车在天河体育中心下车，我慢慢向麦当劳走去。好久没见面，不知他现在做什么。还在做B公司的产品吗？刚过人行隧道，他已在隧道口等我，远远地就朝我嘻嘻笑着，还是原来的老样子，穿一件黑色的休闲上衣。他问我："你怎么这么久都不给我电话？"

"我为什么要给你电话？"

"我们是知己嘛，什么叫知己？就是彼此相互了解，是情谊深切的朋友。"

我满脸忧伤，无心情和他说话。

"怎么啦？"他看出我情绪不大对劲。

"万闯跳珠江了。"

"我的话应验了吧，做那些非法融资，迟早要出事的。"他说这话的时候脸上毫无表情。

"他赚了就应该收手。"

"能收手吗？人的欲望是无止境的。赚了还想赚。我也曾经想过跳珠江，不说这些了，太伤感。"他双手放在背后，眼睛凝视着天空。

天阴沉沉的，好像随时要下雨。我和柳星雨慢慢走过天桥，走进一家麦当劳。我们选择了靠窗户的位置坐下来。

"你还在B公司吗？"我问他。

他点点头，一副心事重重的样子，喝了一口咖啡又问我："你呢？"

"还在做艾瑞新。"我没有告诉他真实的情况。

"艾瑞新还能做吗？"

"都隐身上网了，转入地下工作了。"

"你们都成了地下党了。"他的口气中带有一点调侃的味道，"你做得怎么样？"

"惨淡经营。"我无奈地摇摇头，很想和他说自己做得很辛苦也很累，但许多话到了嘴边又咽回去，说这些有什么用呢？

"一个公司没有企业文化很难做大做强，就像一个没有灵魂的人一样。文化这个东西是很可怕的。"

"但文化再好，挣不了钱也是留不住人的。"

"在这个平台上要想成功，不是你想象的那么容易。"

"正因为有难度，才值得去拼搏，人人都能得到的东西，你也能得到就没什么意思。只有抱着吃苦的心态和坚强的毅力，才能心想事成。你的态度在很大程度上决定了人生的成败。"

"柳星雨你还是那么狂热，我已完全不把这个梦想寄予在营销这个平台上了。在这个行业里，那些金钻、皇冠是很令人羡慕的，但这些荣耀是水中月镜中花，可望而不可即。"但我的这些话都没有说出口，我不想再谈这些乏味的内容。于是，我把话题一转："前几天，我在网上看了一个故事，很有意思，你不想听听吗？"

"听听吧，雏菊老师喜欢的故事，一定是有意思的故事了。"

两杯咖啡，一盒油炸薯条，两人漫无边际地聊着……

从前，有一个吴姓的穷人整天梦想着发财，有一天机会终于来了，他的邻居给他引见了一位波斯商人。商人自称来自世界上最富有的国家，拥有世界上最多的财富，可以生产世界上最好的产品。而且只要穷人使用他的商品并不断地向他学习，三五年后，穷人就会和他一样富有。于是，一个穷人就变卖了所有家产投奔了波斯商人，每天花五两银子买在波斯价值一两银子的商品，再花一两银子向波斯商人学习。他把自己的亲朋好友也叫来不停地消费、学习，然后再消费、学习……很快这个穷人的银子就花光了，老婆没钱换新衣、孩子没钱进学堂。走投无路后的他去找哥哥借钱。哥哥说："你就不能做点别的？老婆孩子都吃不上饭了，你到底为了什么啊！"穷人理直气壮地说："我是不会做其他的，我为了他的文化，只要坚持就一定能成功！"哥哥气愤地说："你身上连一点民族气节和国家尊严都没有了，你还哪来的事业啊！"第二天，这个穷人的老婆就带着孩子改嫁了。三五年过去了，波斯商人带着无数的金钱回到了波斯，并自豪地说："中国人的钱真好挣啊！"而穷人还是一个穷人，看着改嫁的老婆和改姓的骨肉悲感交集，从此改名叫吴知。后来，由于波斯商人的宣传，世界各国商人纷至沓来，一些国外积压货到了中国叫他们一吹就神了，全部成了世界名牌。有些老外没钱开公司，就把自己包装一下摇身一变，成了成功学大师，专门教中国人如何赚钱！有一个残疾人老外嗓门比较大，在舞台上叫几声竟能挣到几十万！就这样，外国人越教越富，中国人越学越穷……"

"这个故事隐喻了一些东西，很有意思，但愿我们不要变成那些穷人。"

我俩都陷入沉思中，慢慢地品咖啡，思绪也慢慢地在回忆的长廊里漫游……

咖啡喝了一杯又一杯，不觉三个小时已过："走，我们吃饺子去。"我站起来，伸了伸僵直的双腿，向外走去。马路上，已是灯火璀璨，我和柳星雨漫无目的地走着，从正佳广场穿过去，走过天河北路口，终于看见一家饺子馆，两人点了两份饺子，一盘凉菜，慢慢吃着。

从餐馆出来，在体育中心站牌下，我和柳星雨挥手道别，他一再叮嘱我："雏菊，告诉你一个内部消息，最近，两广地区的直销行业开始大规模整顿。据说有关部门已派出大量暗警深入到直销圈内，开始撒网抓人，不要再去那些没牌没照的传销窝里乱窜了，你根本不知道身边哪个人是暗警，一旦被拍了照，后果不堪设想。"

"谢谢你的提醒。"

"直销行业是要进行一次大的整顿和规划了，像现在这种混乱的局面不会维持多久。"

"天籁公司的老总说过一句话，把鸡蛋放在怪物的屁股下，孵出来的就不会是小鸡了。现在的直销行业就像这个怪物孵出来的东西。"我也深有感触地说。

我们是在玩一颗怪物蛋，还是在玩一个迷人的玻璃球？

第二十七章

一扇虚掩的门

一

夏月患了一种奇怪的病，背上起了许多小水疱，她说是晚上睡觉让蜘蛛咬的。听了这话，我的心不由地战栗起来，又是蜘蛛。不会吧，住的是楼房，窗户上又罩着防蚊纱，蜘蛛怎么会爬进来呢？她脸色苍白像像一张道林纸，说话声音有气无力："爬进蜘蛛算什么，前几天，有个黑衣人还爬进死鬼老头子的房子里呢，她以为那死鬼老头子回来了。"

"你说什么？"我不大清楚她说的话。

"我那死鬼的老婆，被一个黑衣人入室抢劫了。"她的眼里射出恶狠狠的幸灾乐祸的光。

"你是说芳姨吧，她不是住在五楼吗？怎么会进去人呢？"我终于明白她说的话，也知道了芳姨住院的原因。

"现在的贼都是飞檐走壁的蜘蛛侠，五楼算什么？你以为有了防盗门窗贼就不会进去了？"

"芳姨没事吧？都抢了什么东西？"我急切地问。

"听说当下就吓得昏过去了，醒来后就中风了。活该，这个老不死的，那个飞贼刺她几刀才解恨。"她咬牙切齿，那双深暗的眼睛里忽闪着怒火。

"不要生气了，现在要紧的是把你的病看好。"我安慰她。

"哼!都是这个死鬼老头子害的。我当初要是和那死鬼老头子结了婚，还不至于落到现在这个样子，到头来什么也没有捞到。"夏月总是在怨天尤人，她紧皱着双眉痛苦地说，"当初，我提出要和老头子结婚，她却极力怂恿那几个孩子阻止我们领结婚证，怕我分他父亲的家产。其实，他除了这套楼房，没什么值钱的东西。"

"那你就不应该和他同居。"我直言不讳地说。

"我当时也是没办法呀，当走鬼的日子真难熬，卖麻辣串只能挣个糊口钱，干别的我又没有文化，就是去当清洁工还有个年龄限制，五十岁的女人连豆腐渣都不是了。"

"话也不能那么说，兰朵不也是五十出头了？你看人家活得多潇洒，找老公都不要国产的。"

"我这辈子吃亏就吃到没有文化，我要是到了国外，连厕所也找不见。人比人比死了，鸡比鸭子淹死了。要是有一点点出路，谁愿意和一个将要钻烟筒的人在一个床上睡觉？每天晚上，他像个大肚子蜘蛛爬到我身上，我除了恐惧什么感觉也没有。我从来不敢去开灯，怕看见他那张做爱时龇牙咧嘴的丑态。每逢这时候，我就害怕得直哆嗦，怕他突然猝死在我的肚皮上，我不知道爱是什么滋味，忍受了五年的屈辱啊。"夏月突然沉默了，这是愤怒到极点才会有的沉默。

门铃响了，我起身去开门，出乎意料，站在门外的竟然是恒柔。她看见我，脸上呈现出不自然的表情，但倏忽间，那种不自然就被一种虚伪做作的热情掩盖了："雏菊大姐，真没想到在这里碰到你。"

"我给你打了许多电话，发了许多短信……"

"是吗？"她立刻打断我的话，"这一段时间，我一直在香港，昨天才回来，听说夏月大姐病了，过来看看。"

"噢……我说怎么电话一直不通。"我也来个顺水推舟。其实，每次电话都是她不接，并不是不通，但我没必要去捅破这件事，免得她尴尬。

"我给你联系了一个老中医，在黄石路，我们一起过去吧。"她和夏月说。

夏月支撑着微弱的身体，去卧室换衣服。我和恒柔面对面坐在沙发上，她穿了一条白色的连衣裙，冰清玉洁的脖颈上戴着一串水钻项链，头发蓬蓬松松向后挽着。她微笑着垂下头，回避着我的目光。

"婆婆走了吗？"我打破这种尴尬的局面。

"走了。"她眼睛望着窗外，有点魂不守舍。

"达尔和孩子都好吧？"我又在问。

"还好，他们过了春节就回加拿大。"她眼睑半垂着，神态平静得让人看不透内心的任何忧伤和痛苦。

"你呢？"

"我还留在这里。"

"你让达尔把孩子带走？"

"是的，孩子需要接受良好的教育。"她的眼睛里有一种令人敬畏的力量，"尤其是启蒙教育，那就像在白纸上画画，画不好，这张纸就报废了。另外，我也很想和你谈谈，好久我们都没有聊天了。"

夏月从卧室里走出来，打断了我和恒柔的谈话。她脸上扫了点腮红，但看上去还是苍老了许多，像一个储存许久的苹果。整个身体也消瘦了一大圈，没有戴胸罩，两个乳房扁扁的，屁股也塌陷下去了，走路摇摇晃晃。我和恒柔扶着她，她那双冰凉的手，软绵绵的，我好像抓着一条蛇。

空气中升腾着闷热的薄雾，一辆棕黄色的汽车开过来，在蒙蒙雾气中，好像一只硕大无比的蜘蛛慢慢爬行在散发着沥青味儿的马路上。车身上贴着花花绿绿的广告：一个穿黑色T恤的男孩儿，手里拿着款式新颖的诺基亚手机，一条银线霎时环绕地球三圈。这世界是蜘蛛称霸的天下，到处是会吐丝的人。再看夏月，像一个被孙悟空抽空了丝的蜘蛛精，朽苹果一样的脸上呈现出莫名的苦痛。我们三个人谁也没有说话，谁都没有提艾瑞新这个敏感话题。恒柔刚才说要和我谈谈，谈什么？我还不如干脆告诉她为什么离开艾瑞新公司。此时她坐在我身边，目不斜视地望着前方，全身都处于安逸的阳光之中。"恒柔，我很对不起你和夏月，我不能和你们一起在艾瑞新做业务了。"

"你走进天籁公司的时候，我就知道我们该分手了。"她朝我莞尔一笑。

"我也是没办法……"

"不要解释了。"她打断我的话，"就是你还在做，我也不能做了。达尔一直不同意我参加这种老鼠会。"

"你真让达尔带孩子走？"我干脆不和她谈艾瑞新的事了。

"他是孩子的爸爸，有这个权利。达尔的思路是对的，孩子应该回加拿大上学，早期教育对他是非常重要。"

"你呢？"我又在问。

"我想自己一个人待一段日子，当几天单身贵族，就像你和夏月大姐，还有惠子、金蝉、兰朵，活得多潇洒。"她长长吐了口气，"这几年，我让达尔快缠死了，连气都透不过来。一个人活着，如果不知道自己是谁，难道不是一件很悲哀的事吗？"

"要回归真实的自己，寻找真正属于自己的力量，是需要付出牺牲的。苦难会剥去心灵的硬壳，除去所有的假象。"

"我知道生活中许多经历是无法改变的，就像我是浩浩的妈妈，浩浩是我的儿子，这是永远不能改变的。但我拥有多种选择，我可以和他一起生活，也可以离开他。"

"达尔就这么放心地把你留在中国？"

"有什么不放心的？是我执意要留下的，我要换个活法。毛毛虫认为茧是世界的终结，实质是美丽的诞生，生命的转变阶段正是一个最富有生命力的机会。"

几天没见，恒柔好像一下成熟了许多，显然，她也经历了极大的痛苦。那是一种转变阶段的黑暗，就像茧中的蛹一样，经历化蝶之前的迷茫无助和黑暗，生命才能体验到化蝶后的美丽和自由。

二

汽车到了黄石路已快中午。雾气散尽，阳光穿透灰白色云层，把强烈的光线射在地上。我们走进一个小区，碧绿的树丛中有一条红砖铺就的长廊，一座孤零零的房子呈现在眼前：灰色的墙壁，暗褐色的窗户，远看像一个公共厕所。恒柔说这是一家私人诊所，迎接我们的是一位身穿黑衣、留着长长银须的老中医。他戴着一副黑框老花镜，很认真地给夏月把脉，并仔细瞅着一个又一个环绕在腰间的水疱，吁嘘了一声说："这是蛇缠腰，再晚来半个时辰，蛇头和蛇尾连在一起，就会毒气攻心，神仙也难以下手了。"

听了老中医的话，夏月不知是害怕还是痛苦，突然哭起来，一把鼻涕一把泪，哭得很伤心。恒柔递给她一块纸巾，她拿着纸巾在脸上抹着，腮红擦掉了，眼影也没有了，那张脸又变得蜡黄，很可怕。我问大夫，怎么会得这种病呢？老中医说是气积肝，时间久了，这毒气会如火山爆发，一下蔓延全身。

恒柔也担心地问她："夏月大姐，有什么事让你不开心呢？"她又是抽抽噎噎地哭起来，说："做凯琳莱赔进六七万，艾瑞新又赔进七八千，现在什么也不能做了。原打算再找个老头子平平安安过日子，哪知，这个张万元又是个老泥鳅，只同居不结婚，也怕死了我分他的遗产，我再也不当傻子了。只怨自己命苦，从小寄养在别人家，只懂得干活，没有人供念书，斗大的字不识几个。现在，没文化只能当保姆当走鬼当清洁工了。"是啊，夏月要是有点文化，就是一个十全十美的美人。她和关之琳长得非常相似，有一次，我们一起去逛天河城，一个女孩突然拦住她问："你是关之琳吗？"她开心地捧腹大笑，拍拍女孩的肩膀说："我是关之琳她妈。"

老中医一边给她敷药一边说："哭吧，哭出来就好了。"他在静静地观察夏月的气色，把自制的家传秘方药拿出来，敷在褐红色的水疱上，然后，又把采集来的草药在药樽里捣成糊状，涂在那条吸血的"蛇头"上，"你命不该绝，再有一寸，'蛇头'和'蛇尾'就连起来了，不要怕，我保证会治好你的病。"

告别老医生，走出这座灰白色的房子已是傍晚。路两旁，芭蕉树叶像一把把巨大的梳子，把金色的晚霞梳理得细如发丝，我们身披美丽的金丝线，向家走去。夏月的气色好多了，她的眼睛又红又肿，一路唉声叹气："不知道以后该怎么办。"

我说："天无绝人之路，一扇你熟悉的门关闭之后，上帝会为你开启另一扇门，也许这扇门是虚掩的。"

"但我们总是以为它是紧锁的，所以没勇气去推开它。"恒柔意味深长地说。

望着金光闪闪的落日，一种激情在心中洋溢，我说："在广州一定要拿到本属于我的东西。"

恒柔问我是什么，我说，要拿回曾经失去的，也要拿回别人拿不到的。我的话大概勾起了恒柔的一番心事，她突然话题一转，问我："还记得那个上海交大毕业的研究生吧？"

"记得啊，就是那个忘了娘的张扬。"

"他要移民到加拿大了。"

"你怎么知道？"

"他来和达尔了解加拿大的情况。"

"他找到一个有钱的'妈'，应该是要风得风，要雨得雨。那个爱吃他亲手做的饭菜的女人也和他一起走吗？"

"她死了。"

"你说什么？"我直愣愣地望着恒柔。她抬头望着灰白浑浊的天空，眼睛里没有任何表情。

"她怎么会死呢？"我有点迫不及待想知道事情的原委，"他们新婚不久，爱得难舍难离。"

"爱也会杀死人啊。"恒柔长长地吐了口气，说出这句在心里窝藏了很久的话，"你想想，她要不死，他能到加拿大吗？"

"张扬也不知道怎样去面对这一残忍的事实。"我的心里产生了对他的同情。

"哈哈哈……"恒柔突然放声大笑，"雏菊大姐，一个不爱自己亲妈的人，能对其他人产生爱吗？他妈把他含辛茹苦养育大，他都把她忘在脑后，何况和一个仅仅生活了不到一年的女人，能有多少爱？"

"这……这……太不可思议了。"我还是不能接受茗玲死亡的事实，一个娇滴滴的小女人的形象总是在眼前萦绕。

"一个男人就这样用炽热的爱夺走了一个女人的生命。"恒柔接下来的话令我惊愕。

"她是先天性心脏病，一个心功能不全的病人，本来是不能结婚生育的，但她却怀了孩子。"

"茗玲的身体状况，张扬应该非常清楚。"

"正因为清楚，他才决定和她结婚，而且是闪电式的婚姻，连怀孕都是快速的。"

"茗玲应该打掉这个孩子。"

"这就是女人的弱智了，她一心一意想把这个孩子生下来，她妈妈也以为自己有钱，请了最好的保健医生陪护女儿。但孩子在肚子里仅仅待了七个月，茗玲就猝死了。"

"现在的医学技术非常发达，心脏病也不是不治之症，怎么会一下死去呢？"

"假如一个人想让另一个人死去，我想应该是很容易的。"

"你是说……"听到这些，我的脑海里刮起一阵风暴。一切思绪都混乱了，但风暴过后，印在脑海的是张扬的那张脸，一张冷酷得像日本明星高仓健的脸。一个女人边跑边呼喊："就是他……抓住他……"这是《追捕》电影里的一个镜头。

恒柔还没有说完："那段日子，张扬几乎天天和我在QQ上聊天，多半是咨询加拿大的一些事，我说这些可以问我老公，于是，他和我老公熟悉了。后来，他们还经常在一起喝茶。"

"那说明他要去加拿大的打算，已经是蓄谋已久了。"我直接切入主题。这时候，我思维的图像中理所当然产生了一个疑点。但这个女人是心脏病猝死，死得很正常，而且又死在了医院，无法证明她的死与张扬有关系。再说，怀孕的事也是茗玲愿意的。

"也许吧。"恒柔又陷入沉思，她的心里又产生了什么样的思绪和念头呢？也许，她想起自己受的伤，不然，她怎么会说出那句："爱也会杀死人？"

我的内心感到一阵空虚。

三

夜里，我留在了夏月家里。躺在这陌生的地方，怎么也睡不着。这张床，几个月前是一个老头子躺卧的地方。如今，他已化作一股青烟，从烟筒里钻出去，在太空逍遥。假如真是阴魂不散，他是不是还经常回来？想到这些，我不由地打了一个冷战，用毛巾被把自己紧紧裹起来。

不知睡了多久，突然醒来，窗外又飘起了雨，雨声好大，"唰唰"的声音淹没了各种烦人的嘈杂声。屋里很黑，我拉亮灯从床上爬起来，将身子倚在窗口，听外面的雨声。突然，我的脑子里跳出一个人的名字——柳星雨，此刻也不知道他在哪里？想给他发一则短信，有必要吗？我狠狠地敲击着自己的脑袋，怎么会想到这个人呢？自从那天在麦当劳和他分手后，我们再没有见面，人与人相处是缘分，按科学的说法，相互之间的往来都是一种信息的传递，一种感应，我不知道他会不会也在突然间想起我，会不会想起我们在一起看大船的情景。想这些干吗？

不知从哪里传来一阵吵闹声，打断了我的沉思。我拉开窗帘，过道里很静，灯光十分昏暗，对面那几扇窗户都是黑乎乎的，奇怪，这声音是从哪里传来的？一会儿，又是嘻嘻哈哈的笑声，有大人也有小孩。

看看表，已是深夜两点，我在谛听外面每一个细微的声音。窗外刮起了风，雨好像下得越来越大，雨点轻轻敲击着雨棚，"噼里啪啦"的声音扰得我难以入睡。屋里很黑，夏月大概早就睡着了，房间的门开着，能够听到她轻微的痛苦的呻吟。我没有了睡意，四肢平平地伸展开，摆成一个十字架的形状，倏然间，我想到了冥冥中的上帝。于是，不由自主地从床上坐起来，在黑暗中默默地呼唤，和他进行心灵的交流是一件非常欢悦的事。我的祷文是这样的：创造天地万物的造物主，我是你造的，我活着，就是要为了敬拜你，无论我走到哪里，都不能忘记我的生命是你给的，我的智慧是你赋予的，我的贫穷、我的富有都是你允许的。在这个世界上，我只是一粒尘土，你却把我从尘土中高举，我怎能不感谢赞美你呢？我的心灵常常渴慕你，就像小鹿渴慕溪水，你是我的力量和盾牌，我的灵唯独要向你敬拜！

- 第二十八章 -

行到水穷处

一

从医院出来，双腿像灌了铅，沉重得无力举步。我怎么也不能相信刚才那个躺在病床上的老人是芳姨，她两眼发直、目光痴呆。毫无疑问，她已经完全失去了记忆。她不认识我，也不认识周围所有的人。这可能是她最幸福的时候，她不用再辛苦地每天坐着汽车满广州跑来跑去，也不用再为那丢掉的十几万块钱而烦恼。她什么也不记得了，每天安详地躺在床上，过着张口吃饭的日子。吃穷队那些骨干分子都焦急地聚在会客厅，不时向大夫询问："她还能醒过来吗？""她能不能恢复记忆？"他们此时关心的并不是芳姨的身体，而是他们的钱，在芳姨的鼓动下，这帮人都在胡来有那里投了单，而且投的都是大单，既然芳姨已挣了第一桶金，他们当然也会挣到第二桶、第三桶，甚至更多。但谁能想到，一脚踢出个屁，到底还是被胡来有骗了，这个绰号叫胡传魁的家伙是个名副其实的网络流窜犯，打一枪换一个地方，从开张到关门仅仅两个月时间，就携款潜逃。

被他骗了的这些网民们集体去公安局报案，去工商局消费者协会告状。当然也少不了吃穷队这伙老人，芳姨是受害最深的一个，她说天不藏奸，一定要把这个背后给她几枪的可恶的老乡告上法庭。但吃穷队的这帮人却认为芳姨在做戏。他们认定芳姨是个"托"，和胡来有联合起来骗钱。胡来有叫她"干妈"，她把胡来有当干儿子看待，因为有这层裙带关系，吃穷队这帮人一个个都像串起来的羊肉串，全部被胡来有吃掉了，吃得干净利索。当然，芳姨还不知道这帮人如此看她，有好几个人撕破脸皮和她要钱，让她把挣到的几桶金都倒出来，把本钱还给他们。

芳姨说："钱是胡来有骗走了，怎么能和我要呢？你们搞错了。"张万元说："没错，你不是拿人头担保吗？保证我们能挣到钱，怎么能错了呢？胡来有是你的干儿子嘛，他走了，你这当妈的理当要替他还账了。"芳姨听了这些话，眼珠子不转了，也不再争辩什么了，只好打碎牙齿往肚里咽。她迷迷糊糊回了家，又迷迷糊糊躺上床。睡到半夜，她又迷迷糊糊看见一个黑衣人从窗户爬进来，把明晃晃的刀子支在她的脖子上，她什么话也没说，只是用手指了指立柜。不知她是想告诉黑衣人立柜里有钱还是有金银珠宝，但黑衣人没有去开她的立柜，也没有要她的老命，只是用刀子比画了一个杀头的动作。然后，她就迷迷糊糊什么也不知道了。当她再睁开眼睛时，已经躺在医院的病床上。据说家里什么东西也没有被窃走，这个窃贼究竟是谁？为了什么而来？刑警队来了几个人也没查出个子丑寅卯，现场连个指纹都没有留下。而究竟是谁打120电话把救护车叫来的，也不知道。芳姨又不能说话，都说她是肝气攻心，看花了眼，现在是国泰民安的清平世界，富豪多得到处都是，谁还会抢劫一个老太婆的家？这事是真是假，给人留下一个不解之谜。

她被救护车拉进了医院，最着急的是吃穷队这伙人，他们几乎天天去看望她，无论谁来，芳姨总是睁着眼，不说话也不笑。他们问："你还记得我们吗？"她不住地晃着脑袋，像吃了摇头丸似的。儿女们给她雇了一个陪护，给她喂水喂饭，她吃饭没有节制，什么时候喂她都来者不拒，喂多少都能吃下去。她的肠道系统仍然在正常运转，吃了就拉，喝了就尿，雇工知道这是个胶皮肚，就开始限制她的饮食，反正她也不会说话，是个很乖的老太太。但不喂她饭，不给她水喝，芳姨的嘴巴就一直大张着，嗓子眼里发出一种刺耳的呼噜声，雇工害怕了，只好继续给她往嘴里塞东西，水果、饮料、面包、饼干，放进什么都会咽下去，雇工端屎端尿烦了，没人的时候，就给她戴一个大口罩，捂住那张开的嘴巴。

吃穷队的老人们来看她时，依次走到她面前，给她带几个苹果几根香蕉，几朵盛开的鲜花。芳姨是他们的骨干和急先锋，现在变成这个样子，也不好再逼她要钱了。当一个人只剩下一口气的时候，谁也不会再和她计较了。张万元也来过几次，他站在床头默默地望着她。他们是老相好、老搭档，如今，看着她快要钻烟筒走了，张万元心里也非常难过，真是人为财死，鸟为食亡。钱是什么？钱是命，命就是王八蛋。他长叹一口气，在床头柜上放了一盆花，在芳姨那张开的嘴里放了一块糖。她的嘴巴不停地蠕动，就像一只张合的蚌，两片嘴唇是两个椭圆形的介壳，舌头在介壳内不停地蠕动，像牛反刍似的，涎水也不住往外流。他们只好把东西放下，和她点点头，就像和遗体告别一样，不过这是一具还有气息的遗体——一个活着的植物人。我也在芳姨的床前放下一枝白色的玉兰花，然后，默默地离开病房，这是我和芳姨见的最后一面。

二

中午，孤城打来电话。

"在家吗？"

"刚从医院回来，哪儿也不想去。"

"芳姨怎样了？"

"变成植物人了。"

"这回她销售的坟墓派上用场了。"孤城的语气有点调侃。

"她很可怜，让胡来有骗得血本无归，还搭上一条命。"

孤城沉默片刻，话题一转说："金蝉让我们晚上去参加龙转有的婚礼。"

"噢，你去吗？"我和龙转有并不熟悉，只记得在放飞心灵魔鬼培训班的时候，他一口气做了二百四十个俯卧撑，当了三天的队长，"他这么快就举行婚礼？选的哪一位靓女？"

"不大清楚，他们的恋爱是闪电式的，说起来还要感谢月月爱卫生巾，是这个产品为他们做的媒人。"

"搞笑，自古是花为媒，没听说过卫生巾也能做媒。"

"世界之大，无奇不有，卫生巾做媒在营销界已传为佳话，你还不知道？"

"我哪有你信息灵通，你讲讲，让我也开心一刻。"

"不是开心一刻，是让你笑得肚子疼。"孤城在电话里不停地笑，"其实，我和他也是萍水相逢，你不去我也不想去了，但金蝉非让过去，我也不好拒绝。"

"他怎么和金蝉又挂上了钩？"我有点纳闷，"这个龙转有也是个网络混混，上次天籁开业的时候，他皮包里装着六七个公司的资料，一会儿给我介绍电话卡，一会儿又是乾坤公司。"

"最初他是A公司的，我们在一个团队，后来跑去做卫生巾的。"

"男人做卫生巾，总是别扭。快讲讲你那个让人笑得肚子疼的佳话。"

"他是让一个女孩子给套进去的。"

"你讲讲，看能不能编入到我的小说里，做一个小插曲。"

"绝对经典。有一个女孩是做卫生巾的，有一次，她看好了龙转有，想发展他到她的团队里，但是又找不到切入点去跟他谈这个卫生巾的话题。后来，她打听到龙转有没有女朋友，也一直没有遇到合适的人选，于是就打电话跟他说，要帮他介绍一个女朋友，想找借口约他出来谈卫生巾的事。但她一时又没有物色到合适的人选来介绍给他做女朋友，于是又找了另一个有老公的女朋友，帮她一起演这场戏。那天他们三个约好时间一起去吃饭，龙转有还真的看上了这个女的，于是，做卫生巾那个女的就借此机会向他大谈卫生巾，说了好多，龙转有也不好意思拒绝(因为还想让她在她朋友面前说说好话，成全好事)，于是就买了一份单。他拿了一箱卫生巾后，不知怎么办，说：'我还没有结婚，既没有女儿，又没有老婆，买这个东西给谁用呢？'这个女孩马上就接口说：'你用嘛，你把这个贴上还可以治痔疮呢。'"

我哈哈笑起来："他是不是贴了？"

"贴没贴不知道，但他和这个有老公的女朋友贴到了一起。"

"后来呢？"

"后来他们就结婚了，今天晚上要举行婚礼。"

我俩在电话两端不住地笑着……

"这小子现在也开了乾坤的专卖店，大概也挣钱了。"孤城说，"此一时彼一时，有时间去他的专卖店看看，很有特点。"

"有什么特点？"

"改日你去看看就知道了，我还从来没看见过这样的专卖店。"他笑着说，"雏菊，你知道咱们为什么这么长时间、这么辛苦都赚不到钱？"

"不知道。"

"主要是选择的公司不对。"

"难道我们所选择的这十几家公司都不对吗？"

"也可以这么说，我今天在网上又仔细看了乾坤公司的全部资料，我相信这次的选择是不会错的。前几天，乾坤的总裁还在电视台亮了相，很牛气，现在报单的人很多，我们会一炮打红。另外，乾坤公司的招商会下一次在桂林召开，金蝉给你争取了一个名额，去看看吧。金蝉大姐在总裁面前也推荐了你，千万不要错过这次机会。"

"好吧，我全当去旅游一回。"我决定去桂林参加这次招商会。

三

和孤城的谈话刚刚结束，手机又响了，是柳星雨发来的短信："念念不忘心已碎，二人何时来相会？牛郎进入织女寺，口吻力大刀相对，木种眼前心沟通，有人偶尔在依偎。（字谜，请你猜猜）"

看着这六句话，我突然哑然失笑，柳星雨，你这就有点班门弄斧了，猜字谜是我的拿手戏，我马上把答案发给他。他又来短信说："雏菊老师，你是个特别聪明的女人，答案完全正确。我希望你能成为我的合作伙伴。我们合作方面有两大主题——情感和事业。"

柳星雨毫不隐瞒地说出了和我往来的真正目的，但这是不可能的事。我如果同意去B公司，当初就不会从A公司走出来了，正如柏焜说的，A公司是营销界的龙头老大，如果不做A公司的销售员，其他营销公司就不要去碰了，大同小异。但这个柳星雨却是醉翁之意不在酒，不把我拉进B公司是不会甘心的。我没有给他回短信，但没隔几分钟，他又发来一条短信："明天晚上八点在京都大酒店举办欢聚酒会，李金钻、王金钻等分享出国旅游感受，敬请光临。"

我没有回。

他又发来一条："录王维的诗与君共赏：中岁颇好道，晚家南山陲，兴来每独往，胜事空自知。行到水穷处，坐看云起时，偶然值林叟，谈笑无还期。"

看来不回短信是不行了，他是要把短信发到底，这种死缠烂打的精神是无人能比的。我回短信说："谢谢你，今晚能共赏王维之诗，别有一种心境。"

"我从王维诗中看到的是勃勃的生机，山重水复疑无路，柳暗花明又一村。东方不亮西方亮，暗了北方有南方。"他在卖弄自己肚子里那点可怜的墨水了，我没有回。

一会儿，他打来了电话："你明天晚上一定要过来。"

"我又不是B公司的人，参加这样的庆功会有什么意义？"

"你不是要写一部关于网络营销的长篇小说吗？不深入了解这个行业，怎么去写？"

"你真会投其所好，好吧，我就当去体验一次生活了。"

我答应了柳星雨的邀请，去看看这个李金钻、王金钻，也许能给我的长篇小说增加一点新内容。我的每一个故事里，都没有一个营销界的成功人物，都是一群想成功还没有成功的人。我没有虚构我的故事，也不喜欢把张三的帽子戴在李四头上，把男人的大号码鞋穿在女人的脚上。虚构的小说就像放了发酵粉的馒头，看起来膨胀得很大，但慢慢咀嚼却没有味道。原汁原味的生活永远不会和别人要写的东西雷同，人物更不会是同一张脸谱，在我所设计的故事中，总是想假设一个女人爱上一个男人，但怎么也写不出来。于是，尽量回避这个话题，就像在现实生活中一样，我也在尽量避免和异性之间擦出这种感情火花。正如柏焜常常说的那样，我们的往来要把握一个尺度，就像一个"人"字，情感要建立在那个点上，如果突破这个点，"人"字就变成一个撇捺交错的叉号。

在我的小说里，还是出现了柳星雨这个人，我本想把他拉过来成为我们艾瑞新团队的人，但哪知道他是个顽固派，誓死捍卫B公司这块阵地，和我们势不两立，骂我们这些做电子商务的是非法营销分子，做艾瑞新的人都是卖国贼，那么A公司的人是什么？是卖国贼的祖师爷还是老爸？但不管他说什么，我仍然不讨厌他，和他在一起喝喝茶，吃顿饭，海阔天空地聊聊天，还是很开心的。

- 第二十九章 -

我是流氓我怕谁

一

坐在汽车上，我就后悔了，反复问自己去京都大厦干吗？人家B公司召开庆功会，与我有什么关系？柳星雨死缠烂打，我到底还是上了他的圈套。车到黄浦站，柳星雨已经在站牌下等我。

"我知道你会来的。"他笑着说。

"没办法，遇上难缠的了。"我无奈地摇摇头，"你能把我请过来，说明你很会邀约人，无论你是死缠烂打还是真心实意，结果是我来了。"面对柳星雨，心中那种怨恨的情绪顿时消失了，我不得不承认，内心是不讨厌他的。

"参加这样的活动，全当是体验生活嘛。"他嘿嘿笑着，很得意。

"生活是不需要体验的，因为我们每天都在生活。一个只用体验来的生活进行创作的作家，其实已经脱离了生活。"

"当作家不是都要体验生活吗？"

"那是针对一些闭门造车的作家而言。他们不知道什么叫生活，打着体验生活的旗号到处走马观花，即使写出来作品也浮躁得很。真正的作品不是体验出来的，而是从生活中提炼出来的。"

"雏菊，每次听你讲话，我就有一种豁然开朗的感觉。看来，你这么投入地从事电子商务，也是在经历这段生活了。我们这些做销售的，每个人都是一本耐读的书。只是没有人把它写出来，将来，我的事业成功了，就请雏菊给我写自传。"

看得出柳星雨是个雄心勃勃的人，他是要一条道走到底的，这样坚忍不拔的精神确实令我佩服："好好奋斗吧，'大方无隅，大器晚成，大音希声，大象无形，道隐无名'……"

柳星雨皱了皱眉，打断我的话，红着脸很实在地说："雏菊，我没有听懂你说的话。"

我笑了，又把老子的话重复了一遍："远大的目标落实于障碍的跨越，贵重的器皿成型于精细的雕琢，动听的音乐来源于单声的组合，伟大的形象形成于无形的感化，大道隐藏在无名的事物中。"

"这话是真理，我要记下来，你重说一遍。"他拿出随身带的那个小本本。

"不要记了，你去书店买一本老子的《道德经》好好看看，现在西方许多国家的学者都在研究老子。意大利足球队夺得了冠军后，记者问主教练，是怎么把球队训练成功的，他说是用老子的思想来训练球队的。"

"我读的书太少了，以后，事业做成功了，我一定再去好好读几年书。"

"书是随时随地都可以读的，不要等成功了。"

二

我俩走进会议室。里面人很多，一张门票十块钱。柳星雨不断地和许多人介绍我，他们都把名片递过来，我也客气地接过这些名片。名片的颜色字体和公司名称都是统一的，只是名字不一样。捏着这些名片，我仍然不知道哪张名片是哪个人，只记住有一只手，中指上戴着一个很大的金戒指，手腕上戴一块不知是什么牌子的石英表，脖子上还拴了一条黄色的链子。他一边和我握手，一边说："欢迎你走进B公司，柳星雨早就和我提过你，真没想到，见面胜似闻名，我们这个行业需要大量的高素质人才，更需要像你这样的作家。"

我把柳星雨恨得咬牙切齿，真想抬起脚在他的腿肚子上踢几下。原来他早有预谋，设好了圈套，就等我往里钻，内心升起一股受了捉弄的恼怒，但又不好发作。看来，我有点低估柳星雨了，他表面看起来很老实，其实是个很有心机的人，他是要下决心把我拉进B公司的。我知道自己生气是个什么样子，不想再和周围的人搭讪，一个人闷闷不乐地坐在椅子上。柳星雨给我递过一瓶矿泉水，一只手搭在我的肩膀上，轻轻拍拍，笑嘻嘻地说："怎么？生气了？"

我没好气地白了他一眼："不是早和你说过嘛，我是不可能走进B公司的。你不要打我的主意。"

"没有呀，我怎么敢打你的主意？"他故作认真地说，"我什么时候说过叫你进B公司了？"他嬉皮笑脸地看着我，有点耍赖。

"我还是那句话，咱俩是两条道上跑的车，你走你的阳关道，我走我的独木桥。"

"话不能说那么绝，你没听说山不转路转，路不转水转，水不转人还在转？总之，地球在不停地转，我们每天也在转，说不准哪天就转到一起了。"

"讨厌!我怎么就认识了你？"我没好气地白了他一眼。

他在我手上画了一个"缘"字："相信吗？我们的相遇是命中注定的。"

我望着他笑了，他俯下身子，双手搭在我肩上，用一种热切的目光执着地盯着我："雏菊，你生气的时候其实更有魅力，我喜欢你这个样子。"

这小子又在拍马屁了，我假装没听见他的话，不经意地翻弄着手里的名片，把金戒指的名片抽出来，细细端详着——"李金钻"，我的眼睛盯着这三个字，"扑哧"一声笑了，柳星雨问我笑什么，我说："名字叫得金光闪闪，但这名片可不上档次。"

"B公司的名片都是这种格式，公司统一要求。"柳星雨没有听出我话中的含意。

"这名片再镀上一层金，就和他的名字相辅相成了。"我把名片夹在中指和食指中间，就像玩扑克牌似的，不住在指间弹来弹去，"李金钻是你们这个团队的顶尖人物了？"我问柳星雨。

他点点头正要向我介绍这个人，哪知，会场里突然像烧开的水，沸腾起来了。在一阵雷鸣般的掌声中，四个魁梧的彪形大汉抬着李金钻走进来，把他的身体横拉成一个"大"字，在一片欢呼声中，这个"大"字被抛到空中，像一只压扁的螃蟹，抽动着胳膊和腿，又坠落在他们的手里。全场的人都在狂欢，掌声此起彼伏，有人大概觉得拍掌还不能表达此时的亢奋和激动，于是就吹起了口哨、跺起了脚。这是一个狂热的庆功会，一群疯狂的人在呐喊吼叫，这是超级的狂欢，超级的快乐，比超级女声还超级。只有快乐才能成功，人活在这个世界上，就是要活出这种状态，不要怕别人说你是疯子。

三

四个彪形大汉像抛绣球似的把李金钻抛上了台。他站在讲台中央，向台下的人摆手致意。音乐四起，大屏幕上在滚动播放欧洲旅游实况，定格在屏幕上的一幅大照片把我惊得目瞪口呆，张大嘴巴好久说不出话。李金钻只穿一条丁字形内裤，光着膀子搂着两个外国女人，两朵鲜红的玫瑰花贴在女人肥大的乳房上，一条两寸宽的布条遮住了女人的羞处。我敢说，所有的男人看了这张照片，全身的血液都会往头上涌。李金钻脖子上仍然戴着那根金黄色的拴狗链子，那猥亵的模样让我突然想起王朔说的一句话："我是流氓，我怕谁！"用这句话为这张照片做注脚最合适不过了。我微皱着眉问柳星雨："这张照片要告诉人们一个什么问题？"我脸上虽然不动声色，但心情却完全被破坏了，这是庆功会吗？我怎么感觉像走进了夜总会。

"拥有美女才是真正的男人。"他的回答几乎不加思索，坦率得令人吃惊。

"照你的说法，拥有不了美女的男人就不是真正的男人了？换言之，不是真正的男人那就是太监了？你们怕当太监才拼命去推销B公司的产品了？"柳星雨被我问地一时答不出话来。脸上的表情很难堪，已感到我在嘲笑他。

"话不能那样说。"他斜睨了我一眼，脸涨得红红的，找不出一句合适的话来对答。

"话是不能那样说，但事可以那样做，对不对？"我的话有点不近人情。为了不让柳星雨感到过多的尴尬，我的口气变得委婉了，"这个李金钻以前是干什么的？"

"是个社会上的混混。人就是这样，成功了，以前所干的事情，错的也是对的，身上粘了屎也是香的，就算是个泼皮牛二，人们也会把他当英雄看。"柳星雨无不感叹地说。

我嗤嗤地笑起来。

"你笑什么？我的话说错了吗？"他不自在地望着我，目光有点慌乱。

"他今天堂而皇之地把这张照片摆在大庭广众面前，是炫耀他的成功呢，还是要告诉男人们一个奋斗的目标和方向呢？"我实在不能理解，在这种场合中播放这张照片的真正意图。对这次庆功会我已是意兴阑珊，周围的一切，让我连眼皮都懒得撩了。

"他大概认为这张照得很好。"柳星雨的口气变得吞吞吐吐。

"她老婆看了不知是一种什么滋味儿。要是有高血压或美尼尔综合症，保证会昏倒。"说出这句话，我又有点后悔，李金钻是流氓还是阿飞，与我何干？我倒觉得这个人正是我小说里要寻找的一个人物，一个有钱的暴发户，对于这一类人我总是不能恰如其分地去描写。我多次说过，自己是个不会虚构的作家，看见什么才能写什么，这其实不叫写作，就像画家写生一样，我是在写生活，写我看见的人和事。爱因斯坦在学生时代问老师："一个人怎样才能在人生的道路上留下自己闪光的足迹呢？"我不知道老师是如何回答他的，我想他一定得到了真知灼见，否则他不会成为伟大的科学家。我也是从小就立志要在自己的人生路上留下闪光的足迹，于是，多少年来一直在坚持做着这件事——写作写生活。生活中的人形形色色，当然，我小说里也必须有形形色色的人，就像李金钻这类成功人，我是第一次接触。

李金钻在台上讲话了，他讲了这次出国的所见所闻，讲了和欧洲美女照相的经过……讲到高兴处，他突然提出一个让人啼笑皆非的问题："男人在厕所里如何撒尿？"这句话一出口，所有的人都愣住了，女士们不由地都把脸转向男士，男士都在抓耳挠腮，好像忘记了自己是怎么撒尿似的，不知谁说了一句："站着尿呗。"台下霎时爆发出一阵哄堂大笑。

"当然是站着尿了，除非你不是男人。"李金钻表情不尴不尬，说的话有板有眼。

我身后一个男人嗤嗤笑起来："人家是金钻，连撒尿都和别人不同。"

"他难道不用手抓？"另一个男人在附和，口气中有几丝嘲讽的味道。

"成功人的生活细节也和一般人不一样。"

"尿尿不抓——那就是大撒手了。"

"他是名副其实的大撒手，团队至少也有几万人。"

"这是两码事，牛头扯到马胯上了，撒尿和团队的人多少有什么关系？"

"有句话不是说，一滴水见太阳嘛，金钻的一滴尿里也蕴含着许多东西。咱们一下琢磨不透。"

"难道他能尿金尿银？"

台上的李金钻咳嗽两声，故意卖了个关子，然后拉长声音说："告诉大家。"这句话连女士也包括了，"你们虽然每天都在撒尿，但如果撒尿的方法不对，是有损健康的，撒尿时站的姿势是非常关键的……"他做了一个示范动作，当然，这个动作泛指男人，紧接着就讲起了男人如何预防前列腺炎："前列腺是一种可怕的男性疾病，保卫男人的生命'腺'从B公司的产品开始，吃了我们的产品，尿频、尿急、尿痛都会消除，但一定要改变尿尿的习惯。撒尿时一定要凝神静气，把脚后跟提起一厘米，然后气守丹田。尿要有冲力，如果冲力不够，说明你的阳刚气不足，那就得赶快吃B公司的产品……"

四

乏味十足，花了十元钱，听了一堂男人如何撒尿的课。我起身想走。柳星雨说："着急啥？下面还有文艺节目。"

我摇摇头，无心情再待下去，倦意不住向我袭来，困得直打哈欠。

柳星雨送我走出京都大厦。外面，飘来毛毛细雨，他给我撑开一把伞，两人在夜色里的人行道上慢慢行走，彼此感觉着雨夜的温柔和清凉。

"有什么感受？"柳星雨问我。

"感受太多了。我总算亲眼看见了一个在营销界成功了的人物。你好好努力吧，其实，成功没什么诀窍，男人会撒尿女人会拉屎就行了。"

他翻着白眼不满意地瞪着我，分明是生气了。

我不以为然地笑笑说："你想想，假如一个连屎尿都不会拉的人，还不是废物吗？你既然不是废物就能正常地拉屎尿尿，这说明你是一个完全健康正常的人。一个正常人对某一件事只要一直坚持干到底，怎么能不成功呢？李金钻就是例子。"

"不管怎么样，我是要在B公司坚持到底，别人做不做我不管，我一定要做；别人死不死我不管，我不死就行了。就像打仗，活下来的就是英雄。"

"是啊，打仗的年代，口号是"将革命进行到底！"八年抗战三年内战，最后不是夺取了革命的胜利？"

"要想在一个行业里取得成功，不奋战七八年是不可能实现的。"

"看来，你这个持久战是要打到底了？"

他点点头："是的，我没有时间再去重复失败。只有一条道走到底。"他用力挥了挥拳头，"无论如何，要让你看到我成功的那一天。"

"一万年太久，只争朝夕，我一下也死不了，会等到你成功的。不是讲好了吗？我还要给你写自传嘛，不过，你千万不要让我写你拉屎撒尿的事。"

他哈哈笑起来："雏菊老师，你真逗，不愧是作家，说话幽默风趣。"

"再幽默也幽默不过李金钻。"我意在言外，感叹地说，"在这个世界上，人一出生就注定了你所从事的职业。天生该干什么就是干什么的。就像痰盂无论多么精美漂亮也不能用来盛饭菜，你记住这个理就行了。"

公交车过来后，我和柳星雨告别。汽车向前行驶，我找了个空座坐下来，低头看表时间正是夜间十点钟，车窗外雾雨茫茫，我的眼前仍是一片朦胧……

第三十章

活着，日子就还得过

又该交房租了。房东打来电话，已是深夜。我仍然睡不着，看日本女作家坂东真砂子写的恐怖小说《虫》。

早晨，突然接到艾瑞新团队程老头的短信："艾瑞新使我们聚会，艾瑞新又使我们分开。天要下雨，娘要嫁人，由他吧。"我没有回，心里很难过。显然，他对我有满肚子的意见，我不敢再去面对他，甚至连回短信的勇气都没有了，越来越觉得自己的行径很卑鄙。我第一次看不起灵魂深处那个潜在的自我，这个可恶的"家伙"总是怂恿我去干一些自己从来不愿意干的事，但我常常是战胜不了"她"，总是言不由衷地服从了"她"的指挥。相反，自己想干的事却总是不能干。我曾多次怀疑自己这辈子是不是中了邪？对中国的方块字爱不释手，这些字在我的眼里如同魔方，三十年如一日不厌其烦地翻着它们，用这些汉字去编织一个又一个美丽动人的故事。我常常把自己沉迷于这些故事里，但我现在却没时间去翻魔方了，身不由己地掉进一个陷阱里。像那头驴子，是等着被农夫埋掉还是抖落身上的泥沙慢慢从井里爬上来？

　　细细琢磨，走进直销行列，参与电子商务，都是惯用驴子的哲学。想爬出来，你必须变成一头精明的驴子，把许多人拉下枯井，踩着他们的肩膀你才能走出困境。如果你不会拉人，不会抖落身上的泥沙，很难从井里爬出来。没有一点驴子精神，就别碰这个行业。但这个行业究竟是什么？答案其实很简单，直接销售，直接面对消费者。销售的是什么？产品、人生、观念……都不是。实实在在地销售自己。这个行业，如同一个难民集中营，多少下岗者、无业者、投机者、盲流分子，都想进这个行业里试试，都想一夜暴富。因为，每一家营销公司都给进来的人预备了一张让你垂涎欲滴的大饼，别墅、汽车、美女……多少人被诱惑，但一踏进这个行业，双脚踩上的是地雷和陷阱，多少人失败，多少人退却，多少人倾家荡产，多少人死缠烂打。金钻、银钻、皇冠……这些桂冠让多少人去冲刺、去拼打、去奔波、去叫卖……

　　人在岸边身不由己，我在直销这个浪潮里也畅游了几圈，但因为自己是个旱鸭子，来了广州才学会几下狗刨，滚滚大浪涌来把我卷进海里。这是时代的第五波，在这更新潮、更刺激的第五波浪潮中，我有了一个属于自己的故事，也有了一群和我风雨同舟的难弟难妹。我总是想把他们编进我的小说里。很可惜，我的小说写了一半，就停笔写不下去了，因为我不知道自己还能不能在广州待下去，北戈说："要待下去，人生的路有下坡也有上坡，我们走完了下坡路，总会有上坡路出现。"他坚信不疑要在乾坤公司翻一把，我心里始终不踏实，玩这种消费返利的投资生意，就像小时候唱着儿歌玩丢手帕的游戏一样，歌声一停，那手帕不知落到谁手。但现在传的不是手帕，是一个冒着烟的手榴弹，谁知道什么时候爆炸？

　　电脑上，虚拟的网络是靠不住的，看不见摸不着，但现在很多人就是信这个。世界是一个村落，地球是一张网，只要在这个村落里生存，就逃不脱这张网。多少网络公司关闭了？易购的网关得干脆果断，使很多人家破人亡，投进去的钱连个响声都没有。模仿易购投资模式的公司接连不断出现，大大小小的网似乎把天地都遮盖得严严实实，没有人能摆脱这些网的束缚。我又想到了万闯，此刻，他的灵魂不知道在哪里游荡，万闯，你怎么能这样无声无息地走了呢？

二

北戈来了个电话，他说深圳有家公司利用办信用卡的方法让消费者投单做生意，三千元的信用额度。公司扣除一千五百元作为投单入门费，剩余的一千五百元返还给本人，每月还银行一百四十元，还附带一个医疗保险。

"有这么好的事吗？银行的钱是不是多得没地方放，要捐一笔款来普度难民？"这年头真是好事多多，天上的馅饼也会多多。

"宁愿信其有，不要信其无，反正不用我们花一分钱，既做了生意又能落一点现金，用它来投资乾坤公司未尝不可。"

"这家公司的饼画得是天字第一号大，我们只能看不能吃。"

"为什么不能吃？"

我扑哧一声笑了："没有那么大的胃口呀。"

"你只提供一份身份证复印件就行了，吃不上咱们就当没有这回事，天下之大，无奇不有的事也很多。"

在广州每天差不多有几十家形形色色的公司开盘，把许多人招过去，刚投了单，还没有开展业务，公司就像水蒸气，从地上蒸发掉了。就像胡来有一样，他蒸发了不要紧，害得多少人都疯疯癫癫，叫天不应，呼地不答？芳姨好好的，一夜之间变成了植物人，许多被欺骗的人都恨得胡来有咬牙切齿，都说抓住他先把他的命根子割掉。

我自认自己还没有到执迷不悟的地步，也没有时间和精力，像那些直销勇士一样，每天来个广州一日游，凭一张嘴、两条腿、一部手机来发展壮大自己的队伍。我现在唯一能做到的就是把自己反锁在这间没有阳光的潮湿阴暗的屋子里，面朝窗户背靠墙壁，双臂伏在这张从旧货市场买来的写字台上。

其实，这是一个两用书橱或者叫它简易书架也行。这时候，我还没有电脑，在不足三尺长的桌面上，堆满了稿纸，这些稿纸都是家乡的老师寄过来的，他们希望我在文学创作上百尺竿头更上一层楼，但也希望我赶快换笔。什么年代了还爬格子，这样的速度已远远赶不上时代的潮流，我何尝不想换，但能换得了吗？说起来也可笑，自己打拼了两年，连个电脑也买不起。没办法，还得像蜗牛一样，慢慢地在这些格子上爬来爬去。

房东在敲门，他进来用手电筒照了照电表水表，给我开了一张收据，有线电视费十元、清扫垃圾费十元、水费十元、电费六十元，再加房租费三百元，共三百九十元。我钱包里只有三百六十元，还欠他三十元。他说改日来取，我说你还压我一个月的房租。他走了，我又坐在桌前，写我的《漂流三部曲》，不管日子怎样困顿，书是要写的，必须完成。很伤心，我真没想到，我在广州竟然到了山穷水尽的地步，但还是那句话，只要活着，日子就还得过。天气的晦暗、闷热，使得天空愈发阴沉。整整一天，我仍然把自己囚禁在这间没有阳光的小屋，爬在这张破旧的书柜上，眼前是一堆稿纸，一大沓刚刚写完的散文手稿，床上堆着十几本日记，日记本的封面花花绿绿，有软皮的也有塑料皮的，里面的字像蚂蚁，密密麻麻，字迹很乱，只有我能看得清楚。那是我心灵的碎片，流浪的足迹，自我发泄和倾诉的笔录。我再把这碎片拼对成一幅幅美丽的图案，两个月完成两部书的初稿，这样要求自己是不是太苛刻了？但我没有太多的时间，我的经济状况只能让我维持两个月，之后，我还得拼命去挣钱，吃饭钱、房租钱、儿子念大学的生活费，杂七杂八的费用都得支付，我不能等闲视之。

－ 第三十一章 －

摆起八卦阵

一

秋天一如既往结束了它美丽的童话……

金蝉终于给我争取了一个参加乾坤公司招商会的指标。我决定去桂林，从广州出发时，正逢黄昏。坐在火车上，我的脑子里一直在想一个问题，这次去桂林有必要吗？躺在卧铺上，翻来覆去睡不着，我又开始构思自己的长篇小说。一年来，接触了形形色色的人物，他们整天在我的脑子里跳来跳去，我如果不给他们安置一个合适的位置，他们就宛如游魂饿鬼，整天缠得我不得安宁。这大概就是一个作家的职业病，无论从事什么工作，如果染上了职业病，那是一件很麻烦的事，也是一种可怕的不治之症。

窗外，一片漆黑，火车向无边无际的夜色中驶去，我的心也坠入无边的黑暗中。手机没了信号，和所有的人都断了联系。对面铺上的那个人是个开理发店的小老板，也是去参加乾坤招商会的，此时正在呼呼大睡，呼噜声此起彼伏，上铺不知睡的什么人，脚臭味儿一股接一股窜下来，熏得我喘不过气来。我最讨厌这些坐火车脱掉鞋子的人。但有什么办法呢？一会儿，理发店的老板醒了，他坐起来，突然问我："你说乾坤公司可靠吗？"

"现在可靠，每月都准时把利润返给了消费者，但以后可靠不可靠，谁也说不准，你是不是打算开商行？"

他点点头："是的，老婆没事干，让她来经营也不错，但心里还是不踏实。总觉得天下没有这等好事，又觉得不想错失良机。"

"那你可以有两个选择：一是借招商会对乾坤做一次深入的了解，实地考察公司实力和背景；二是先根据自己的需要消费几个试试看。"

我俩一直在聊乾坤，一个晚上也没有睡觉。清晨五点钟到达桂林，金蝉已经在车站外面等我们。在一家小吃店，我们一起吃正宗的桂林米粉，老板娘将米粉盛在一个大碗里，各种汤料都摆在一张大桌上，自己随便舀，这一点要比广州的桂林米粉店大方。我看着那么多佐料，反倒不知道该放什么。金蝉说，这地方的辣椒很辣，千万不要放多了，但我禁不住那香味的诱惑，挖了一大勺。结果，辣得头顶直冒汗，没办法，只好用开水把米粉再冲一次，再放点葱花和香菜、酸豆角，淋一点麻油，味道还是很可口。

二

吃过早餐，我们就去宾馆报到，大厅里已站满了人。我又看到了许多熟面孔，一个个风尘仆仆都像大旱望云霓似的，从四面八方涌来投奔乾坤公司。

"雏菊，真没想到，我们又见面了。"龙转有从人群中挤过来，和我打招呼。

"我们有缘分，听说你玩大了，也赚钱了。"

"嘿嘿，是乾坤这个平台好，是咱们老百姓的一个平台，门槛不高，谁都可以进来。"他背着一个崭新的电脑包，一身笔挺的西装，有点大老板的气派。

"是不是金蝉大姐邀请你过来的？"

"你怎么知道？"

"除了她没人能把你邀请来。我也是她发展的。我们在一个公司，以后就是一家人了。需要什么货到我的店铺去拿，千万不要客气。我给他们报个到，一会儿再聊。"他的身后男男女女跟了一大群。

这小子也真能干，一下带来这么多人参加招商会。我正要转身走，人群中又有人喊我："雏菊，你怎么也来了？"

顺着声音，我一看原来是艾瑞新的传奇大亨和老华侨："别来无恙，没想到我们在这里又见面了。"我们以前都在艾瑞新公司，传奇大亨是讲师，老华侨是工作室的常务理事，自从艾瑞新在报纸上曝光以后，见面的机会就很少了，我们团队的人都从工作室转移到了陶然居茶楼，老华侨他们一伙广州人一直盘踞在宝丽金茶楼。

"真没想到，你们也来投奔乾坤？看来，我们是有缘分。你们是从哪里得知乾坤的消息的？"

"许多报纸都报道了乾坤这个公司，我们能不知道吗？除非是瞎子和聋子，能赚钱的公司谁不想进来？"

传奇大亨问我是不是也来申请专卖店，我笑了，没有告诉他我来的真正目的。其实，我也不知道这次来究竟是为了什么。但有一个目标很明确，我一定要见见这个李总裁，网上对他传说纷纭，有人说乾坤公司的总裁李晟是大骗子、是非法营销的大头目；又有人说他是一位很有战略眼光、很有智慧和聪明才智的优秀人才。不到一年就发展了七十多万消费者，三千多个专卖店。他似乎有孙悟空的本事，拔一根猴毛就会变出成群的小猴子。

我反问他："你是来申请专卖店还是做消费者？"

"乾坤公司不是需要大量的人才去开发东盟市场嘛。"

"噢，你是想应聘个东盟市场的总裁当当？"我呵呵笑着，"乾坤这个平台不会委屈人才，你会好几国语言，在艾瑞新讲课是有点屈才。"

"屈才倒谈不上，关键是艾瑞新暂时不能公开运作，我们总不能长期扮演地下党吧？"

"最主要是奖金制度，门槛也高，一般人吃不起那么贵的保健品。"老华侨也在旁边插话了，"如果乾坤公司能长期运作下去，还是很不错的，不要像天籁公司，刚开业就崩盘了。"

他的话突然让我想起了被人们称作混世魔王的天籁总裁，如今也不知又在哪里厉兵秣马。也想起了艾瑞新的总裁，他堂而皇之地用美国人的产品来换取中国人的人民币，打的是爱国的旗号，理念是把健康送给十三亿中国人，换言之，这十三亿人都不健康了。但他却忘了国情，刚刚解决了温饱问题的国人，有几个人能吃得起那么昂贵的保健品？但艾瑞新那个诱惑人的奖金制度却让多少人沉迷其中，做着一个发财致富的梦。这些商界巨头都是来自天石集团，可见天石集团功德无量，它为中国打造了一大批营销将才，他们都有一种要扛起营销大旗的英雄气概，一种要做经济领航人的胸怀，都要和A公司比试一下高低，争霸一下天下。这个李晟似乎更有一种气吞山河的霸气，我一定要见见他，喜欢争强好斗的那个我又在心里冒出了头。我问金蝉什么时候能见到总裁，她说不着急，招商会晚上才开幕，她建议我们先去游金华逛阳朔，见识一下"桂林山水甲天下，阳朔风景甲桂林。"不由分说，她打电话叫来一个导游，我们一起上了去阳朔的汽车。

桂林街头，到处都播放着刘三姐的民歌，我满脑子却是李晟的影子。在网上看过他的照片，他没有高大的体魄，也没有威武的气势，形象很一般甚至有点平庸，但他却宣称要做中国经济大潮的掌舵人。如今，他已驾着这艘大船出海了，跟随他的是七十万中国的普通老百姓。我的小说写的是中国的经济第五波，那么，对于李晟这样的舵手人物，绝对不能不写。我问金蝉："乾坤到底能走多远？"她没有回答我，而是哈哈大笑："这话你要问李晟。"是啊，我今晚如果能和他见面，这个问题是必须要问的，就像当初问天籁的总裁一样。金蝉说，乾坤和天籁不一样，天籁总裁是个鬼才，乾坤的总裁是个奇才。

从桂林一下车，映入眼帘的就是一座又一座山。过去形容大山，总爱用"连绵不断""蜿蜒起伏"这两个词，但桂林的山是不能这样形容的，这里的山奇、秀、险，每座山都有一个象形的名字，元宝山、拇指山、贵妃山、螺丝山、美女照镜、骆驼过江……一路上导游给我们讲这些山的由来，我以后要是写游记，一定要把阳朔、金华、西街再现在我的作品中。

三

招商会在宾馆会议室召开，来的都是商行老板，还有许多从全国各地涌来的投资者。龙转有也朝我走过来，他笑笑说："你也来申请专卖店吗？"

我摇摇头："不，我是过来看看。你一次带那么多人过来，真能耐啊。"我又想起他们讲的那个卫生巾做媒的笑话，不禁脱口问，"你爱人没有过来？"

"她在打理专卖店的事，走不开，雏菊，你回到广州后，一定去我的店里看看，去我那里消费吧，我给你另外加百分之三的利润，怎么样？"他停顿了一下，"不过，这事千万不要让金蝉知道。"

"听说你的专门店很有特色，我回去后，一定去你那里消费一次。"

"好的，一言为定，如果你能给我介绍客户，我要给你酬劳的。"

大家聚在一起大谈生意上的事，焦点仍然是针对乾坤公司。会议室已经坐满了人，招商大会在雄壮的国际歌声中拉开了序幕……

先是一个国家工商机构重要人物做了讲话，他这个开场白给所有消费者和商行老板们吃了一颗定心丸。然后李晟走上了台，他穿一件暗红色的唐装，乳白色棉麻质地西裤，矮个子，一看就是那种精明过人的男子。他给大家吃了一副开心顺气丸，再加一副兴奋剂。他讲了一个"势"字："顺势，造势，但凡事决不能逆势，一定要顺势而行，如果本人没有势，要借势。李嘉诚能成功也是会借势。生意不好要借题发挥，长城发电刚开始没生意做，他借里根总统去他们厂召开了一个答谢会，一夜之间全世界都知道了这个公司。"他的话和天籁公司的总裁说的是多么相似，天籁总裁曾经是要来个"一诺定乾坤，抱团打天下"，要扛起中国营销的大旗，但他的话像阳光下吹起来的彩色泡泡，瞬间即逝。

李晟说要在三年时间发展三万家商行，成为中国商业的圣斗士。乾坤到底能走多远？这是大家最关心的核心话题。

"是不是资金链断了，乾坤公司就关门了？"

李晟听了大家的问话，脸上显现出一副胸有成竹的表情，他说："乾坤在产品上做文章。引领中国未来经济发展的五十年，科技是第一生产力。现在，中国每年有五万个科技专利，但百分之五十都被打进了保险柜里，专利转化不成商品，即使有些产品生产出来了，又卖不出去，关键是没有一个让消费者和厂家双赢的营销模式，出现了'打广告早死，不打广告等死'的现象，但如果找到乾坤公司，就会不死。所以，乾坤公司很牛气，乾坤的消费者更牛，乾坤的商行可以赚全世界的钱。这就是行为决定结果，观念决定行为。"

这一席牛气冲天的话使会场沸腾了。

我根本就没有接近李总的机会，会议散后，人们前呼后拥地把他团团围起来，我只有站在外围望着这位总裁。金蝉过来拉了我一把："走，咱们也挤过去。"我有点不大情愿，就算挤到他面前，又能说什呢？再说，心里完全没有了要面对面和他说话的冲动。但我还是被金蝉拉着挤到了前面。

金蝉向他介绍了我的身份，他和我轻轻地握了握手，我很想问："乾坤究竟能走多远？"但话到了嘴边还是没有说出口，鬼知道能走多远，我又想起天籁的总裁，他不也是雄心勃勃地说要扛起中国的营销大旗吗？但天籁还没有过百天就夭折了。

李晟很会因人而异回答许多人提出的问题，他温和地对我说："在历史的长河中，乾坤公司应该留下一点东西了。"他说的这点东西是什么？我在慢慢回味着这句话，就像在咀嚼几粒油炸花生米。还没品尝出个滋味儿，他身边的人已拥着他向外面走去。突然，我发现人群中一个熟悉的身影，怎么会是他呢？我不大相信自己的眼睛了。

"你在看什么？"金蝉揪了一下我的衣衫问。

"李总身边那个高个子男人很眼熟啊。"

"他是A公司的皇冠赖昌龙，天籁公司开业时候，我记得给你介绍过这个人。"

"他怎么会在这里呢？"

"人家现在是乾坤公司东盟市场的总裁，当然会在这里了。"

"真没想到，他也会走进乾坤，想当初他是A公司的铁杆儿皇冠，铁了心要誓死捍卫A公司的。"

"此一时彼一时啊，现在是中国经济大潮第五波，是消费者变成资本家的时代。除非是傻子，才会铁了心捍卫那个A公司。"

金蝉的话，让我不由地想起和赖昌龙那次短暂的交流，他曾经说过A公司在中国树大根深，想让这棵树枯萎，或者连根拔去，也不是那么容易的。提到A公司，我不由地又想起了柏焜，想起了他唱的那首歌："我要从南走到北，我还要从白走到黑……"如今，不知柏焜又走到了哪里，他在A公司拼搏了几年，花掉了二十万才知道A公司是什么。可见，A公司是多么深不可测，它是一个有着千年道行的蜘蛛精。当它的八条长腿爬进中国的时候，蜘蛛网就弥天盖地。

四

我没有去发展客户，只当乾坤公司一个消费者。因为，我一心想写小说。虽然，我把自己反锁在这间弥漫着酸臭味的小屋里，但思维却飞到了绿帽子大楼。看到一九一一这个数字，我就不由得和美国的"9·11"事件联系在一起，金蝉却一再强调，一九一一是个千载难逢的好数字，走进这里的人都会财运亨通。这是一位香港大师给测算过的。大师不仅会看风水，还是个三流书法家，开业那天，送了商行一幅他亲笔写的字画："紫气东来"，这种不值钱的毛笔字经过装潢裱糊，还卖了一个好价钱。

会客厅的门口摆放着两盆高大的金钱树，黑色的老板桌上，有一块很漂亮的彩色石头，那是时来运转的象征。孤城当起了商行老板，北戈是讲师，邹洋操盘电脑，艾琳、黎芷莹都是业务主管，投单的人源源不断，有点门庭若市的景象。

商行的营业室设在一楼，门上的牌匾都是总公司统一设计的，乾坤两个字是黑色的狂草字体，猛看，就像两只黑色的蜘蛛趴在那里。自从走进乾坤，我总是在想小时候猜过的一个谜语："小小诸葛亮，稳坐军中帐，摆起八卦阵，专捉飞来将"。现在，我又遇到一个谜语，公司为什么起了"乾坤"这么一个名字？汉语词典里关于乾坤的解释是象征天地、阴阳。乾是八卦之一，显然，公司老总是一个懂《易经》的人。八卦相互搭配又得六十四卦，他要在这些卦象中告诉人们一些什么呢？我始终猜不透，为了知道这个谜底，我有点钻牛角尖了，甚至变成了唠唠叨叨的祥林嫂，见人就问，希望他们能告诉我这个谜底。

有人说，乾坤公司是盘丝洞，老总是个成精的蜘蛛，谁走进这张网里都难以脱身，就像进了八卦阵不容易转出去。难道真的是进去之后，就永远转不出来了？就会迷失在这个八卦阵里？也许，这话是千真万确的。那天，黎芷莹坐在一九一一室，喜滋滋地和我说，她已挣到了第一桶金，把每月返回的利润再投进去，到了年底，她可以挣十万元。我问她用这笔钱干吗，她说继续投进去，六个月出局后就是几十万了，只要乾坤不倒，她就会一直做下去。其实，每个人都是这样的打算，都想在乾坤公司打个翻身仗。这几年，大家在无数家营销公司窜来窜去，都变成了穷得叮当响的网络乞丐了，有一个平台能挣到钱，谁又会放过这样的机会呢？那帮吃穷队的老头儿老太太都拿出了最后的养命钱全部投进了乾坤，因为他们都在为时六个月的第一局的争战中大获全胜，存折上每月都准时领取到公司给汇过来的利润。

- 第三十二章 -

情越太平洋

一

　　兰朵打来电话，约我去半岛酒楼喝茶。放下电话，怎么也琢磨不透，她怎么会请我喝茶呢？我和兰朵的交往是君子淡如水，在艾瑞新公司的时候，她不大愿意和我们这些外地的"捞妹"往来。尤其是她让广州团队拉走后，我们见面的机会就更少了。她为什么要约我喝茶？要和我谈什么事？广州女人对钱的计算是很精细的，以前，邀约了客户一起喝茶时，买单总是AA制，就是一角一分，兰朵也算得非常清楚。但在我的小说里，前面已经写到兰朵这个人，我是随意把她写进来的，既然写了这个人，就得向读者有个交代，一部长篇小说，就像一棵大树，每一个人物就是一根树枝，每一片叶子就是这些人的生活内容，如何把这棵树修剪得错落有致，那就看园艺师的技术和审美观了。一个作家，也是一个园艺师的角色，要想让你心灵的树高大挺拔，碧绿苍翠，那些不必要的树枝是要剪掉的。

兰朵在我的小说里就像一根多余的树枝，我几次都想把它剪掉，但她总是在我要剪掉她的时候，突然又出现。我还是反复问自己，兰朵请我来是关于艾瑞新的问题还是她的个人问题？有时候觉得自己很坏，为了拉兰朵做艾瑞新，不择手段来了个乱点鸳鸯，把她和艾瑞新团队里的一个鳏夫老华侨点在了一起。兰朵看了那个男人，却高傲地把头一扬，嘴一撇不屑地说："像这样的男人到处都能找到，但找这样的男人有什么用呢？"她的婚姻观很纯粹，就是要找一个有用的男人。照她的话，现在的男人无用的多，与其找这样的男人还不如自己过。但什么是有用的男人？按常理，男人的性功能健康就是一个有用的男人了，但兰朵却不这样认为，她定规的有用男人，自然是指经济条件而言了。经济厚实，男人的腰杆才能直起来。她不死心，仍然想找一个外国阔佬，这是现实生活中的兰朵，她虽然长得不漂亮，但打扮得雍容华贵，在她身上看不到那种美人迟暮的悲凉。

半岛酒楼耸立在珠江边，坐在这里喝茶，可以听到珠江的声音，听到游轮的长鸣。面对这张红色的桃木方桌，品一杯乌龙茶，看那深褐色的江水一浪又一浪涌过来，一艘又一艘游轮从江面上驶过，心里充满了诗意。我耐心地等着兰朵，大脑像电脑荧光屏，由白色渐渐变成暗灰色……我又沉迷在自己的故事里了。但我必须承认，自己虽然是个作家，但不大善于编故事，更不会虚构，有时也怀疑自己进错了门，入错了行，天生不是个作家的料子。是上帝误把这顶桂冠戴在我头上。作家必须有超人的虚构能力，就像王小波、王朔，会把二十个世纪的事和二十一世纪的事像穿糖葫芦似的穿成一串。即使把腐烂的山里红串起来，上面滚一层白砂糖，人们也吃得有滋有味儿。和《皇帝的新衣》一样，因为这是名作家的杰作，是天才的东西，谁也不敢说不好，生怕别人说自己欣赏水平太低。我不能成名的原因也可能就是缺乏这种超人的想象力，但硬着头皮还是要一条黑道走到底。

二

兰朵向我走过来，她穿了一条玫瑰红长裤，裤脚很宽，上身是一件黑色的紧身短袖衫，外加一双水晶皮高跟凉鞋。这身衣服搭配起来，既不妖艳，也不俗气，把她那漂亮的体型完全衬托出来了，丰满而不臃肿，风情万种。

"对不起，让你久等了。"她笑着坐在我对面。

"我也刚进来。"

"喝什么茶？"她又问我。

"你喜欢喝什么？"我淡然一笑。

"喝菊花茶吧，清热下火，天气也太热了，实在受不了。"她从那个精致的小皮包里取出一把折叠的葵扇，轻轻扇起来。

"我们好久没见了。"她一边和我说话，一边很认真地看着食谱。

"是的，自从吃完天籁公司的开业饭，我们就再没有见过面。"

"对不起，我误解你了，后来才知道完全是夏月一手操纵的。"她又提起张万元进单的那件事。

"没什么，我们相互说明白就行了。不过，前几天听夏月说，张万元没有和她结婚的意思，只是同居。"

"那个人我是知道的，自己吃饭还嫌肚子大，怎么能娶女人呢？和我一起吃过一顿饭，把盘里的酱油汤都要喝干净。"兰朵从内心瞧不起这个男人，"和这种男人结婚，还不是活受罪？夏月也真是邪门了，那个八十岁的老头刚死，怎么又迷上了七十岁的老头？"

"龙走蛇窜，各有各的盘算，她大概觉得老头安全稳定一些。"

"我看她是想得老头的遗产。"

"她要是那么想的，就应该和那个八十岁的老头结婚。"

"人长得漂亮，就往往缺心眼儿，她让老头子给耍了。"

"上帝对每个人都是公平的，漂亮女人如果再聪明的话，不都变成苏妲己了？"我话题一转，"最近去艾瑞新工作室没有？"

"艾瑞新可以公开做了。"她的语气很平淡。

"是吗？那不用再隐身上网了，也不用打一枪换一个地方了。"

"现在又做得红翻了天。"兰朵边说边拿出一份报纸，"你看看上面有一篇专门报道艾瑞新公司的，说老总如何爱国，如何引进外资，在国内做了许多公益事业，还买了两千亩地，开始兴建分装厂。这篇文章，其实是变相给艾瑞新平了反。现在，没人敢说艾瑞新是非法传销了。"

我一边喝茶一边看着报纸，这篇报道只有豆腐块那么大，但标题鲜明，文章的位置也恰到好处。我深有所感地说："看来，艾瑞新是命不该绝，总裁精心策划了这一高明的绝招。"

"这篇文章如同还魂散，艾瑞新的同胞们都动起来了。南国秀子一下子把这份报纸翻印了十万份，到处派发。"

"你冲杀得怎么样？"

"我是丢盔卸甲，当逃兵了。"

"不能吧，你投了九套产品的钱啊。本钱赚回来没有？"

"赚个鬼，你们都走了，我也没心思再搞。"

"你在另一条线上不是做得很不错吗？鸟语团队不是一直在帮你吗？"

"不要再提她们，说起艾瑞新我就心烦。不管怎么样，我总算解脱了。"她端起杯子喝了一口茶，"我要走了。"

"你要去哪里？"

"美国。这是我多年来一直梦寐以求的地方。"

"兰朵，你真勇敢，一般女人到了你这样的年龄，就没有这样的勇气了。"

"那是她们的心中没有了梦想。自从我老公和我分手后，我就一直不想在广州待下去了，我要让他看看，你能去泡妞，我还能出国呢。他不要我，我照样活得很好。"

"这个美国人你中意吗？"

"谈不上中意，还算过得去。他能让我出去就行了，两人有缘分就在一起度晚年，如果没有姻缘，我出去看看，全当旅游一圈。"她说得很轻松，好像去街坊邻居家里串门儿一样。

"这年代，出国是一种时尚，无论是什么人，只要出去走一圈，回来后人就变得金贵了，浑身好像镀了金，连眼珠子都是黄色的。"兰朵到了天命之年了，仍然想出去逛逛。

"你把出国这件事想得太乐观了。许多人双脚一走出国门就后悔了，女人到了我们这样的年龄，就该过一种安逸的生活，你自己有房子，有退休费，还有亲人们陪在身边，兰朵，你是最幸福的。"

"我要有你说的那么幸福就不会走了。其实，决意让我离开广州的还是我儿子。"兰朵突然将头扭向窗外，目光触及了什么东西，那是一艘远去的游艇，长鸣的汽笛声在江面上回荡，她脸上呈现出一丝苦笑："好久没有见到我儿子了。"她那平静的语调中透着一股扣人心弦的悲伤。

"你打个电话叫他过来不就行了？麻绳草绳能割断，肉绳永远也割不断。"

"自从他知道我没有钱以后，就再没有来看过我。其实，我走进艾瑞新公司，也是想利用这个平台再给我儿子挣一点儿钱。所以，一下投了九单，谁知道，又跳进一个陷阱，我承认自己是个失败者。"

"人常说，狗不嫌家穷，儿不嫌母丑。你儿子怎么能这样对你呢？有钱没钱，你永远是他的妈妈。"

"也许，是我把他宠坏了，过分的溺爱让他变得极其自私，种什么树结什么果啊。"兰朵满眼泪水。

"你非得出去吗？"我不知道兰朵是怎么想的，她让我无法理解。

"我被骗走的那几十万元，是准备给儿子买房子的钱。他谈恋爱好几年了，没有房子，女朋友一直不和他结婚。我丢了钱，他恨我是自然的事了。"

兰朵没有去责备儿子而是反复在谴责自己，"我走后，他就可以回来住我现在这套房子。"

"什么时候走？我能帮你一点什么忙？"兰朵的话让我感动，又一位伟大而无私的母亲，为儿子肝脑涂地。我不知道他的儿子知道自己母亲是为了他才这样做之后，心里是怎样想的。也许，他认为钱比什么都好，比什么都重要。母亲这样做是天经地义的事。但钱这个东西也不是万能的，有钱能买到房子，但买不到和谐幸福的家。

"签证一办下来就走。"她停顿片刻，端起杯子，喝了一口茶，把脸又转向窗外。一缕阳光照在她脸上，遮瑕霜也遮不住眼角和额头上那些纵横交错的皱纹。

"艾瑞新我不是点了九个位吗？投资了那么多钱，不去做也可惜。打算让我妹妹接着做。但她对电子商务这种生意一窍不通。我想让你帮帮她。如果你同意，抽个时间，你俩见个面，在这边的团队里，我还是很信任你的。"

我揣量着她的话，感到有点左右为难，但一时也找不出一条合适的理由拒绝她。于是，默默地喝茶，凝神静气地倾听。江水在轻轻喘息，慢慢流淌，没有孤城拍岸的喧哗，袒露而泛白的江面向人们彰显着她的自尊。我该怎么办？答应吧，自己实在不想再介入那个圈内，但不答应也有点不忍心。

"她发展了人，你不是也可以享受对碰奖嘛，我妹妹以前是在A公司推销产品，你点化她一下就行了。"

"好吧。"我终于答应了。兰朵很高兴，她给我倒茶。我俩都端起了茶杯，为复活的艾瑞新，为兰朵，为全天下的母亲慢慢品着这清香的菊花茶。

三

下午，兰朵约我去她家里。这是一套两室一厅的房间，室内整洁干净，客厅摆着一套法式沙发，颜色是深棕色的，墙角的小桌上放一盆盛开的白菊花，正面的墙上挂一幅油画，那是微笑的蒙娜丽莎。一看她家里的情调，就知道兰朵是一个很有品位的女人，卧室里床罩、枕头罩都是淡蓝色的。身子躺在一片蓝色中，一定非常惬意。厚厚的海绵垫上下沉浮，定然有一种飘浮在海洋里的感觉，兰朵躺在这里，每天都在做着漂游太平洋的美梦。床头柜上摆着她的一张照片，眼睛含情脉脉，仪态万方，她的目光望着很远的地方，那里又是一片蓝色，是海洋还是天空？兰朵和我说，这张照片早就飞过了太平洋，美国人很赞赏她，说他具有东方女性的魅力。这个评价还是很客观的，她是一个很有魅力的女人。她给我拿出两个很大的纸箱："这里都是信，我想把它整理一下，以后翻起来看看也很有意思。"她指着另一个纸箱说："这里是英语磁带，这两年，我每天都在听着磁带背单词。现在，我去美国至少不会迷路，也认得男女厕所，认得饭店。"她边说边哈哈大笑。

"兰朵，你真了不起，这把年龄还能学会英语。"我吃惊地望着她，她只是一个普通的中国妇女，没有学历，文化也不是很高，看外表，始终不能把她列入知识女性的行列。她也不是淑女和名门闺秀，可以看出她是经过了很大的努力，才把自己改变成现在这个样子，至少让人觉得她是一个受过教育的女人，一个独立的单身贵族。

"这些信可不可以让我浏览一下？"

"可以，让你来家，其实就是想让你看看这些信，你看看有没有一点价值。"

"你泛指的价值是什么？"

"你是作家，给我参考一下，如果有意义，我想把这些信整理成一本书。对方的来信是婚介所给翻译的，翻译的文字水平很一般，但我的信都是原汁原味的东西。"她给我倒了一杯冰镇可乐，把那些信从纸箱里取出来让我一一阅读。这是兰朵请我来的真正目的。

兰朵已经把这些信件按照时间、地点、人物分好了类，发往美国的多一些，英国的、加拿大的、澳大利亚的信要少一些，信的前面都有一个楔子。

信是打印出来的，楔子是用碳素笔写的，字迹很工整。楔子的内容大部分都是写了在什么背景下、怀着什么样的心情写的这封信，语言虽不是很精练，但情感真实细腻，令人感动。那是一个孤独的灵魂在黑暗中的自我喁喁倾诉。

我读着读着，眼睛渐渐噙满了泪水，眼前的兰朵开始让我刮目相看。这就是生活，也就是文学，文学和生活永远是息息相关的，没有生活永远不会产生文学，也不会产生作家。兰朵尽管不懂这些理论，但她的真实情感就是这种理论的体现。谈到她的婚姻问题，她很坦率地说，自从和丈夫离异后，她开始重新审视自己，发现女人最大的悲哀不是年龄的衰老，而是在生活中失去主动权。最初几年，有儿子和她在一起，她没有感到孤独，但自从儿子离家出走后，她突然感到自己仿佛生活在一片黑暗里，孤独包围着她，她找不到冲破孤独的出口……

有钱的时候，她过着悠闲的生活，每天和朋友喝茶、跳舞、唱卡拉OK，但手里没了钱，朋友都远离了她。最后，儿子也从她身边走开，她几度绝望得想一死了之，但还是舍不下儿子。她像粘在蛛网上的一只蝴蝶，翅膀被缚住了，无法再起飞。尤其到了夜晚，四面一片黑暗，自己一个人置身在这间房子里，空虚将她包围，她找不到出去的门。后来，偶然的机会，她走进了婚介所，这里又唤起她活下来的勇气，也萌发了走出去的想法，于是，开始学英语。为了写信方便，她还买了一部传真机，整整一个冬季，她几乎天天沉浮在蓝色的海洋里，一封又一封地写信，不厌其烦地背诵那些蝌蚪似的英文字母……

一个美国人曾经不远万里来和她相会，但这个人可惜是个跛子，兰朵没看上。后来，又有一个英国的绅士也对她很热衷，但绅士有太太，只想和兰朵发生一段婚外恋情，兰朵更不可能答应。现在她投奔的是一个美籍华人，年龄比她大十几岁，在美国唐人街开餐馆，以前的太太是一个日本女人，已去世多年。他一直想找一个中国女人做太太。婚介所为他们搭起了桥，他对兰朵还是满意的。看来，一个人打定主意要干一件事，迟早会成功。兰朵以百折不挠的勇气，一次又一次去冲击婚姻这座城堡，我被她这种精神所折服。我说，这些信很有价值，如果编成书出版说不定还能一下炒红，一个中国女人和外国男人的恋情史，或者是《情越太平洋》，干脆叫《两地书》也行。兰朵兴奋地说："真的可以出书吗？"我说："你的信写得很感人，没有这种生活是写不出这种感觉的，你真实再现了一个害怕孤独而且想冲出孤独包围的女人，你也渴望生活，把生命中的最后一束火光，在太平洋彼岸点燃。"她说，我不愧是作家，每一句话都是那么富有诗意。我说，生活本身就很富有诗意，我们有时候是不会捕捉它，把许多美好的东西、美好的情感都白白流逝了。时间又是一块洗刷我们记忆的抹布，最美好的东西经过这块抹布的洗刷和擦抹，也会变得模糊不清，所以，你想让这些东西永远清晰地印在脑海里，最好的办法就是把它如实地记下来。

我和兰朵聊了很久，好像是一对文学知己一样。天色已晚，我要回去，她说在出国之前，一定要把这些信整理出来。出书的钱不成问题，这个费用美籍华人会给的，只要能出版就行。她要带着这本书去美国。看来女人的命运有一半是系在男人身上的，这话千真万确。但我始终不能把这句话体现于自己的实际生活中，其实，这是我一生悲哀和不幸的根源。没办法，在婚姻这座城堡面前，我没有兰朵的勇气和自信，始终生活在一个没有男人的世界里。

从兰朵家出来，我一个人向家里走去。所谓的家，就是一间很小的蜗居，而且还是租来的。在广州，除了这间房子，我现在无处可去。我独自走在珠江边，眺望两岸闪着绿光的树木，隐匿在夜色里的群楼。一辆又一辆沿江奔跑的汽车，一艘又一艘漂在江面上的游轮，五彩缤纷的霓虹灯……在温柔而朦胧的夜色中，珠江也是朦胧的。此刻，我仿佛走进一个朦胧的世界里……

- 第三十三章 -

八卦迷魂阵

一

　　早餐很简单，我在电饭锅里煲了粥，然后，到小街的面食店，花一块钱买了两个包子。街上的行人稀稀拉拉，铺面还没有开门。广州这地方是早晨安静，夜里吵闹。路上多是赶公交车的人，脚步匆匆忙忙，汽车一辆接一辆，拉着一群又一群的人，穿梭在这座城市的每一条马路。好久没有赶公交车了，日子过得有点懒散，手里拿着包子，心沉甸甸的。市面上的东西都在涨价，包子的价格虽然没变，但体积却变得越来越小。在这个鬼地方，就是挣两千元，也只能糊口度日，何况，我现在连这点钱也没有。乾坤公司突然被查封后，我的心也像被贴了一张封条，把自己关在这间阴暗的小屋，面对电脑（我还是买了一个二手电脑），一直在网上观察乾坤的动态，消息一天比一天坏，我的心情也一天比一天沉重，陷入无底的绝望中。

整个夏日，我一直把自己关在小屋里写作。我给自己拟定了一个宏伟的创作计划，写一部《漂流三部曲》，只要乾坤公司不会崩盘，我的这个"专业作家"就会一直当下去。但好景不长，乾坤被查封了。投资乾坤的这帮弟兄姊妹又一次全军覆没。乾坤公司昔日的辉煌已一去不复返了，一张红头文件判了它的死刑，它将万劫不复。我怀着沉痛的心情和它告别，并向它默哀三分钟！

打开电脑，我先在百度网上点击了"乾坤"两个字，想看看同胞们又在呼喊什么，一个东北的同胞在发泄哭诉："李晟你这个缺德的，死骗子，你不得好死……"东北人的哭诉让人心酸落泪。

关闭了电脑，我终于回到了现实中。外面又在下雨，屋里阴沉沉的，拉开了那扇糊着报纸的窗户，一丝凉飕飕的冷气透进来。我呆呆地坐在椅子上，又在问自己怎么办，也在问上帝怎么办。屋里寂静无声，几只蚊子在耳边嗡嗡叫，麻雀在窗前的空地上跳来跳去。门外，传来小贝的叫声，它回来了，这个小家伙，晚上总是在外面转悠，白天就回来睡觉。我起身去开门，它走进来抬起头朝我不住地叫着。"你饿了？"我已经两天没有给它买香肠了，它用脑袋不住地蹭我的脚，我把它抱在怀里，掰一块馒头给它，它闻闻，没有吃，仍然在"喵喵"叫……

二

中午，我关机睡觉。昨晚没合眼，头昏昏沉沉的。

四点钟醒来，本想冲个凉，哪知停电了。屋里很暗，什么也看不清，什么也不能干。于是，我又钻进被子里。闭着眼静静地躺着，不知什么时候，来电了。

窗外，有人喊我："103，103……"这是我的代号，一听叫声，我的心里就总是有一种不祥的感觉，目光也不由自主地瞅着窗户上那些生锈的铁条和纱网，感觉自己像一个被提审的女囚犯。有一次，我和房东说："你能不能喊我们的名字？这里是公寓楼，又不是监狱。"他哈哈一笑："习惯了喊房号，这样容易记。"

"你容易记，但我们听着心里不舒服。"

"好，好，下次就喊你名字。"

但到了收房租的时候，他仍然叫我103，我只好硬着头皮当"监下囚"了。住人家的房子，就得听人家的摆布。探出头，我看见房东站在楼下，他朝我摆摆手："该交房租了。"抬头看桌上的日历，已是月底，我说："明天吧。"他客气地点点头走了。我一屁股坐在床边，一脸茫然，明天怎么办？存折上的钱已所剩无几，根本不够付房租，我不住地翻着电话本，一个一个过滤着所有朋友的名字，想找一个能张口借钱的人，但翻来翻去，始终没勇气拨打电话。我不能和亲人诉说自己处境的艰难，也不能和朋友说我的穷困潦倒。

惠子又打来电话，她问我乾坤公司的情况如何。我说被查封了，难以起死回生，除非李晟有回天之力。她问我在乾坤赔了多少？我说："手里的钱都赔进去了。"

"这回金蝉该哭着为乾坤吊孝了。"她幸灾乐祸地说。

"那你打算怎么办？"她突然关心起我了。

"明天去家政公司找一份月嫂或保姆的工作。"

"雏菊，凭你的能力不至于去干这种活吧？"

"呵呵呵……"我笑了，"我是关公夜走麦城，已无能力去选择自己的生存方式了。"

"在广州想快速成功，只有做网络生意。"看得出她对网络营销仍然不死心。她其实是个很不错的英语翻译，但不知怎么回事，迷上了网络直销这一行。

在艾瑞新公司的时候，我俩配合得还是十分默契的。我们一起去她的家乡开辟市场，乘一辆豪华大巴，车子冲过蒙蒙的夜色，向着西边的方向急驶。

我们躺在那张狭窄的卧铺上，任车子摇来晃去，黎明时，才到达目的地。我和惠子下了车，眼前是一座罩在灰色雾气中的小镇，这里出奇的安静，没有灯光，天上的星星都隐藏在深灰色的云层后面。我们拉着行李箱，走进一家用青竹搭起的餐馆，花三块钱吃了一碗米粉。吃饱了，就搭了一辆小四轮车，向县里走去。这是一条坑坑洼洼的泥巴路，车子颠簸得厉害，我们坐在那条长凳上，就像在公园里玩蹦极跳一样，颠簸得让我头昏目眩。眼前是高耸入云的大山，山上是绿色的茶树，风景美极了。惠子说，待久了，就不觉得美了，这清一色的绿，反倒让人生厌，恨不得马上逃离这大山。她自从考了大学，就很少回家。她嘴巴利索，说话节奏很快，人又年轻漂亮，读的又是英语专业，翻译这个职业还是很适合她的。但她喜欢具有挑战性的工作，如今一家又一家公司崩盘，一个又一个网络被查封，让我们耗尽了力气，耗尽了钱，也伤害了许多人脉。朋友一个一个地离去，我的心也越来越冷。

三

整整一天，我精神恍惚，两眼死死盯着那块灰白色的荧光屏，屏幕一会儿变得乌黑，一会儿又泛着白光，我的脸上也是乌云笼罩，听着网民们的呐喊和哭诉，心情惨然。

屋里一片沉寂，几抹晚霞从窗户的缝隙间透进来，我倚窗呆呆地坐着。一片阴影遮住了我的脸，桌角摆放的那台破旧的风扇，嗡嗡地叫着，就像一个患了牙痛病的人不住地哼哼似的。风吹进我的鼻孔，我没有感到一丝凉意，浑身反倒更加燥热。听着难民们的怒吼，突然想起《嗜血的狼》那个故事：东北的猎人把涂了猪血的刀埋在雪地里，狼闻到血腥气味用自己的舌头去舔那刀子上的血，越舔越来劲，结果狼死在了雪地里，猎人捡走了猎物。我们不就是一群嗜血的狼吗？

窗外，又有人喊我："雏菊……"听声音，我知道是北戈。关掉电脑，起身开门："进来呀，好久不见你了。"

"听说你病了，我过来看看。"几天没见，他显得更加消瘦，脸色也很难看。

"没啥大毛病，只是有点劳累，休息几天就没事了。你们最近忙什么？"

"什么也不能忙了，明天，广州各商行的老板都去光奚，我和孤城也准备去。你去不去？"

"我去不了啦，这几天还在打吊针。光奚那边有什么动静？"

"乾坤已经有消息啦，定性为非法集资。"北戈也是满脸愁云，"这简直是一个弥天玩笑，被称为'中国营销史上的创新企业'，竟是一家地地道道的非法集资公司。这是怎样一个令人尴尬的笑话。"

我的情绪显得很沮丧："真没想到，我们又一次败下了阵，而且败得这么惨，这到底是咋回事？"

"现实就是这么残酷。"北戈满肚子的不满和怨气。

"你知道吗，艾瑞新公司又起死回生了，现在又做得很火爆。不知总裁动用了哪一尊神，堂而皇之地又上了报纸。"

"南国秀子把这张报翻印了十万份，做艾瑞新的人手一份，这些跨国公司就是厉害，就像A公司，但谁敢去查封人家？不仅不查封，还得给人家立一个法，人家现在是名正言顺地敛财。"

"再火爆我们也不能回去了，团队的人都各奔东西，士气难鼓了。当初投资时，我们根本没看透其中的玄机，不是想象得那么容易，发展两个人支起两条腿就能挣到钱。"我和北戈说，"正因为艾瑞新做不下去了，才投资做乾坤，谁知道乾坤公司也是这么短命，我要去打工了。"

"你想干什么？"

"去饭店洗个碗，到家政应聘一份保姆或月嫂，还是可以吧？"我说得很认真。

北戈像看一个陌生人一样久久地看着我："雏菊，你是作家呀。"

我的脸上呈现出一丝苦笑："洗碗很不错，我想去试试。"

"你干不了，那是酒店里最辛苦的活儿，挣的钱也最少。你应该发挥自己的特长，去写字楼工作。"

"其实，干什么都不重要，就当去体验生活。"我不能告诉北戈，这个月我连房租都付不起了，明天不知去哪里。想起那些睡在公园里、天桥上、马路旁的流浪汉，一阵心酸的泪从我心头漫过。投资做网络生意的时候，我心中一直怀着一个美好的愿望，想在短时期内改变自己的经济状况，但残酷的现实却把心中的梦想打得落花流水。

手机不停地响，我一看显示屏是柳星雨："吃饭没有？"他问我。

"没有，电饭锅里煲了莲藕汤，你过来喝吧。"

"我刚吃过大餐。"

"又是大餐？你就不能换个口味？"

"明天大餐也吃不开了，我身上只剩七块钱。"

听了这话，我心里很不是滋味，日子还很长，眼下连生存的办法都解决不了，何谈发展？靠借钱过日子，靠朋友的帮助渡过这漫长的创业阶段是不现实的。我是帮不了他，明天，我能不能在广州待下去还是个未知数。

北戈要走了，刚要出门，孤城打来电话，他让我明天上午去绿帽子大楼一趟，大家一起商量去光奚的事。他在电话里愤愤地说："我们都被李晟要了。"

"何止是要？我们走进了一个八卦阵里。"我又在琢磨"乾坤"这两个字，实在想不明白，乾坤公司为什么叫了这么一个名字，李晟一定精通八卦。这是一个无限大的阵，李晟是阵的中心，活像一个蜘蛛精，一圈又一圈地吐丝结网，直到全国各地都有他布下的网，而我们则是一群被俘在网上的昆虫、飞蛾、跳蚤、蚊子……

第三十四章

敢问路在何方

柳星雨来了，他的脸上仍然挂着自信的微笑，困顿和落泊在他身上永远也看不出来。他头发很短，显然是刚刚理过。他在镜子前照照，说："这个发型怎么样？"

"很帅，你是开11号汽车过来的吧？"

"你怎么知道？"他疑惑地看着我。

我没有回答他，淡笑说："万闯说过一句经典的话，大凡一个闯广州的人，哪怕口袋里只剩一块钱，这个人依然能待下去，这话很有道理。"

"有什么道理？"

"穷则思变，万闯把这句话演绎了。你的兜里别看天天只有几块钱，但天天也照样有吃有喝。就像路边的乞丐，那个肮脏的碗里每天只放一块钱，但他天天守着这一块钱，照样活得很自在。"

他还在照镜子，头发大概是刚喷过发乳，又黑又亮。他说，昨天在庆功联欢晚会上唱了首《敢问路在何方》，全场掌声四起，有一位女士还给他献了一束鲜花。他说自己是演员的嗓子、运动员的体魄。我脸上挂一丝讥诮的微笑："不用和我讲这些，在我眼里，你什么也不是。"

"不能吧？"他怔怔地看着我，眼里透出失望，语调中隐含着一种自卑。

"是的，因为我了解你。"我一本正经地说。

他嘿嘿地笑了："看来，人与人之间是不能走得太近了，距离产生美。"随即，话题一转说，"口袋里只剩几块钱了……"

这话听起来令我很不舒服，不由得皱了皱眉头，冷冷地说："不要和我哭穷，我也没有钱。"

"那我只有跳楼了。"他脸上的笑容一扫而光，一副愁眉不展的模样。

"上楼顶就会了结此心愿。跳吧，你看，前面的天是多么的蓝。"我在模仿《杜丘》电影里那段画外音。

"你好绝情。"他低着头坐在床边，目光忧郁。

"是的，因为我也准备去跳楼，有你搭伴不会寂寞。"

"不至于吧？你是百折不挠的女强人，今天怎么也说这丧气话？"

我没有回答他的问话，更不想和他说乾坤被查封的事。

他又问："艾瑞新做得怎么样？最近有人进单吗？"

"没有，你怎么突然也关心起这些事？"柳星雨是不大关注网络生意的，"艾瑞新已经在报纸上重新亮相了，在广州艾瑞新仍然做得非常火爆。"我没好气地说。

"没有牌照终究会被国家取缔的。"

"全国不就十家营销公司拿了牌照？"我不耐烦地说，"你没听说，有牌照早死，没牌照等死，珍奥不是也拿了牌照，前几天照样被取缔了？"

"珍奥怎么能和B公司比呢，B公司在直销的排行榜上已名列前茅，马上就要超过A公司了，你没听说，'A公司毕业，B公司就业'？"

"你打开网看看，B公司的产品吃死一个人，最近正在打官司。"

　　"那完全是对B公司的陷害和诬告，有人花钱买通了那个记者，那个人本来已经快死了，想讹诈公司一笔钱，验尸时，药品还在嗓子眼里，明明是死后喂到嘴里的。"柳星雨破口大骂那个记者，"就是这个该死的家伙，害得我两个部门散了架。这年头，谁都不会和钱过不去。那些自以为通过一杆笔就能写天下的记者们也不会和钱过不去，而且职位越高胃口越大。口袋里装着一本证就以为天下都是自己的。其实真正的记者没有几个，越是出风头的人越是冒牌的假记者。"

　　"现在的年代就是一个以假乱真的年代。"我的口气有点调侃，"好好推销你们B公司的产品吧，我不会再碰这些东西。"

　　"明天公司有一个三天两夜的业务培训，我要带团队的人去参加，也希望你和我一起去。"

　　"免了吧，谢谢你的邀请。"我的口气不冷不热。

　　"我很需要你的支持，今年我去马来西亚旅游时，希望送我上飞机的人是你。"他停顿片刻，神采飞扬地描绘着未来的美好前景：将来要去的地方、要买的车子、要过的那种悠闲生活。说够了，又转回主题，问我能不能再借给他几百元，日后加倍偿还。

　　"靠借钱是过不了日子的。"我的口气很坚决，何况我现在也是泥菩萨过河，自身难保。

　　"那你说怎么办？我要不去，其他人也不会去，团队会散架的。"

　　"打工挣钱，先求生存，后求发展。"

　　"不行，现在正处在关键时刻，怎么能去打工呢？"

　　"怎么不能？没饭吃的时候，还得跪地乞讨呢。"

　　他被我的话呛得直翻白眼，沉默了好久，从兜里掏出一张卡："你帮我取一点钱，这张卡上还有八十元，都取出来吧。"

　　"你为什么不去取？"

　　"我不想排队。"

"你是怕丢面子？说起来也很可怜，堂堂的B公司业务经理，卡上只有八十元压底钱，还要挺起脊梁骨硬充好汉。真正的空手套白狼，比当年两把菜刀闹革命的贺龙还厉害。"

柳星雨就是这么一个人，三天没饭吃，也不会耷拉脑袋。身上没有一分钱，坐不了公交车，宁愿步行走，也仍然装出一副财大气粗的样子。他把全部的精力都投入了B公司，算起来他沉迷这家公司已有一年多了，但经济状况仍然没有改变，而是越来越困顿。他跑市场是凭的真功夫，一张嘴，两条腿，还有一部手机，实实在在的空手道。他的团队究竟有多少人，我从不过问。我只知道他十七岁就在广州漂泊了。二十多年来，在这座城市究竟干了什么，谁也不清楚，他很少提及过去的事。我只知道他娶过一个广东女人，有一个儿子，也曾经离过一次婚。偶然说起过去，他的眼睛里总是充满哀伤，神情也处于忧郁状态，看样子他过去是受过很大的挫折，如今无论遇到什么困难，他永远是从容不迫的。虽然他没有多少文化，但喜欢读书，也喜欢写几句不成诗的诗歌，他的想象力很丰富，对事物的认知也十分敏感。上帝赋予他诗人的天分，但语言的贫乏让他无法把内心的激情表述出来，更达不到奔放的境界。这也是他一生的缺憾，不过我还是很喜欢他的诚实和不装腔作势。

"我现在是很艰难，但我始终相信自己会走出这块儿沼泽地。"

"会走出来的，道家的理念是：人在'无为'的境界中，可以获得所向披靡的大智慧。"

"我需要的是雪中送炭，不是锦上添花。"

"你没有成功的时候，就是你的老婆也不会给你雪中送炭，现在的人实惠得很。不过，一个善于把握自己的人，总会找到一条属于自己的路。"

"谢谢你，雏菊，你的话让我顿开茅塞，我相信自己会成功的。"

"看准一条道就要走下去，爱上了一件事，就要干到底。你不是说要让我看到，在我认识的难弟难妹中，你是成功的一个嘛。"我突然把话题一转，"你说，人究竟是为了什么活着？活着最吃亏的是什么？最凄惨的是什么？"

他被我问得一时对答不出来，沉思片刻后说："每个人的想法不同，活法儿也不同，至于活着最吃亏、最凄惨的是什么，我还真没有想过。"

　　"你应该好好想想。下次见面我们继续探讨。"我没有告诉他答案。

　　柳星雨要赶末班车回天河，临出门时，他回过头对我说能不能帮他销售三百元的产品，这是他每个月必须消费的定额。否则，就拿不到工资。看他为难的样子，我不忍推脱，只好答应了，我没有去送他。铁门"咣当"一声关上了，我起身拉开窗帘，只见外面一片漆黑，他的身影隐匿在小巷深处。

- 第三十五章 -

为乾坤吊唁

一

金蝉这个身价百万的富婆，一夜之间又沦为难民。她把在乾坤公司挣到的钱又全部投进了乾坤。上帝和她开了一个不小的玩笑，这次，她彻底穷了，穷得干干净净。乾坤公司的运作一停，霎时间，遍布全国数千家商行和几十万持卡消费会员的投资和消费资金全部被"套牢"。人们陷入恐慌与绝望之中，网络上也是人心惶惶，传言纷起，莫衷一是。所有投资乾坤的人都落得这样一个下场，这些人天天去绿帽子大楼打听乾坤的消息，工作室里死气沉沉，人们走进来，像吊唁开追悼会，一个个哭丧着脸，低着头，谁也不说话。金蝉给广州乾坤第一人诗欣打电话，话筒里传来"嘟嘟嘟"的声音，无人接听。她一摔电话，气急败坏地大骂起来："人都死绝了。看来，我们该做的事就是为乾坤吊唁了。"她的话音刚落，龙转有就风风火火推门进来："不好啦，诗欣大姐被公安局带走了，她的乾坤专卖店也被查封啦。"

听到这个消息，大家都愣住啦，几秒钟之后，不知谁带头放声哭起来："这究竟是怎么回事啊？昨天乾坤还是最具竞争力的创新企业，今天就被查封，怎么回事？"

"乾坤公司怎么一下子就从天堂掉到了地狱呢？"

哭吧，痛痛快快哭一场心里也好受。孤城、北戈也是唉声叹气，从抽屉里取出一包纸巾，给每个人发一块，并对他们说："不要哭了，积蓄点泪水到光奠流吧，再说，哭坏了身子更麻烦，我们手里连个看病钱也没有了。"他不住给人们发纸巾，不住地给他们说宽心的话，不住地解释。邹洋依旧坐在电脑前，一只手托在下巴上，两眼目不转睛地盯着屏幕，嘴里不住地哼唱着一首民间流行的歌曲《房价之上》，歌词反串《月亮之上》，声音凄凉悲伤，就像吊唁死人播放的哀乐。

　　我在遥望，

　　大盘之上，

　　有多少房价在自由地上涨……

　　有房的日子，

　　远在天堂。

　　呕也

　　呕也，

　　呕也！

　　挣钱的渴望像白云在飘荡。

　　东边割肉，

　　西边喂狼……

"挣钱的渴望像白云在飘荡，东边割肉，西边喂狼……"北戈在一边附和着，他说，"今年要实现一百万的梦想，看来又破灭了，买房子娶老婆的事又要无限延期了。"他突然把声音提高，大声对屋里的人说，"难弟难妹们，乾坤公司被查封，这是我们谁都没有预料到的事，也是我们永远也不会预料的事。要怨就怨自己命苦吧。"

黎芷莹一边哭一边说："我今年是怎么啦，投资天籁赔了，投资乾坤又赔得身无分文。我不知道以后的日子该怎么过。"她哭得好伤心，满脸绝望，满目忧伤，再过几天，她的信用卡还款期限就到了。她无法再弥补这个窟窿，这个窟窿是自己挖大的，如今，已走到绝路，而且是自掘坟墓，看来，只有自己来埋葬自己了。她发展的那些人也都围在她身边，问她怎么办。她说："我要知道该怎么办就好了。"

金蝉几天都没有睡觉了，眼圈是青色的，声音也沙沙哑哑："不要在网上听任何人的话，昨天有人说李晟死了，今天又说他割腕了，后天还会说他被逮捕了，都是一些别有用心的人在散布谣言，好与坏都不要轻易相信。我们马上就去光奚问个明白。"

"问什么？'缸和瓮一般大'，我们跟上你算倒霉透顶了，我把今年挣的钱全部搭进去了。"艾琳狠狠地盯着金蝉，态度发生了决定性的转变。

"我又没强迫你来乾坤公司，你是自己找上门的。"金蝉也不是个好惹的女人，"我丢进好几十万又该怨谁？你那几个可怜钱还算个啥？"

"我那是血汗钱哪。"言外之言，金蝉的钱就不是血汗钱了，"早知道这样，你就是把乾坤说得天花乱坠，我也不会投资的。"

"你应该知道自己迟早会被宰一刀的，因为你是一头没脑的猪。"金蝉也恶狠狠地回敬了艾琳一句。这句话把艾琳激怒了，她正要发作，北戈过来劝说："大难当前，千万不要内乱，咱们商量一下看究竟怎么办，相互埋怨是没用的。"

二

　　吃穷队的张万元来了，他今天穿了一身宝石蓝唐装，闪闪发亮，前胸和后背都印着一个金色的"寿"字，脚蹬一双黑缎子软底鞋，头戴一顶灰色的礼帽。他身后跟着的那群阿婆老阿公也都穿着奇形怪状的衣服，一进门就异口同声地说："送我们去火葬场，我们没法活了。"天啊，这就像一群从坟墓里出来的僵尸，一个个脸色铁青，身穿寿衣，分明是一群讨债的恶鬼，他们围着金蝉大吵大闹。我似乎看见每个人嘴里的前门牙都在渐渐变长，舌头也变成了绛红色，像极了青面獠牙的僵尸，"还我们的养命钱，你把我们害死了，你也不能活。"

　　"送我们去火葬场。"说着，张万元把一张大红纸贴在工作室的门上。一行醒目的大字映入人们眼帘："送我去火葬场。"

　　大家看着这张大红报，哭不出来也笑不起来，一个个面面相觑，谁的心里也有许多说不出的苦衷，那是一种无法忍受的痛苦和激愤。北戈坐在一旁，两手支撑着头，靠在桌子上，长长叹口气问："张万元，这是你写的吗？"

　　"是啊，我一点办法也没有了，只有去火葬场了。"他坐在椅子上，像一只钉死的瓢虫，几撮山羊胡子在怒气中不住地抖动，"乾坤死了，我也要去死，没有任何希望了，只有死亡。"

　　"昨天我在网上就看到这份帖子了。"

　　"是我让儿子给发在网上的，我要让全世界的人都看到我是怎么死的。"

　　"全世界每天不知要死多少人，谁还顾得上看你是怎么死的？要死的话，请不要死在家门口，拿着药在人多的地方喝，不然的话真的不划算，赔钱又赔命呀。也许牺牲你一人会幸福千万家。"金蝉像吃了火药，口里吐出来的全是火气。

“这次去光奚，我就没有再回来的打算了，钱是命，命是王八蛋，我现在恨死了这个王八蛋，让它痛痛快快化作青烟飞上天，也是件大快人心的事。”张万元精疲力竭地将身子靠在椅背上，他微闭着眼睛，腮帮子在一种愤怒中颤抖着，显然，他在极力控制自己的情绪，不想让那种绝望的心迹过多地表露出来。

看到他这个样子，我突然想到芳姨，钱这个鬼东西已经让她“幸福”地躺在那把摇椅上，整天面带笑容摇啊摇，我担心张万元步她的后尘。大家都在安慰这些老人，他们投进乾坤的都是养命钱，钱丢了，等于要了他们的身家性命。一个叫老顽童的长吁短叹地说：“想起乾坤这玩意真让我大喜大悲，我原来是隔天吃顿肉，自从投资乾坤后，我在想，这下终于能天天吃肉了，尽管肉价猛涨，但乾坤的利润还是可以改善目前的生活。没想到，投进去后，钱还没领过就垮台了，以后是一个月也吃不上一顿肉了，唉……”

“谁把我们的钱黑吃，谁天打雷劈!我们受骗了，我的钱呀，我的省吃俭用的血汗钱!以后怎么办？”一个老太婆放声哭起来，其他老太婆也跟着哭起来……

“大家集合一下，找个地方商量。”孤城说。

金蝉说：“希望大家快速行动起来，争取拿回自己的血汗钱。”

三

广州乾坤第一人——诗欣，涉嫌非法集资已经被公安局拘留。许多乾坤的专卖店都面临着被查封的局面。金蝉带领商行老板和许多消费者，踏上了去光奚的路。这天晚上，下着雨，天地混浊一片，每个人的心情都是沉重的。我们默默地离开绿帽子大楼，也默默地向挂着乾坤大牌匾的商行告别。明天，这里再也不会看到“乾坤”这两个狂草字了，这是两只将要死去的蜘蛛，雨点无情地落在牌匾上。不知谁在玻璃上贴了一条白纸，上面写着几句话："本·拉登被捕，萨达姆被崩，本店被封，暂时关门回家。"一路上我们谁也没说话，但我感觉到，大家似乎有许多话要说。突然，邹洋文绉绉地来了一句："风雨伴我下地狱。"

"为什么非要下地狱呢？你就不能说风雨伴我进天堂？"孤城不满意地瞪了他一眼。

"富人进天堂比骆驼钻针眼儿还难，进不了天堂，那不去地狱去哪里？"

"值得庆幸，我们现在已经不是富人了，进天堂不会那么难了。"北戈接着邹洋的话茬说。

"天堂的门窄，不容易进去。"我在一边附和，我们这群人，看来是天堂进不去，地狱又不想进，真正成了孤魂野鬼了。上不着天下不着地。做人难，做鬼更难。"

"不要说得那么悲伤。"金蝉和诗欣肩并肩走在一起，雨点淋湿了她的头发，她仍然穿着那件胸前印着红蜘蛛图案的T恤衫，但这只蜘蛛已经不会吐丝了，她对邹洋说，"你给大家朗诵一下，昨天在网上看到的那首诗。"

邹洋清了清嗓子，双手叉腰高声说："同志们：钱是拿不回来的，但面包还是有的，希望大家团结一致，发扬艰苦奋斗的光荣传统，保持穷人的本色，做一个无产阶级的革命接班人。下面，给大家朗诵一首诗，作者雏菊。"

大海
曾经有我的一滴
眼泪
汗水
还是血
疲惫的心
飞过

天涯

沧海

让寻觅

去触摸漂泊的每一个角落

曾经为你流泪

因为

只有你在乎

幻夜里

在蜕变中挣扎的丑小鸭

把带血的羽毛

根植于肌肤

只为和你一起

化作天鹅

在灵魂深处起舞

– 第三十六章 –

世界是空虚的

一

一个人沿着珠江慢慢行走，跃入眼帘的清波逐浪触动了我摇曳的心旌，视线不由得搁浅在江面。一群水鸟在水面上飞来飞去，聆听它们的鸣叫，聆听那苍松翠柳对季节的承诺。于是，心中那永不枯竭的灵感总是悄悄地撩逗我。

拥挤的广州车站，人声鼎沸，从人的夹缝中伸出一个脑袋，紧接着，爬出一个四肢触地的身体，宛如一条盘着的蝰蛇，不时用一双没有视觉的眼睛在窥视人群。他头上戴着一个扩音的麦克风，脖颈上挂着一个小铁桶，偶尔，有几张纸币、几个钢镚也会落进桶里。贪欲和绝望纠缠在一起，尊严和人格变成一块肮脏的裹腿布，垫在他的双膝下。这难道是他无可救药的生存法则吗？这样的思考，顷刻间十分强烈地反映在我的大脑皮层，说不出为什么会对这个可怜的行讨者产生一种怜悯和厌恶。也许是人们对这样的行乞一族司空见惯，也许大家都沉迷在自己的世界中，谁还理会他们的存在。无论他怎样艰难地爬来爬去，念念有词的乞讨话术还是被一辆又一辆穿行而过的车轮碾得粉碎。

　　路两边笔直的棕榈树，那低垂的树叶，把一片阴影投在人行道上，长长的叶柄像一把硕大的扇子，在清风中慢慢摇曳，给过路的人带来了一丝凉意。我坐车去B公司的专卖店，那天已答应了柳星雨，要帮他消费几百元的产品，尽管我不知道他在B公司还能不能坚持做下来。从专卖店出来，突然想起龙转有，记得他就在这条街开了一个很特殊的专卖店，我想去看看。

　　一条小街，街面很窄，路上行人也很少，冷冷清清的，在小街尽头，我走进一间不太宽敞的当口。龙转有刚刚从光奚回来，见我推门进来，起身热情地招待我。专卖店很特殊，客厅里摆放一张办公桌，两台电脑，还有一个样品柜，里面陈列着钱包、口红、手提包、卫生巾……五花八门，墙上镶着一个不锈钢展货架，上面挂着各种牌子："男女洗手间""请勿打扰""禁止吸烟"……花花绿绿，琳琅满目。套间里有几张桌子，几把椅子，吸引我视线的是靠近窗前摆放的那个大货架，货架上都是乾坤的产品，这是一个完整的乾坤专卖店，只是门上没有挂牌匾，我不由得想到一九一一，想到那群葬身于商海的乾坤人，还想到一直风尘仆仆奔波在维权路上的孤城，究竟是一种什么力量把这些人推向维权的路？满脑子的为什么向我包抄过来。

　　我和龙转有对坐在桌前，他讲的第一句话就是："这次光奚上访彻底失败了。"

　　"这是注定要失败的。"我回应他的话，"你还摆放着乾坤的产品？"

　　"放着吧，也许再过几年，会成为一种珍稀品。"

　　"乾坤有起死回生的可能吗？"

　　"难说，李晟在监狱中，也许就修炼成一只成精的蜘蛛了。"

　　我和龙转有不陌生，聊天中还得知他也爱好文学，曾经在报纸上发过文章，也算一个文学知音。

中午，我要走，但龙转有却非要留我吃饭。我们一起去一家湖南人开的餐馆吃酸菜鱼，他还点了一盘香辣蟹，几碟小菜。他执意要拿一瓶白酒，说和内蒙古人在一起吃饭不喝酒有点失礼。我说不必了，自从来了广州，已经忘了白酒是什么滋味儿了。他还是拿了一瓶泸州老窖，很好喝，甜甜的绵绵的，我知道这种酒很有力度，后劲儿也大。几杯下肚浑身发热。好在餐馆里有空调吹。龙转有虽然在营销界摸爬滚打了几年，但身上文人气十足，举手投足很有修养，一看就是接受过高等教育的。不能否认，文化这个东西非常了不起，它可以从头到脚改变一个人，无论从事什么行业，都不能掩盖你所接受的文化熏陶。他在大学里读的是汉语言文学，也曾经发表过许多文章，当过文学社社长，他说迟早也要圆一次文学梦。我不知道他这个梦要怎么来圆：发几篇文章还是出版一部书？我说，不要把文学看得太神圣了，指望这亩田种庄稼会饿死的，除非你是名作家。但能成为名作家，并不在于你作品写得有多好，也不在于你发表的篇数有多少，关键是能不能遇到媒体给你炒作。炒作是一件非常可怕的事，是一口无形的、烧红的大锅，可以把你捧为天才，也可以把你贬为白痴，黑白颠倒是很正常的事，就像豆子在锅里翻炒一样，生的能变成熟的，白的能变成黑的。

二

龙转有看的书很多，侃起来也是没完没了，他说："自幼家庭贫穷，父母却想尽千方百计，东拼西凑让我读了高中，上了大学。可是机不逢时，走出学校的时候国家早已不分配工作了。我只好南下打工。赚钱还上学欠下的债，可是工资太少一直没能如愿。后来告别工厂，上街头摆地摊当走鬼。在没路可走的时候，我总是问自己，你难道还要回到那贫穷的山区，脸朝黄土背朝天吗？想想父母亲辛辛苦苦供我读书，就是让我走出大山，走出那个贫穷的窝，我要再回去，怎么有脸面对他们？最后，我又选择了营销这个行业，奋斗了许多年，总算有了一个自己的专卖店，没想到在乾坤公司赔了钱，栽了一个大跟头，好在还有其他几项业务支撑着，否则，讨吃要饭也来不及了……"

"你干得不错啊，能撑起摊儿就很不容易了。"他这种白手起家的实干精神令我佩服。

他摇摇头，满脸无奈："都是贷的款。"

"能贷出款也很了不起，说明你在广州已经有了一定的根基。"

"根基是靠自己一滴汗一滴血打造起来的。"他说自己组建的团队发展很迅速。他是从贫穷中走出来的，所以，也要帮助一些无助的人走出困境，只要投奔他的人一心一意想在这个行业里打磨，他就会不惜一切代价去帮助他们。一个人对自己百分之百负责任时，就会对周围所有的人负责任。一个不负责任的人是不能从事营销的，组建一个团队需要的是一个人的综合能力，有些人在营销界充其量是个混世魔王，有些是拉杆子、结把子的山大王，最终都成不了大气候。我实实在在被他的话感动了，没想到这个貌不惊人的龙转有，城府是那么深，造诣也很高。

"你也会成功的，一个人思考的品质决定他人生的品质。"

他给自己定了一条规矩，每天必须要花掉十万元。我说能实现，但不是现在。每一位做营销的人都是这么雄心勃勃，都在规划着以后的生活：旅游、出国、睡觉睡到自然醒、数钱数到手抽筋……他说要办一个文学沙龙，创建一个园地，吸纳一些有知识有品位的人走进他的团队。我们聊得很投缘，从文学聊到电子商务，我最后问他："你是怎样看待中国经济大潮的第五波第六波？"

龙转有说："人类每一次'革命'都标志着社会的又一次进步，每一次'革命'就意味着财富的再一次重新分配。无论社会如何改变和发展，财富的创造者始终是广大的消费者。"

　　龙转有对中国历史和人类的发展史了解得很透彻，论述得十分精彩。我说："社会上许多人对营销这个行业都持有很大的偏见。"

　　"这是很正常的，改革初期时，刚下海经商的那些人，不都是一些没文化、胆子大的农民老大？经过二十多年的大浪淘沙，现在，大凡是一个公司的经理或高层管理人员，就是有学位有文凭的专业知识分子，那些初期涌现出来的万元户，没几个存留下来的。营销这个行业也是这样，每天不知有多少人走进来，又有多少人走出去，不是精英难以在这个行业存留下来。但打造一批具有中国特色的营销精英，需要时间。因为，这个模式必定是从国外引进来的，就像抱养了别人家的小孩一样，需要有一段磨合期和适应期，还有一个成长期。总之，任何事物既然存在它就合理。"他的话又回归到萨特的理论中。

　　和龙转有告别已近黄昏，我坐车回家。身子倚在靠背上，望向窗外的景色。广州的四季总是不太分明，即使是冬天的广州，花儿依然开着，树木依然绿着，珠江水依然不紧不慢地流着。只是木棉花开了，人们知道是春天了；洋紫荆开了，是冬天了；杜鹃花盛开的时候，那已经是炎炎的夏日了。季节的变换并不影响广州人生活的节奏。此刻，被风撕碎的阳光，从一座座楼房的缝隙间流出来，在忽明忽暗的阳光中，我边走边幻想着冬天里的童话，那是一个温暖的、阳光明媚的、蓝天碧海的世界，一个属于南漂一族奋斗拼搏的五彩天地，梦想中的海市蜃楼。

三

　　柳星雨来了，他问我："乾坤是不是又崩盘了？"

　　"不是崩盘，是被光奚公安局查封了。"

　　"我不是早就和你说过，不要碰这些非法集资公司，你总是一意孤行。现在那些所谓的电子商务网络公司是不受法律保护的，也就是说不合法。"他又开始给我讲B公司发展的前景是不可估量的，股票马上就要上市。而且全球要刮起一场可怕的金融风暴，中国的物价在不断上涨，靠挣工资是难以维持生活的。好像只有去B公司才能在这个社会上生存，我皱着眉不耐烦地打断他的话："你吃饭没有？"

他摇摇头。

"不要饿着肚子说话，我们一起去吃饭吧。"我把电脑关掉，从椅子上站起来。

"去蓝与白餐馆吧，那里的粥好喝，而且是随便喝，米饭也任意吃，只要你肚量大，吃个十碗八碗也没人管。"看来他是饿极了。

"要不在家里我给你煮面条吃吧，或者炒菜也可以，你尝尝我的手艺。"

"改日再尝吧，先解决饥饿问题。"他起身向外走。

我和柳星雨走进了蓝与白餐馆，这里的菜很便宜，米饭和南瓜粥随便喝。我点了三个小菜，服务员给端来了粥和米饭，柳星雨大概一天没吃饭了，几口就把一碗米饭吞进肚里，眨眼工夫，他的面前就摆起了六七个碗。我瞅着他那狼吞虎咽的吃相笑着说："服务员看见我们桌上这么多的碗，一定会大吃一惊的，还以为是饿狼进来了。"

"管他的，反正不吃白不吃。"

"他们要是天天接待像你这样的顾客，还不赔死了。"

"人在饿了的时候，想的第一个问题就是吃饭。"他不拿捏，也不做作。吃饱了，话匣子马上打开了："B公司这个月搞促销活动，业务员每月完成六千的营业额，团队完成一万二，奋斗六个月，就有资格去国外旅游。"

"能完成吗？"

"能，只要有两万元活动经费，我就可以跑业务了。"他说这话和没说一样，现在连每月重复消费的二百元都拿不出来，何谈两万？再说，饿着肚子跑业务也不是长久之事，过去大庆有个铁人王进喜，现在又出来个铁人柳星雨。我突然问他："你每天能花掉多少钱？"

"我是很省的，花不了多少。"

"那说明你没钱。"我在讥笑他。

"是的，我没有钱，要是有钱也不这么拼命去跑销售，就是想让自己在经济上打个翻身仗，才走进这个行业的。"

"能翻了身吗？"我反问他。

"有些事情看起来很困难，甚至不可能，但当你下决心去做时，就会成功。"

"假如有一天你成功了，你计划一天能花掉多少钱？"

"成功了，也不能乱花钱，你没听说，有钱的时候就该常想着没钱的时候。"他说得很认真。

"这一点，你就不及龙转有了，他给自己定了一条规矩：每天要花掉十万元。"

"有些男人喜欢在女人面前吹牛，就是李嘉诚也不能每天花掉十万元。"他不赞成龙转有这种说法。

"你看来是喜欢在女人面前哭穷了。其实，他也不全是吹牛，说明他是个很有气魄的男人，有了钱，敢去花。有些人就是有钱，也不知怎么花，再有钱也是个土鳖老财。所以，从现在开始，你就要先学会花钱，然后再去赚钱。"我的话大概伤了他的自尊心，他低着头，把一根牙签含在嘴里，不住地咬着。

"经常用牙签挑牙齿，牙缝会越来越宽，而且，在饭桌上对着客人挑牙齿是最不雅观的。"我最看不惯他在饭桌上用牙签挑牙缝的动作。这个动作一下就让人看出你的修养和素质。

"没办法，习惯了，吃完东西就得赶快挑牙齿，不挑牙齿就觉得难受。"他对自己的这些习惯好像不以为然。

"我也有个怪毛病，看见别人咬牙签棍儿，就反胃得想呕吐。"我毫不掩饰自己内心的反感，"上次我提出的三个问题你还没有回答呢。"我皱了皱眉又问他。

"其实，我们吃亏的事情很多，我实在想不出哪一件是最吃亏的，更想不出哪一件是最凄惨的。至于人活着究竟为什么，我觉得人活着是因为他不得不活着。"他脸上露出作难的神情，"我还是想听听你的高见。"

"这也不是我能悟到的，是一个老牧师告诉我的。他说，人最吃亏的，是你身上有许多钱还没有花完就离开了这个世界；最凄惨的，是你把所有的钱都花完了还没有死。"

"哈哈哈……"星雨大笑起来，"这话经典，有机会，我也和你去教堂做一回礼拜，听听牧师的布道。"

"至于人活着究竟为什么，你记住这节《圣经》就行了，'人活着不是单靠食物，乃是靠神口里说出的一切话。'否则，你会觉得这个世界是虚空的虚空，在日光下一切都是虚空。"我怎么突然和他说起所罗门的话，"这是一个很深奥的信仰问题，也是我们的保留话题，下次再探讨吧。"

"你在乾坤公司赔进多少？"

"几万吧。"

"当初要是和我一起到B公司，也不会损失这么多的钱。"

"谁都不是先知，这世间无论发生什么事，是是非非，对对错错，不是一句话能说清楚的。"

乾坤最终的结果如何，不是我们能料定的。就如人一样，连三岁小孩子都知道人是会死的，但不能因为这个原因，把所有的人都杀了。因为人肯定要死，反正要死，不如现在就死。但事情并不是这样的，人知道要死，但人为什么活下来呢？

－ 第三十七章 －

今夜无泪也无眠

一

我终于从中国经济大潮的第五波中挣脱出来，最后向乾坤致哀，我把曾经在一本书上看到的几句诗作为悼词，献给乾坤——这艘比泰坦尼克号还要悲壮地沉没在商海的大船：

"期盼归来的船只，
空手而来或永沉海底
眼睛无泪也无眠……"

我要离开下度村，离开那些和我同患难的难兄难弟难姊妹们，过另一种生活。把初来广州时那种梦想和希望全部抛在这座曾给我快乐和安逸的小屋，把和柳星雨在一起的那段日子，那份真情也抛在小屋。这一米空间曾给予我无限欢乐，我们在一起聊各自的事业和今后的打算，在广州的成功和失意。他多次说如果我离开小屋时，一定要通知他，他要把这间房子租下来，我说："有意义吗？"

"这间房子里有许多东西我始终不能忘记，这里曾给我一种回家的感觉。"

"感觉的东西记在心里就行了，不过，时间久了也就淡忘了。"

"忘不了，你是一个很有品位的女人。"

"我的生活内容只是不同于其他人罢了。"

"不只是生活内容，而是你看待人生的境界，你始终有一种不屈不挠的奋斗精神。"

我们聊得很开心，我很喜欢那样的聊天。我们也经常争论不休，有时争得面红耳赤，他说我们一个个都是网络跳蚤。我也不认同他的B公司，两人往往是谁也说服不了谁。有时，我也去参加他们公司组织的一些活动，但我一直不能把自己置身其中，我知道自己不是属于那个圈内的人。无论柳星雨把未来的前景描绘得多么美好，我始终不为之动心。他说我难以捉摸，我说难以捉摸的是生活，它的变幻莫测让我无所适从，甚至有点不知所措。

回忆那些往事，我仿佛在记忆的隧道里进行了一次愉快的旅行。我还是打电话告诉了柳星雨我要离开小屋，他说在白云山这边刚刚租了一间房。我知道这只是一句措辞，他执迷于B公司运作模式，但现在仍然是难民营里的一员，只是用一身笔挺的西装把落魄和贫穷包裹得很严实罢了。我也从不去点破他，他很聪明，常常用一笑掩盖他的谎言和许多蹩脚的借口。但这些并不妨碍我和他往来，寂寞时打个电话给他，他无论多么繁忙，总会过来看看我。两人在一起喝一杯咖啡或吃一餐便饭，聊个天昏地暗，然后，他坐车不知到哪里去过夜。他是个行踪不定的人，我甚至不知道他的真实姓名，但我不喜欢刨根问底，相互往来朦胧一些更富有诗意，不要太接近对方的真实生活，距离拉近了反倒失去了吸引力。他也从不问我的过去，我的书他看得很认真，说我写得催人泪下，我说那只是我在内蒙古的一段生活记录。如今把一切痛苦和忧伤都已丢到了大草原，在广州要重新打造一个全新的我，一切从零开始，要有零起点的精神，才能不住地向前走。

明天，我的生活又是一个零起点……

二

晚风轻轻吹来，我独自在Z大校园里徘徊，这里，有一种东西始终让我割舍不下，几经搬家，我都没有离开Z大。从住进"渣滓洞"的那个晚上开始，我就一直在等待中度日，等待儿子的归来，等待他四年后再重新起锚远航，等待我事业的成功，等待我的生命中还有一次春暖花开的时候……曾经和我一起住宿的阿凤和爱丽丝也不知去向，她们抱着美丽的幻想一个个消失在深深的街巷群楼里，这座城市也像一个具有吸星大法的魔术师，把全国各地的精英才子都吸引过来，有多少人能经得起这座城市给予的磨砺？

穿过那条繁华的市井小街，走到学生公寓楼前。这里是我曾经住过的地方，再往前走，是一家小小的美容店，我走进去静静地躺在那把黑色椅子上，双目微闭。年轻的美容师用那双纤细的手轻轻卷着我的头发，空气中飘溢着清香的洗发水味儿，手指缓缓滑过我的发间，柔柔的绵绵的。眼前仿佛又浮现出母亲给我梳头的情景，那把古铜色的桃木梳，梳着我美丽的童年，梳着那难忘的初恋。那个小伙喜欢我的辫子，他说我的美凝聚于每一根头发……如今，头发白了，心底也一片空白，一片荒凉！

此刻的我，像刚走进广州一样，迷茫无助，心像一个吐尽丝的茧，只剩下一个躯壳了。那姑娘拿着风筒给我吹头发，热乎乎的风吹过那一缕缕湿漉漉的头发。她给我做了一个漂亮的发型。睁开眼，在那块明亮的镜子里呈现出一个陌生的面孔，那是我吗？是的，你依然是一个魅力无比、自信狂傲的女人，我笑了，笑得自然美丽，很开心，我会赢的。从椅子上站起来，轻轻握住那双纤细的手，我向她点头表示谢意。

　　从理发店出来，我突然想去看看夏月，不知她如今在干什么。站在路边，我的视线正好对准她家的窗户，阳台上摆放的几盆花开了，有一盆是粉红色的杜鹃，还有一盆爬藤，油绿的叶子向下垂着。卧室的窗帘换成了橘红色，一个男人的背影在窗前晃动，看那秃头顶，我一眼就认出是张万元，这个人终于走进了夏月的家。夏月还是穿着那套粉红色的睡衣，不知和张万元在说什么，她满脸喜气，又过起了安逸的日子。和一个老头在一起，心里究竟是一种什么滋味儿？想不出来。

　　女人的命运有一半是系在男人身上的，我想起张贤亮曾经写过一篇小说——《男人的一半是女人》，应该是女人的一半是男人。我不大理解，夏月怎么总是把自己的命运系在一个老头子身上。我还是赞赏兰朵，不管怎么样，她是一个很懂得利用自己的价值去改变自己命运的女人。她走了，前几天，就坐飞机飞过了太平洋，带着她的《两地书》。临走那天，她给我打了个电话，说《两地书》已修改完毕，重新起了一个名——《两个人不孤独》，这个书名起得很好，女人多数是害怕孤独的，但一个人过日子注定要孤独，所以，她要寻找另一个人和她一起过。她说要把书稿带到美国去，让这个美籍华人看看，然后再策划出版。我要去机场送送她，她却说："不用了，在电话里道个别就行了。"

　　她一个人拉着旅行包，踏上了机场快线车，谁也没有去送她，连她最想见的儿子也没有去看她。可想而知，兰朵上飞机的时候是一种什么样的心情。

三

　　现在该说说我自己了。我的故事从艾瑞新写起，在那里，我真正认识了什么是电子商务，什么是直销、传销，也真正认识了自己——一个不安分的女人。整整一个夏日，我顶着炎炎的烈日，跑遍了广州的许多地方，结果是名片收了几千张，我不认识他们是谁，他们也一样不会记得我是谁。我知道自己已失去了在广州创业的激情，而且也明白，我生命的场仍然是属于文学，没有文学，我的生活是一片苍白，了无生趣。

记得恒柔以前常常在电话里说："雏菊大姐，你能不能换个活法儿？"那时候，我的身体状况很糟糕，三天两头去医院打吊针，一个人面对这座灰蒙蒙的城市，内心总会产生一种恐惧感，也总是希望能换一个生存的地方，不是在喧嚣的城里，而是生活在一个安静的海边，或者是一片密林深处。那里有一间小木屋，有一只小狗或小猫，我每天领着它们去散步。也许，我这种想象不够现实，或者太浪漫。我说，这是一种回归自然的活法，人最终不是都要回归到泥土里嘛，这叫从土里来再回到土里去。我问她："怎么个换法？"

她说："再找一个男人一起过日子，那样会更好一些。"

我哈哈大笑："好什么？"

"比如你现在有病，有一个人照顾你不是更好吗？"

"如果仅仅是为了让人照顾，那请一个保姆不就行了？"

"保姆和配偶是不一样的。"

"是不一样，从利益的角度来看，保姆包吃包住，每月还给一千元工资，当配偶却什么也没有。从情感的角度分析，爱情是绝对不能放进婚姻这个城堡里的，在这个城堡里，不是爱死就是我死，我没有太多的时间和精力去经营婚姻。"

"你总不能这样漂漂荡荡地生活一辈子。"

"这种生活方式是我自己选定的。"我虽然没有兰朵的勇气，天命之年还敢横跨太平洋，但我却拥有选择自己生活方式的权利。我是自由的，不受任何人的支配和左右。我永远不会像夏月那样，甘心伏在一个老头子的胯下。

四

　　每个人的活法各不相同。兰朵纯粹是把男人看作自己的人生跳板，她想借这跳板的力量，从A点跳到B点。如果这个男人没有那种带她跳起来的能力，她是不会去选择的。这回她是跳远了，从太平洋彼岸跳到了此岸。那么艾琳呢，她从来不和我们讲自己的婚姻问题，她自己有楼房也有一个女儿，有一次，我去她家里做客，我突然冒昧问了一句："你老公呢？""我把他踢出去了。"她说得十分干脆，手一挥，做了一个清扫垃圾的动作。在她眼里，男人是足球，她踢出的那一脚一定比女足还厉害，那个男人也一定是个混球，该踢。

　　恒柔呢，她是我做艾瑞新发展的第一个拍档，我总是想不起来，究竟因为什么我俩就分手了，相互连一句道别的话都没有。我很羡慕她，有一个疼爱她的老公，但她却说："爱也能杀死人。"她是一个在爱中快要窒息的女人，也许是不想让爱把她杀死，宁愿忍受骨肉分离的痛苦，换得一点点自由。她坚决不和达尔回加拿大，她和兰朵完全是两类个性不同的女人。兰朵是想方设法要走出国门，恒柔却是千方百计要留在中国。好久都没有和恒柔见面了，在玫瑰色的早晨或是橘红色的晚霞中，我总是在想，我和恒柔从什么时候起，在情感上挽起了这个死结。艾瑞新让我们相聚，艾瑞新又让我们分手。在万籁俱寂的午夜，我常常在梳理自己的思绪，梳理我和恒柔、夏月、兰朵相处的那些日子……

　　金蝉的宣言是"独身万岁"，但独身并不等于独居，照她的话说，有钱可以任意去找靓仔玩。这年头，什么都不缺，男人可以把女人当衬衣天天换洗，女人也可以把男人当拖鞋，在家时穿上，出门时脱下。她的日子过得很洒脱，但没钱的时候可能就不那么潇洒了。她也曾经找过许多男人，让他们把她暂时养起来，她说当"二奶"和当"鸡"没什么区别，她有时当"二奶"，有时当"鸡"，但只要兜里的钱满了，她就当起了富婆，翻过手来养靓仔，她是典型的性自由者。

我自己呢？柳星雨说我太独立、太主观、太自强，因此，伤害了许多人。也许是吧，我总喜欢用自己的双手为自己撑起一片天，用自己的心血为自己营造一个窝。我没有把男人看作自己的靠山，他们在我眼里很渺小，我不喜欢男人介入我的生活中，男人也不喜欢我这种居高临下的女人。于是，命中注定我一辈子孤独。但我又非常喜欢孩子，于是，曾经我和两个男人完成了繁衍后代的使命。之后，就分手拜拜了。

一个母亲、两个孩子组成了一个特殊的家庭。许多人不能理解，但自己过日子是不需要别人来理解的。日子就这样一天一天过下来了，我自认为自己是属于那种聪明女人，由于聪明，什么事情都能自己去干，所以，常常看不起那些不比我聪明的男人。但如果找一个比我还聪明能干的男人，也不能过日子，到头来是聪明反被聪明误。过日子需要糊涂女人，那是最好的老婆和妻子，多数男人都喜欢这一类女人。

- 第三十八章 -

不必去追问错与对

一

孤城突然打来了电话，让我和他见个面。

这是一个寒冷的下午，五摄氏度，这样的天气在广州是最冷的。我仍然穿着那件米色风衣，风衣里面裹着一条紫红色的毛呢裙，一件黑色的羊绒衫。从地铁口出来，我给孤城发了一条短信，然后，就钻进旁边的麦当劳，坐在那把白色的钢管椅子上，静静地等待。

孤城还是那么阳光，比过去更潇洒更风流倜傥了。一副宽边墨镜遮住了他的眼睛，头发比以前更长了一些，大波浪卷花披在脑后，手腕上戴着一串淡绿色的翡翠玉手链，脖子上挂一根红色的线绳，线绳上吊一个墨绿色的十二生肖玉坠子。黑色的T恤衫，蓝色的牛仔裤，外罩一件质地考究的风衣。这身打扮，有点像从金三角过来的毒枭。

　　我们好久没有联系了，我问他这一年多在哪里跑，他说去了许多地方，一言难尽。

　　我买了两杯热饮，两人又侃起网络界的许多事。他告诉我艾瑞新在广州做得很火爆，但我们那些开盘元老，一个也没有回去。最后一个离开团队的是惠子，她费了九牛二虎的力气去冲刺一星级，但最终还是没有上去，如今加入了光奚"连锁销售"队伍，每天坐着小板凳学习，打电话邀约人。邹洋去一家公司当了业务主管。金蝉到今下落不明，有人说她被光奚公安局放出来以后，一直在信访办上告，加入了乾坤的维权队伍，还有人说她精神失常，四处流浪。黎芷莹背了一身债，后来被银行起诉，让公安局扣押拘留审查，她男人把房子卖掉，从东北赶来，拿钱才把她赎了出来。

　　乾坤的倒台，让我们每个人都元气大伤。每逢提到乾坤这两个字，就有一种万箭穿心之感，这十五个月，我再没有打开网，再没有听到乾坤人的哭喊声。我把自己蛰伏在一个不为人知的角落，每每到深夜，面对漆黑的夜空，我颤抖的手指不住地敲击着键盘，我在写，我能做的也只有这些了。

　　孤城又说，现在有许多公司都在模仿乾坤的运作模式，这充分说明，乾坤的模式并非不合理，他给我讲了许多新出台的公司和运作模式，真不愧是网络大侠。他对目前广州运作的许多网络都了如指掌，他说做网络就是要四两拨千斤，投小单挣大钱，而且还要做新不做旧。他说要用两个月的时间把广州的市场做起来，大侠就是大侠，名副其实。他让我重新回去做网络销售，现在玩的都是钱，没有产品，投几千块挣几万块也很刺激。我只是木然地点头，仍然在构思自己的长篇小说，一个小时前，我还不知道这本书该怎么结尾，正在冥思苦想，但孤城的出现，让我突然找到了落笔点。

　　"听北戈说你在写书？"他突然问我，"乾坤被封以后，听说你连房租都付不了啦，我不知你是怎么走过来的。"

　　"天无绝人之路。"写这部长篇小说的时候，距离所发生的事情整整有一年时间了，一切都发生在去年秋天。乾坤公司被查封后，我们这帮难弟难妹们都各奔东西。我也提着电脑走进了保姆的行列，在一个从加拿大留学回来的博士生导师家里，让他们当机器人使唤了八个月，好在我的大脑没有被损坏，每天深夜偷偷地爬起来写，终于写完了《雪伦花》。

不管生活多么艰难，我仍然沉迷在自己的文学梦中，正如王小波所说："大千世界芸芸众生，无不在做白日梦，乞丐在做黄金梦，光棍在做美女梦，连狗都会梦见吃肉而不吃屎。"在博导家里，我的文学梦做得好辛苦。好在上天有灵，我偶然又遇见一个好雇主，有了一个能写作的环境，否则，我的小说难以完成。

"你真了不起，能够放下架子去过那种寄人篱下的生活。"

"我需要这样的环境，至少有足够的时间和一个安静的地方来完成我的写作计划。"我的口气很平静。其实，我现在的日子也在平静中度过，像一盆水，在一点点过滤着以往的生活，又一点点记录进我的小说里，"我把你写进小说里了，不介意吧？"望着孤城，思绪又回到了那个波澜壮阔的时代第五波里，空调里吹来凉爽的风，孤城的满头卷发在灯光下闪闪发亮，他嘿嘿笑着说："能走进你的小说也是我的荣幸，北戈呢？你可不能不写他，这小子，最终又转回了传统行业，当了总裁也不请我们吃饭。"

"忘了谁也忘不了你和北戈，我们是从北方来的三只狼，不，是一条绳子上拴着的三只蚂蚱。从A公司跳到艾瑞新，又从艾瑞新跳到天籁公司，然后又跳到乾坤，在网络界跳来跳去，最后，变成了三只跳蚤。"我很伤感，用一种戏谑的口气说。

"不，是狼永远不会变成羊。我知道，虽然狼不是上帝的宠儿，但我一定要活下去。因为我已具备了强者的心态。你看，我们三人不是都走出来了嘛，没有那段经历，我也不会有这种沉着的心态面对未来，你也不会写出属于你自己的故事，北戈更不会坐在总裁的位置上，这难道不是生活馈赠给我们的最珍贵的礼物吗？"孤城永远是激情洋溢的，他永远是一位勇往直前的战士。一匹真正的来自北方的狼。

　　孤城慢慢地喝着可乐，思绪又沉迷到他当商行老板的那段日子里，眼睛里充满遗憾的神情，他突然又问我："你还记得艾瑞新的传奇大亨吧？"

　　"那个老头子，娶了一个比他小四十岁的太太，还给他生了一个儿子。"

　　"他在乾坤投了几十万，李总原打算让他去东盟开发市场，他会英语也会阿拉伯语，但没想到一夜之间公司就垮了，他是损兵折将，小太太跟一个靓仔跑了。"

　　"一种新旧观念的较量和抗争，总是要有人牺牲的。"我在重复龙转有的话。

　　"你说得非常对，是一场新旧观念的较量和抗争。许多消费者的心里已刻上了乾坤的名字，乾坤不只是一个公司的名字，它代表了一个时代的潮流。"孤城的语气很平静。

　　"李晟为中国的经济变革起了很重要的作用。他也算第一个吃螃蟹的人。"我深有所感地说，"想起乾坤，心里就非常难受，我们都经历了一段漫长的等待。"

　　"对于我们这些等待的人来说是很漫长啊。任何新鲜事物的产生，都会经过一个过程，让人们慢慢去接受和认可它，无论是直销还是电子商务，将来也许会产生更多的新模式，这一切的一切都在说明中国在向更高层的文化发展和更新！"

　　和孤城分手的时候，他突然话题一转，告诉我一个非常意外的消息："你还记得阿凤吗？"

　　"我们是室友啊，怎么能忘记呢。"我的眼前又闪现出一个女孩的形象，不算漂亮，但绝对纯情，单眼皮小眼睛，笑起来特别迷人。一个温文尔雅的姑娘，个性与她从事的工作极不相称。

　　"我俩谈恋爱了。"孤城说得很认真。

　　"她喜欢和成熟的男人在一起。"

　　"我难道还不够成熟吗？再成熟就老道了。老道了就世故了，世故了就老气横秋了。"孤城的一席话逗得我哈哈大笑。

"不可思议。当初她是多次向我问过你的情况，但我没想到你们会发展得这么快。"

"雏菊，这是快餐时代啊，谈恋爱难道还需摆开马拉松的架势？"

"她还在做操盘手？"

"她痴迷那个行业，做得还不错。"

"恭贺你，终于找到了心仪的女朋友。"

孤城又打开两瓶可乐，白色的泡沫喷了出来。我举着瓶子，为孤城祝贺。

二

　　我的故事该结尾了，故事中的人物都各自走上了自己的道路，只留下我自己，仍然是孤零零的一个人，仍然在十字街头的红绿灯下徘徊，就像第一次走进广州一样。但不同的是，那时候，我不认识这座城市，也不认识每一条街道每一条路，更不认识周围的每一个人。如今，我已完全和这座城市融在一起，面对它，我不会再产生恐惧心理，也不会惊慌失措，我可以生活在这里，也可以生活在别处。我可以自由地在每一条马路上散步，呼吸着湿润的空气，闻着美人蕉散发出的清香，尽情去幻想自己的未来……

　　路边，一阵忧伤的吉他声钻进了我的耳朵，顺着声音，我一眼看见了那个吉他歌手——北狼。他头发凌乱，一双眼睛空洞无神，吉他声低沉忧伤，略带一种强烈的发泄情绪：

　　"无力挽回我不要再为你而心碎

　　不去追问谁错谁对

　　无力挽回我不要为你再流泪

　　没有你我会习惯一个人睡

无力挽回我不要再为你而心碎

不去追问谁错谁对"

唱累了，他就从身边一个黑色帆布皮包里，取出一瓶矿泉水，喝一口，用舌头舔一下干裂的嘴唇，甩一下遮在眼睛上的那缕头发，又开始唱起来。那沙哑的声音夹杂着暧昧隐晦的伤感回荡在喧嚣的城市上空。

不知道为什么，那声音一阵紧似一阵，揪着我的心，让我有一种想流泪的感觉。在这个繁华而充满了机会和奇遇的城市，追梦的人很多，一夜成名的人很多，一夜成尸的也数不胜数。我突然感到一阵窒息的难受。想和北狼说句话，但说什么呢，歌声仍然在刺激着我耳膜：

"找寻一个最美丽的希望

每当天空泛起彩色霞光

带着回忆和梦想一起飞翔……"

忙碌的城市啊，谁还在意谁的梦想。飞吧，当肉体不能飞翔的时候，让灵魂飞吧，它会飞到一个圣洁的地方。

三

一个年轻姑娘向我走来，把一张彩色广告单递在我手里："大姐，我是A公司的。"我对A公司还是有一种特殊的感情。于是，不由得驻足，定睛看了这个姑娘一眼，她很漂亮，脸上的笑容很甜美。

"你的皮肤很细腻，用过A公司的产品吗？"她又在问我，我笑着点点头，"噢，怪不得你的皮肤那么好，原来也在用A公司的产品，我们可以认识一下吗？"她马上又递给我一张名片。我细细端详着这张名片，不由得想起和柏焜在一起时，提着A公司的产品到处推销的情景。我们也是脸上挂着甜甜的微笑，把一张又一张名片向一个个陌生人递过去，就像甩扑克牌一样，但我和柏焜充其量是一对最小的红黑桃四，最终，我们还是输了……

"大姐，你要是用A公司的化妆品，我可以给你提供全面的服务，您的皮肤会变得更年轻。"我客气地点点头，说声："谢谢！"正要走开，她又拦住我："能把您的电话给我吗？"我不愿意看到姑娘脸上失望的表情，还是把手机号码告诉了她。那天夜里，她给我发来了一条短信："今日霜降，太阳到达黄经210度，是冬季的第一个节气，此时宜平补，尤应健脾养胃，以养后天，请保重身体。"

我没有给她回，我再度走进已过的日子里，走进难忘的回忆中，去体味那段生活，体味和柏焜在一起喝咖啡的苦味儿……

我开始做着离开广州的打算，离开这座城市，就意味着我在广州生活的结束，也意味着新生活的开始。我的希望在明天，它永远很精彩。半夜里，手机突然响了，一看显示，是柳星雨打来的，这小子又犯什么神经，这么晚了还来电话，我不情愿地按下了接听键。

"告诉你一个好消息，B公司刚刚给我打来电话，通知我去公司走红地毯。"声音很高，我能感觉到他的情绪非常激动，此时一定是兴奋得两眼发光，心中的激情之火已经燃烧到顶点。

"走红地毯意味着什么？"我不大明白他的话，有点懵懵懂懂。

"我晋升为中级经理了，意味着我有四个部门已经完全合格了。"

"恭喜你了，用不用我去给你送一束鲜花？"

"不用啦，今年我去马来西亚旅游的时候，希望送我上飞机的是你。"他停顿了片刻，又说，"这个消息，我只告诉了你一个人。"

"你应该先告诉你太太。"

"她没有资格分享我的快乐。"

听了他的话，我故意一本正经地说："到了马来西亚，你千万不要学李金钻……"

　　他在电话里哈哈大笑起来:"最近,我读了许多书,感觉自己进步了。"他的声音里充满了自信,还有点沾沾自喜。

　　"那就好,多读一些书,肚里有知识,站在讲台上就不会讲男人如何撒尿了。"我戏谑地说。

　　"雏菊,你真风趣。"

　　"你这红地毯是怎么个走法?"我兴趣来了,想问个明白。

　　"我还没去走,谁知道怎么走?走完了再告诉你。"

　　"好的,我会把你走红地毯的情节写进我的小说里,你太执着了,能熬到这个份上也实在不容易。"我的话没有恭维他的意思,含着真诚的期待和盼望。

　　至那次电话以后,柳星雨就从我的生活中消失了。那块红地毯像阿拉伯神话中的飞毯,带着他不知飞到了哪里。他宛如流星雨,从我的心空划过,但无论他飞到天之涯还是海之角,我的小说里终归是留下他的踪迹,留下了我们相处的那段友情。我要写的故事已经结束,翻开日历,那天正是二〇〇八年的立冬日,我突然想起雪莱的那句话:"冬天来了,春天还会远吗?"广州四季如春,永远没有冬天。在橘红色的晨光中,眼前,是一朵又一朵刚刚盛开的红杜鹃,纷纷扬扬的紫荆花……